사자의 아들

칸의 여행

KB072848

사자(獅子)의 아들: 칸의 여행 ㅁ

허담 新무협 판타지 소설

초판 1쇄 찍은 날 § 2021년 7월 22일
초판 1쇄 펴낸 날 § 2021년 7월 29일

지은이 § 허담
펴낸이 § 서경석

총괄팀장 § 노종아
편집책임 § 김범석
디자인 § 스튜디오 이너스

펴낸곳 § 도서출판 청어람
등록번호 § 제387-1999-000006호
등록일자 § 1999. 5. 31
어람번호 § 제2-2879호

주소 § 경기도 부천시 부일로 483번길 40 서경B/D 3F (우) 14640
전화 § 032-656-4452 팩스 § 032-656-4453
http://www.chungeoram.com
E-mail § chungeorambook@daum.net

ⓒ 허담, 2020

ISBN 979-11-04-92364-7 04810
ISBN 979-11-04-92295-4 (세트)

허담 新무협 판타지 소설

9

사자의 아들

칸의 여행

FANTASTIC ORIENTAL HEROES

겨울 대륙
(빙하의 땅)
북해
대마협
무산열도
서북빙해
오주의 섬
열화산
늑대섬
곤모산
석림
무산해협
봄섬
사령군도
수호자들의 섬
포구하밀
오사성
소하강
신마제알성
마정
이룡섬
사자림
사령반도
흑룡강
궁산
백림
사자의 섬
일리강
북천성
육주
(천섬, 천록의 땅)
파나류
(검은 대륙)
신마제이성
육주의 바다
(천해)
섭하
송강
화림
선학
금하강
사해
상가
천록의 섬
대설산
라이강
대하강
고해
(잊혀진 바다)
왕의 섬
대사막
도산
불산
남화성
백련
롭의 바다
(야수해)
열사의 섬
해신성
남대해

사자의 아들

칸의 여행

창해

목차

화산맥

호

화산맥

제1장

천무종 호법사(護法師) 타무즈

　계절이 변하듯 노인의 표정이 변했다. 그의 얼굴에 나타나는 감정의 변화를 무한은 끈기 있게 지켜보았다.

　그리고 그 변화 끝에 마지막으로 노인의 얼굴에 남아 있는 감정은 강한 의문감이었다.

　그래서 노인이 물었다.

　"그대는 누군가?"

　"설마 모른다고 말하고 싶은 것이오?"

　무한이 노인이 다른 생각을 할 시간을 주지 않고 되물었다.

　그러자 노인이 말했다.

　"내가 아는 한, 나에게 그런 질문을 할 수 있는 사람은 오직 두 사람밖에 없다. 그러나 그 두 사람은 모두 죽었다. 그러니 나로서는 의문일 수밖에… 그래서, 다시 묻겠다! 신중하게 대답하

라. 대답 여하에 따라 그대가 죽을 수도 있다. 묻겠다, 그대는 누 군가?"

노인이 가볍게 한 손을 서탁 아래로 내렸다. 손이 내려갔다는 것은 병기를 잡았다는 뜻이다.

"내 이름은 무한이오! 당신이 이 이름을 기억한다면 난 당신에 게서 대답을 들어야겠소. 옛 약속을 지킬 것인지 말 것인지! 지 금 당신이 벌이고 있는 일들이 워낙 의외라서……."

무한이 덤덤한 표정으로 물었다. 하지만 그의 말속에 들어 있 는 경고의 의미는 결코 가볍지 않았다.

무한은 팔짱을 낀 채 달빛이 드리운 창가에 무방비 상태로 서 있는 것 같았지만, 노인은 그런 무한에게서 어떤 허점도 발견하 지 못했다.

"그는… 너는… 분명히 죽었다고 했는데……."

노인이 묻는 말도 아니고 변명하는 말도 아닌 말투로 중얼거 렸다.

"소문이야 어떠하든. 진실이 중요한 것 아니오? 난 이렇게 살 아 있으니까."

"네가 그 아이임을 어찌 증명하겠느냐?"

노인이 물었다. 그의 의심은 당연했다.

타인이 죽었다고 알려진 무한의 흉내를 내고 있을 수도 있기 때문이었다.

"그대를 찾아왔다는 것, 타무즈라는 그대의 본명을 알고 있다 는 것. 그것으로 증명되는 것 아니오?"

무한이 되물었다.

그러자 노인의 시선이 흔들렸다.

"그건… 그렇긴 하지. 오직 무극종의 적통 후계자만이 나의 존재를 알고 있으니까. 하지만… 사자림의 어린 사자에게는 수많은 이리 떼가 달려들었다. 홀로 남은 연약한 어린아이에게서 위대한 무극종의 비밀을 알아내기 위해."

역시 충분히 의심할 수 있는 일이었다.

이왕사후는 물론 숨은 야심가들은 철사자 무곤의 무공을 탐냈다. 어쩌면 십이신무종조차도 철사자 무곤의 무공을 원했을 수도 있었다.

그런 자들이 홀로 남은 철사자의 아들 무한을 협박해 타무즈의 존재를 알아냈을 수도 있었다.

하지만 노인 타무즈 역시 자신의 의심이 지나치다는 것을 스스로도 느끼고 있었다.

"그랬다면 이미 오래전에 누군가가 당신을 찾아왔을 것이오. 그리고… 그 의심은 날 모욕하는 것이라는 걸 알고 있기를 바라겠소."

무한이 날카로운 눈으로 노인 타무즈를 보며 말했다.

"다른… 내게 확신을 줄 수 있는 근거는 없나?"

타무즈는 조금의 실수도 하지 않겠다는 듯 다시 물었다.

그러자 무한이 잠시 침묵하더니 자신의 오른쪽 목 부근 옷깃을 당겨 어깨 부위를 드러냈다. 그리고 슬쩍 어깨 뒤쪽을 노인에게 드러내 보였다.

"칠성흔……! 정말이었군!"

노인이 흥분한 듯 자리에서 일어났다.

그의 눈에 무한의 맨살 위에 별처럼 드러난 북두칠성 모양의 점들이 희미하게 보였다.

그것이야말로 누구도 흉내 낼 수 없는 위대한 철사자 무곤의 혈통을 증명하는 흔적이라는 것을 노인만큼 잘 알고 있는 사람이 없었다.

"아픔을 참은 가치는 있었군."

무한이 중얼거렸다.

어깨에 남아 있는 북두칠성의 흔적은 타고난 것이 아니었다.

어깨의 문양은 그가 어릴 때 아버지 철사자 무곤이 자신의 검을 달궈 찍어 넣은 것이다.

그 문양이 워낙 독특해서 누구도 흉내 낼 수 없는 상흔, 그래서 타고난 것보다도 더 확실히 철사자 무곤의 아들임을 증명할 수 있는 흔적이었다.

물론 그 사실을 알고 있는 사람은 철사자와 무한 그리고 타무즈밖에 없지만.

"어떻게 살아 있는 것이오?"

노인 타무즈가 물었다. 그의 말투가 살짝 변했다. 침입자를 대하는 듯하던 말투는 슬며시 사라졌다.

"살기 위해 죽은 거니까."

무한이 대답했다.

"역시… 사람들의 눈을 속이기 위해 스스로 절벽에서 몸을 던진 것이었구려. 하지만 너무 위험한 도박이었소."

타무즈가 나무라듯 말했다.

그러자 무한이 되물었다.

"그런 모험이 없었다면 내가 오늘날 그대를 만날 수 있었겠소? 설혹 만났다 하더라도 그대에게 철사자의 무공을 요구할 수 있었겠소?"

"그건……."

타무즈가 말꼬리를 흐렸다.

그러자 무한이 말을 이었다.

"돌아가신 선친께서 말씀하시길, 가문의 무공은 오직 스스로를 지킬 능력이 있어야만 얻을 수 있다고 했소. 그런 능력이 없다면 결코 그대가 아버지의, 우리 가문의 무공을 내게 주지 않을 거라 했소. 그런데 내가 사자림에 남아 있었다면 날 지킬 능력을 가질 수 있었겠소?"

"……."

무한의 말에 타무즈가 침묵을 지켰다.

그러자 무한이 팔짱을 풀고 가볍게 검을 잡으며 물었다.

"그 자격, 시험해 보겠소?"

무한의 말에 타무즈의 눈빛이 한순간 번뜩였다.

무한은 그것이 타무즈의 내면에 잠재되어 있는 승부욕이라는 것을 알아챘다.

'확실히 보통 가신(家臣)은 아니군. 이런 승부욕을 주인 되는 사람에게 보일 수는 없는데…….'

타무즈가 보통의 가신들처럼 주군의 무공을 지키는 충성스러운 수하라면 무한에게 이런 승부욕을 드러낼 리 없었다.

그런데 타무즈가 잠시 침묵 끝에 눈에 어렸던 기운을 흩어버리고 고개를 저으며 말했다.

"굳이 시험할 필요는 없을 것 같구려."

'뭐야? 싱겁게……'

타무즈의 무공을 알고 싶었던 무한이 내심 투덜거렸다.

"아무런 기적 없이 이곳에 들어올 수 있었던 것, 내 기운을 대하고도 보여주는 이 여유… 그리고 검을 빼면 단번에 날 벨 것 같은 감춰진 날카로운 기세… 직접 경험해 보지 않아도 충분히 소주(小主) 자신을 지킬 능력이 있다는 걸 알 수 있겠소."

"소주(小主)라! 날 그렇게 부른 건 철사자 가문에 대한 그대의 약속을 지키겠다는 뜻이오?"

무한이 물었다.

"당연하오."

타무즈가 대답했다.

"이곳에 와서 당신에 대해 조금 알아봤소. 그런데 당신은 철사자 가문의 업을 행하는 것 이외의 일에 관심이 많은 것 같던데?"

무한이 물었다.

"…정확하게 무슨 일을 말하는 것이오?"

타무즈가 불안한 표정으로 물었다.

"추정컨대 사해상가를 상대하는 일이랄까……."

무한이 말꼬리를 흐리며 타무즈를 바라봤다.

그러자 타무즈의 입에서 나직하게 탄식 소리가 흘러나왔다.

"후우… 위험하군."

"무엇이 말이오?"

무한이 되물었다.

그러자 타무즈가 잠시 침묵하다 대답했다.

"소주께서 이 일을 아신다면 당연히 사해상가도 내가 하는 일을 알고 있을 것이란 뜻이오. 그러니 이 일에 관여된 상가들이 위험에 처했다는 의미가 되는 것이고 말이오."

"설마 사해상가에서 당신들의 움직임을 모르리라 기대했던 것이오? 그건 너무 순진한 생각인데……."

"물론 완벽한 비밀을 기대한 것은 아니오. 다만, 지금보다는 늦게, 그리고 우리의 정체가 모호하게 느껴지길 바랐던 것인데… 소주께서 알고 계실 정도면, 후우……."

타무즈가 다시 한번 한숨을 내쉬었다.

그러자 무한이 잠시 그런 타무즈를 바라보다 굳이 자신이 상관할 바가 아니라는 것을 깨닫고는 다시 질문을 던졌다.

"뭐, 그 일은 내가 고민할 일은 아닌 것 같고. 또 그 일이 그대가 내게 해주어야 하는 일에 방해가 되는 것은 아니라고 받아들여도 되겠소?"

무한의 질문에 타무즈가 조금 당황한 눈빛으로 무한을 바라봤다. 그러면서 망설이듯 말했다.

"그분과는 조금 다르구려, 아드님께서는……."

"아무리 아들이라도 사람이 다른데 똑같을 수야 있겠소? 아무튼 괜찮다면 난 빨리 받을 것을 받고 이곳을 떠났으면 좋겠소만."

"사해상가를 적으로 삼은 것은 소주 때문이었소. 소주의 죽음에 대한 복수의 일환으로 그 일을 시작한 것이오."

타무즈가 빠르게 말했다.

자신의 일과 선을 그으려는 무한의 태도가 실망스러운 모양이었다.

"…내 복수? 그것참… 이상하게 죽고 나니 날 위해 뭔가를 하려는 사람들이 많군. 그럴 거면 죽기 전에 도와주었으면 좋았을 것을. 아무튼 그 말은 고맙구려. 하지만 이제 내가 살아 있다는 것을 알았으니 그대도 위험을 무릅쓰면서 사해상가와 싸울 이유가 없어진 것 같구려. 결국 모든 게 잘된 것 아니오?"

무한이 물었다. 모든 게 잘되었으니 그렇게 얼굴을 구기고 있을 필요가 없다는 듯이.

그러자 타무즈가 고개를 저었다.

"사해상가와 맞서는 일에 동참한 이유가 소주의 죽음 때문인 사람은 나밖에 없소. 다른 상가의 사람들은 각자 다른 이유로 이 일에 참여하고 있소. 그래서 소주께서 살아 있다 해도 난 이 일을 멈출 수가 없소."

"…뭐, 그렇다 해도 역시 내가 상관할 바는 아니고. 어쨌든 이런 이야기를 길게 할 이유는 없는 것 같고, 난 아버지께서 그대에게 맡겨놓은 것만 받으면 되오."

무한이 냉정하게 말했다.

그러자 타무즈가 침묵을 지키다가 무겁게 입을 열었다.

"소주께서는 흑라를 죽이기 위한 십이영웅의 희생, 그 일을 계획한 사람이 사해상가주 노백이란 사실을 알고 계시오?"

순간 무한의 눈빛이 살짝 흔들렸다.

처음 듣는 말이다. 이왕사후가 십이영웅을 움직였다는 것이 세상에 알려진 사실이었다. 그 배후에 사해상가주 노백이 있다는 것은 전혀 거론되지 않은 사실이었다.

그러나 사실 누가 그 계획을 세우고 실행했느냐는 큰 문제가 될 것이 없었다.

왜냐하면 철사자 무곤을 비롯한 십이영웅은 결국 스스로 흑라에 대한 공격을 결정했기 때문이었다.

그 누구도 부탁을 할지언정 그들에게 강요하지는 않았던 일이었다.

그러니 그 계획을 노백이 세웠다는 것으로 노백을 원망할 수는 없었다.

"계획이야 누가 세웠든 결국 최종 결정은 십이영웅 각자가 한 것 아니오?"

무한이 침착하게 되물었다.

"그야……"

타무즈가 말꼬리를 흐렸다.

"물론 그 희생을 통해 노백과 이왕사후가 큰 이득을 본 것은 분명한 사실이고, 애초에 그런 이득을 원해서 벌인 일일 수도 있소. 하지만 그 희생이 흑라를 상대하기 위한 최선의 방법이었던 것은 분명하지 않소? 다만 누가 희생할 것인가가 문제였던 것인데… 십이영웅은 스스로 그 희생을 선택한 것이오. 그래서 영웅이라 불리는 것이고……."

"하지만 이왕사후나 노백이 약간의 희생을 감수했다면 십이영웅 중 몇몇은 살아 있을 것이오. 어쩌면 철사자님도……."

타무즈가 말했다.

그러자 무한이 고개를 끄떡였다.

"그야 그럴 수도. 하지만 그렇다 한들 사해상가의 일에 딱히 관여하고 싶은 생각은 없소. 난 지금처럼 세상에서 죽은 사람으로 남았으면 하오."

"위대한 무극종의 문을 닫으시겠다는 것이오?"

타무즈가 화가 난 표정으로 물었다.

"무극종… 그게 우리 가문의 무종의 이름이었소?"

무한이 되물었다. 그러자 오히려 타무즈가 당황했다.

"무극종이라는 이름조차 몰랐소?"

"솔직히 말해서 난 우리 가문과 가문의 무공에 대해 아는 것이 전혀 없소."

"아니, 왜 그런……."

타무즈는 철사자 무곤이 자신의 유일한 혈육인 무한에게 자신의 무종인 무극종에 대해 이름조차 말하지 않은 것이 이해가 가지 않는 듯했다.

"솔직히 나도 아버지께서 무종의 이름조차 말하지 못하신 이유가 궁금하기는 하오."

그러자 타무즈가 혼잣말을 하듯 중얼거렸다.

"무극종을 숨긴 것은 그 이름이 갖고 있는 위험 때문일 것이오. 그래도 아드님에게는 이름 정도는 말해주었을 거라 생각했는데… 역시 이 부인 때문이셨나? 어린 소주께서 이 부인께는 비밀을 지킬 수 없다고 생각하신 모양이오."

타무즈의 말에 무한이 고개를 끄떡였다.

"그걸 걱정했다면 이해할 수 있소. 내가 그 이름을 알고 있었다면 난 계모께 분명 그 이름을 말했을 것이오."

무한이 무심하게 말했다.

그로서는 떠올리고 싶지 않은 기억이다. 철사자 무곤이 돌아오지 못한다는 것이 확실해진 이후 계모 주란은 철사자 무곤이 무한에게 남겼을지도 모를 가문의 무공에 대해 집요하게 물었다.

그 추궁이 너무 집요해서, 정말 무한이 무엇인가를 알고 있었다면, 그는 주란에게 모든 것을 털어놓았을 것이다.

"역시… 이 부인이 소주를 겁박했구려."

타무즈가 노기를 드러냈다.

그러자 무한이 무덤덤하게 말했다.

"그분을 원망할 이유는 없소. 애초부터 그 혼인의 목적이 아버지가 가진 힘, 즉, 그 무공이었다는 사실은 누구나 알고 있었던 것이니까. 자, 이제 과거 이야기는 그만하고, 무극종! 그 위대하다는 무공에 대해 말해주시겠소?"

무한은 어느 순간부터 타무즈의 이야기가 귀에 들어오지 않았다.

물론 그의 시선은 타무즈의 얼굴을 바라보고 있었다. 하지만 그의 귀는 타무즈의 말을 공허하게 흘려보내고 있었다. 대신 그의 머리는 타무즈가 상상도 하지 못할 운명의 오묘함에 대해 깊이 빠져들고 있었다.

'인연이라면 참 징그러운 인연이 아닌가.'

한편으로는 너무 당혹스러워 받아들이기 쉽지 않은 일이기도 했다.

그가 타무즈의 이야기를 공허하게 흘려보내기 시작한 시점은 위대한 무극종의 역사에서 빛의 술사가 언급되기 시작한 순간부터였다.

빛의 정원에서 신비로운 천년밀교의 후계자가 되는 동안 그는 초대 빛의 술사 대법승 마후가 이 땅에 무인을 데려왔다는 믿기 힘든 전설들을 전해 들었다.

그리고 전설에서 빼놓을 수 없는 동행자와 그 후인들에 대한 이야기도 전해 들었다.

천무황 무극과 그 후손들, 신비로운 빛의 전설이 이어질 때까지, 굳건한 믿음과 우정으로 빛의 술사들을 도왔던 한 가문의 이야기였다.

절대 무적의 무공을 지닌 천무황 무극의 후손은 빛의 역사가 마지막 빛의 술사 마곡에 의해 두 개의 힘으로 분리될 때, 비극적인 종말을 예감하고 빛의 전설들과 인연을 끝냈다고 했었다.

그런데 철사자 무곤이 바로 그 위대한 전설의 일부였던 천무황 무극의 계승자였던 것이다.

그리고 그 아들인 무한이 수백 년 전까지 자신의 선조들이 보호해 왔던 빛의 술사의 전수자가 되었으니 인연치고는 질긴 인연이라고 할 수밖에 없었다.

누군가 처음부터 일부러 만들어낸 이야기처럼, 그렇게 무한은 위대한 두 전설을 한 몸에 지닌 존재가 되어 있었던 것이다.

그리고 그 사실을 깨달은 순간, 무한은 이 인연의 무게가 자신이 감당할 수 없을 만큼 무겁다고 느꼈다.

마치 그가 당장에라도 세상에 나가 세상을 구해야 하는 의무를 짊어진 것처럼.

빛의 술사가 될 때에는 그나마 자신의 의지대로 빛의 술사의 업을 바꾸겠다는 생각을 할 수 있었는데, 타무즈로부터 자신의 가문까지도 빛의 역사와 함께해 왔다는 이야기를 듣자 더 이상 이 운명의 업을 거부할 수 없을 것 같은 느낌이 들었던 것이다.

'전부 때려치워 버릴까?'

문득 이대로 세상에서 사라져 버리고 싶다는 생각이 드는 무한이다.

그가 원하지 않던 과거로부터의 인연이 자신의 인생을 쇠사슬처럼 옭아매는 것 같아 참을 수 없는 답답함을 느꼈기 때문이다.

그런데 그런 무한의 상념이 타무즈에 의해 깨졌다.

"소주! 내 말을 듣고 있는 것이오?"

한참 위대한 무극종의 역사에 대해 이야기해 나가던 타무즈가 한순간 무한이 자신의 이야기에 귀를 기울이지 않고, 다른 생각에 빠져 있다는 것을 알아챈 것이다.

그러나 그 물음조차도 무한은 한 귀로 듣고 한 귀로 흘려보냈다. 당연히 타무즈의 질문에 대답이 없는 무한이었다.

"소주!"

타무즈의 언성이 높아졌다. 화를 억누르는 기색이 역력하다.

그에게는 평생의 업이자 위대하게 생각하는 무극종의 역사를 흘려듣는 무한의 태도는 화를 돋우기에 충분했다.

"왜……?"

갑작스레 언성을 높인 타무즈의 행동에 놀란 무한이 뜨악한 표정으로 되물었다. 그는 자신만의 생각에 빠져 있느라 타무즈가 화가 난 이유조차 모르고 있었다.

"내 말을 듣고 있기는 하냐고 물었소?"

타무즈가 화를 억누르며 다시 한번 물었다.

"당연히 듣고 있었소. 그걸 들으러 왔는데."

무한이 오히려 의아한 표정으로 말했다.

"내가 보기엔 다른 생각을 하고 있는 것처럼 보였소만."

타무즈가 따지듯 물었다.

"뭐, 무극종에 대한 이야기를 들으니 생각나는 일이 있어서 잠시 그 생각을 하긴 했소. 하지만 그대가 한 이야기들은 머릿속에 남겨두었으니 걱정 마시오. 계속합시다."

무한이 오히려 화를 낸 타무즈를 타박하는 듯한 표정으로 말했다.

"내가 어디까지 이야기를 했소?"

타무즈가 확인하겠다는 듯 물었다.

"무홀이란 분이 마지막 빛의 술사 마곡이란 양반을 떠난 것까지 이야기하지 않았소? 뭐, 그 이후의 이야기야 듣지 않아도 알 수 있을 것 같기는 하오. 이후 무극종의 전수자들은 철저히 자신의 정체를 숨기고 살았겠지. 그렇지 않다면 무극종이라는 위대한 종파의 이야기가 세상에서 사라지지 않았을 테니까. 그대

말대로 십이신무종조차 무극종의 위대함을 존중했다면 말이오."

"…맞소이다. 밀교를 떠난 이후 무극종의 전수자들은 완벽하게 세상에서 사라졌소. 십이신무종이 무극종의 무공이 단절되었다고 생각할 만큼. 지나간 시간이 수백 년이니 그리 믿는 것도 당연한 일일 것이오."

"그런데 아버님께서 그 전통을 깬 것이구려?"

무한이 물었다.

"그렇소. 하지만 그건 어쩔 수 없는 일이었소. 흑라는… 무극종의 전통조차 깰 수밖에 없을 만큼 위험한 자였으니까."

타무즈가 세상에 자신을 드러낸 철사자 무곤을 변명해 주듯 말했다.

그러자 무한이 물었다.

"한 가지 물어봅시다. 혹시 아버님께서 은갑전사들을 이끌고 사자의 섬을 횡단할 때, 혹은 그 이후 십이영웅과 함께 흑라를 공격할 때, 아버님의 무공을 알아보는 자가 없었소?"

"아마도 없었을 것이오……."

타무즈가 말꼬리를 흐리며 말했다.

그러자 무한이 되물었다.

"확신할 수 있소?"

"그야… 세상에 절대라는 건 없으니까. 그런데 왜 그런 질문을……?"

타무즈가 물었다.

"혹시 누군가 아버님의 정체를 알았다면 어떤 일이 벌어졌을 것 같소?"

"그야……."

타무즈가 말꼬리를 흐렸다. 거의 불가능한 상상이지만 한 가지 불길한 생각이 그의 머리를 스치고 지나가는 것은 어쩔 수 없었다.

"아버님의 정체가 알려졌다면 그 반응은 두 가지로 나타났을 것이오. 평범한 육주의 전사들이라면 위대한 전설의 출현에 환호했을 것이고. 육주의 권력자들은 큰 도전이라고 생각했을 것이오. 자신들의 권력을 위협할. 이왕사후나 혹은 십이신무종조차도……."

"음……."

타무즈가 침묵으로 무한의 말에 동의했다.

"그래서 하기 싫은 추측도 하게 되는 것 같소. 아버님과 나에게 그런 비극이 일어난 이유 중 하나가 아닐까 하는……."

"그건 지나친 비약 같소. 설혹 그들이 철사자님의 정체를 알았다고 해도……."

타무즈가 말꼬리를 흐렸다.

"나도 내 추측이 지나치다는 것을 알고 있소. 하지만 철이 들면서부터 내내 풀리지 않는 의문이 있었소. 십이영웅이 흑라를 공격하기 위해 사지로 들어갔을 때, 과연 그 뒤를 따라갔던 이왕사후는 왜 그 누구도 아무런 피해를 보지 않고 무사히 돌아올 수 있었을까? 그들은 어떻게 한 명의 전사조차 죽은 자가 없을까?"

"그야……."

"그리고 더 중요한 것이 있소. 흑라의 등장은 비단 이왕사후만의 문제가 아니라 십이신무종에게도 큰 위협이 되는 일이었소.
당장 육주 밖에 있는 네 개의 종파들은 흑라의 시대 이후 유명
무실한 상태가 되어 있지 않소."

"음, 그건 맞소. 흑라가 십이신무종에게도 실질적인 위협이 되
었던 것은 사실이오."

타무즈가 고개를 끄떡였다.

"그런데 왜 그들은 그때조차도 직접 움직이지 않았을까. 왜 십
이영웅이 흑라를 죽이러 사지로 갈 때 십이신무종의 그 위대하
고 신비로운 고수들은 단 한 사람도 동행하지 않았을까? 그들이
그렇게 비겁한 존재들이오? 자신들의 몸을 사려 흑라와의 충돌
을 피할 만큼?"

무한이 물었다. 그는 마치 타무즈가 십이신무종의 사람인 것
처럼 추궁했다.

그러자 타무즈가 잠시 침묵하다 무겁게 입을 열었다.

"인정하오. 의문이 없지 않소. 특히 흑라의 시대 십이신무종이
침묵한 것은 지금까지도 육주의 의문으로 남아 있소. 하지만 그
것이 단지 철사자님을 제거하기 위한 행동이었다고는……."

타무즈가 천천히 고개를 저었다.

"나도 그렇게까지 생각하고 싶지는 않소. 하지만 한 가지는 분
명하오. 적어도 그들이 나섰다면 십이영웅들이 모두 죽는 일은
없었을 것이오."

이번에는 타무즈가 대답 없이 고개를 끄떡였다. 그 역시 인정
할 수밖에 없었다. 아무리 흑라가 전율적인 힘을 가진 마인이라
도 십이신무종의 고수들까지 나섰다면 십이영웅이 모두 희생되

는 일은 없었을 것이다.

"그래서 말인데… 조금 뜬금없지만. 나와 철사자의 가문은 육주에 더 이상 의무나 책임감 따위는 없소. 그걸 인정하시겠소?"

무한의 말에 타무즈는 이야기가 왜 엉뚱한 방향으로 이어지냐는 듯 무한을 바라봤다.

"혹시라도 무극종의 후손으로서 육주에 대한 헌신 같은 이야기를 할까 봐 미리 말해두는 것이오."

"…그야 소주의 뜻대로 하시오. 나 역시 육주의 일에 더 이상 무극종이 희생해야 한다고 생각지 않으니까."

타무즈가 단호하게 말했다.

그 역시 철사자 무곤을 사지로 보내고 나서 어떤 도움도 주지 않은 육주의 사람들에게는 아무런 미련이 없는 듯 보였다.

특히 무곤이 죽은 이후 무한이 겪은 일은 더더욱 그로 하여금 육주의 권력자들을 혐오하게 만드는 것 같았다.

철사자의 장원을 모독하고 어린 무한을 죽음으로 이끈 사해상가를 향해 칼을 빼 들 만큼.

"좋소. 그럼 무극종에 대한 이야기를 계속합시다."

무한이 잠시 중단되었던 무극종에 대한 설명을 이어갈 것을 요구했다.

그러자 타무즈가 차 한 모금을 마신 후 무한의 요구대로 무극종의 역사와 그 무공에 대한 이야기를 이어가기 시작했다.

"단언컨대 육주에 무종의 역사가 시작된 이후, 무극종을 능가

하는 무인과 무종은 없었소. 아니, 다른 사람들은 어떻게 생각할지 모르지만 난 그렇게 확신하오."

타무즈가 자기가 알고 있는 무극종의 역사를 모두 말한 후 뒤를 이어 그 무공에 대해 설명을 시작할 때 한 말이다.

그의 말에서는 강한 자부심이 느껴졌는데, 마치 그 자신이 무극종의 전수자가 된 것 같은 느낌이 들 정도였다.

"그 전에 한 가지 의문이 있소."

무한이 무극종의 무공을 본격적으로 전하려는 타무즈의 말을 막았다.

"무엇이오?"

"왜 그 강력하고 위대한 무공을 그대로부터 전해 받아야 하는 것이오. 그것이 무극종의 전통적인 전수 방식인 것이오? 아니면 아버님께서 상황이 여의치 않음을 아시고 이번만 특별히 준비한 것이오?"

이상한 일이기는 했다.

본래 무종의 전수는 세상에서 가장 은밀하게 이뤄지는 일이라고 말하곤 한다.

무극종처럼 가문의 무종을 타인에게 맡겨 후대에 전하는 경우는 그 유례를 찾을 수 없었다. 그래서 늘 그 이유가 궁금했던 무한이었다.

"일인전승의 무종은 항상 단종의 위험성을 갖게 마련이어서 보통의 경우 무극종처럼 별도의 방책을 비밀리에 강구해 두는 경우가 많소. 소주께서는 아직 이런 식의 무종 전수를 들어보지 못한 모양이구려."

"그게 일반적인 무종 전수법 중 하나라는 것은 몰랐소. 그런데 그럼 그대는 무극종의 무공을 수련했소?"

무한이 다시 물었다.

그러자 타무즈가 즉시 고개를 저었다.

"아니오. 우리 무극종의 호법사들은 무극종의 정통 무공을 수련할 수 없소. 이유는 간단하오. 무극종 역시 다른 무종과 마찬가지로 전수자가 그 후인에게 인위적으로 무종의 씨앗을 심어야 하기 때문이오. 물론 무종의 씨앗 없이 수련이 아주 불가능한 것은 아니오. 순수한 본인의 노력을 통한 신공 수련으로 내공을 얻을 수도 있기는 하오. 하지만 무극종의 경우 그건 거의 불가능에 가깝소. 왜냐하면 무극종의 신공인 벽공(霹功)은 워낙 특이한 무공이라서 단지 그 구결을 아는 것만으로 홀로 수련해서는 내공의 씨앗을 조금이라도 만들기가 매우 힘들기 때문이오."

"난해하다는 뜻이오?"

무한이 다시 물었다.

그러자 타무즈가 고개를 저으며 대답했다.

"난해하다기보다는… 극도로 평범하고 느리다고 해야 할 것이오. 무종의 씨앗을 받지 않고 수련하다가는 평생 수련을 해도 평범한 전사의 내공 그 이상을 얻기 힘든 무공이오. 하지만 일단 정순한 무종의 씨앗을 받은 사람의 벽공 진보는 그 어떤 신공보다 빠르게 진행된다오. 마치… 추운 겨울에는 꽃을 피우지 못한 나무가 봄이 오면 하룻밤 사이에 만개하는 것처럼."

무극종은 타무즈의 말처럼 지극히 평범한 무공이었다. 전해지는 무공도 오직 두 개뿐이다.

내공을 연성하는 신공 계열의 벽공(霹功), 그리고 벽공이 만든 강력한 내공을 검에 담아낼 수 있는 단순한 검법인 무황검. 그렇게 두 개의 무공만이 무극종의 전부였다.

물론 오랜 무가(武家)이므로 자질구레한 무공들이 아예 없는 것은 아니었다.

하지만 그런 무공들은 어느 무종에서나 가지고 있는 무공들, 그것들을 제외하고 나면 결국 벽공과 무황검 두 개의 무공이 남는다.

그리고 그 두 개의 무공만 있다면 다른 무공은 없어도 아무런 상관이 없는 것이 무극종이었다.

"벽공의 힘은 뇌력에 비견되오. 그래서 벽공이라는 이름을 붙였겠지만, 대성하면… 정말 뇌력의 힘을 가질 수 있는 신공 중의 신공이랄 수 있소. 물론 앞서 말했지만, 선대로부터 전수된 내공의 씨앗이 없다면 그저 평범한 전사의 내공 정도를 모으는 것으로 만족해야 하지만."

타무즈가 말했다.

"내 안에 그 힘이 있소?"

무한이 물었다.

"이미 느끼고 있으실 텐데……?"

타무즈가 되물었다.

"물론 어려서부터 내 안에 뭔가가 있다는 것을 느끼고는 있었소. 그런데 혹, 내가 다른 무공을 수련할 때 보통보다 빠른 진보를 보이는 것이 그 벽공의 씨앗 때문이오?"

무한이 되물었다.

"그런 경험을 하셨소?"

타무즈가 다시 물었다.

"나 자신도 놀랄 정도로……."

무한이 대답했다.

"음… 영향이 없다고는 할 수 없을 것이오. 벽공이라는 신공은 뇌력의 힘을 갖기 위한 신공이오. 그래서 몸 안으로 들어온 기운은 그게 어떤 종류의 기운이든 수련자의 공력으로 엮어내는 것이 벽공의 요체요. 그런데 이질적인 기운을 아무런 부작용 없이 섞어내는 것처럼 어려운 일이 없소. 아주 조금씩, 그리고 천천히 이질적인 기운들을 섞어내야 하는데, 그러자면 이미 말했지만 평생에 걸쳐 섞어내도 큰 성취를 얻을 수 없소."

"그런데 벽공의 씨앗이 있으면 다르다?"

"그렇소. 일단 벽공으로 형성된 무종의 씨앗이 단전에 자리를 잡으면 그 이후로는 무척 수월하게 부작용 없이 이종의 기운을 하나로 섞어낼 수 있다고 하오. 나야… 알 수 없는 일이지만."

자신이 직접 수련한 것이 아니라서 확신할 수는 없다는 듯 타무즈가 어깨를 으쓱했다.

"그래서 그런 일들이……."

무한이 고개를 끄떡이며 중얼거렸다.

사실 그는 지금까지 그의 무공이 무섭게 진보한 것이 오직 빛의 정원에서 전해 받은 천년밀교의 신공 때문이라고 생각하고 있었다.

그런데 무극종의 신공인 벽공 역시 그 이유 중 하나였던 것이다.

'하긴 밀교의 신공을 접하기 이전부터 무공의 진보는 빨랐지.'

생각해 보면 빛의 정원에서 밀교의 술법들을 얻은 이후 좀 더 빨라지기는 했지만, 그 이전부터 무한은 해왕무맥의 무공들을 다른 소룡들보다 훨씬 빠르게 수련해 내고 있었다.

그래서 소룡이 된 지 이 년이 채 지나기도 전에 다른 소룡들과 무공을 겨룰 실력을 갖게 되었던 무한이었다. 가끔은 스스로 자신의 무공을 숨겨야 할 만큼.

그런데 그 이유가 기억하지 못하는 어린 시절 그의 아버지 철사자 무곤이 그의 몸속에 심어놓은 벽공이라는 무종의 씨앗 때문이었던 것이다.

'결국 천재는 아니라는 건가?'

무한이 내심 씁쓸한 웃음을 흘렸다.

사실 그동안 묵룡대선의 사람들은 그의 놀라운 무공 진보가 천부적인 자질 때문이라고 생각하고 있었다.

그리고 그 역시 일정 부분 자신의 자질에 대한 믿음을 가지고 있었다. 그런데 그런 생각들이 오해일 수도 있다고 생각하니 씁쓸한 기분이 드는 것은 어쩔 수 없었다.

'뭐 그렇다고 완전히 아니라고도 할 수는 없으니까. 의기소침할 필요는 없지.'

무한이 애써 자신의 마음을 위로하며 다시 타무즈의 말에 집중하기 시작했다.

"무황검은 말 그대로 검의 황제라고 할 만큼 대단한 위력을 지닌 검법이오. 단순히 적을 베고 깨뜨리는 강력함도 강력함이지만, 그 검초에 파사(破邪)의 힘이 깃들어 있다고도 전해지고 있소. 물론 그것이 진실인지는 나도 모르겠소. 하지만 철사자께서 흑라의 무리를 상대할 때 특히 그 위력이 더했던 것을 생각하면 아니라고도 할 수 없을 것 같소."

이야기는 무극종의 유일한 정통 무공이랄 수 있는 무황검으로 이어졌다.

단 삼 초의 검식, 그럼에도 육주에서 가장 강한 검법으로 인정받은 철사자 검법이다.

사실 무한으로서는 벽공보다도 더 관심이 가는 무공이 무황검이었다.

최후의 순간 철사자는 이 무황검으로 역사상 최악의 마인이라는 흑라와 겨뤘을 것이다.

그리고 그와 함께 죽었다. 그 사실을 생각하면 타무즈의 말처럼 무황검이라는 검공에 파사의 기운이 있을 수도 있었다.

"이 검법으로 흑라를 베었을 거라 생각하시오?"

무한이 물었다.

"아마도… 아니라면 흑라의 마기를 제압할 수 없었을지도 모르오. 내가 직접 본 것은 아니지만……."

타무즈가 대답했다.

"삼 초식의 검법이라……."

무한이 중얼거렸다.

그러자 타무즈가 서탁 위해 얇은 금판을 올려놓았다.

탁!

얇게 누른 금판이라지만 금은 금이어서 제법 묵직한 소리가 났다.

슥!

타무즈가 서탁 위에 올린 금판을 무한 쪽으로 밀었다. 그러면서 시원섭섭한 목소리로 말했다.

"이제 이 금경은 소주가 보관하시오. 앞면에는 벽공이, 후면에는 무황검의 초식이 기록되어 있소."

"서운하시오?"

무한이 되물었다.

"시원하오. 이제 호법사로의 일이 끝났으니 나도 무극종의 호법사 일에서 벗어나 자유롭게 내가 원하는 일을 할 수 있을 것이오."

"사해상가를 상대하는 일 말이오?"

"그것도 그렇고……."

타무즈가 말꼬리를 흐렸다. 그동안 철사자 무곤과 무한의 죽음 소식에 적지 않은 마음고생을 한 모양이었다.

"호법사는 어떻게 이어지오? 내가 누군가를 찾아야 하오? 아니면 그대가 후계자를 선택하시오?"

무한이 물었다.

더 이상 타무즈가 호법사의 짐을 지고 싶어 하지 않는다면 다른 누군가가 필요하기 때문이었다. 적어도 무극종의 전통을 이어가야 하려면.

"보통의 경우에는 당대의 호법사가 후계자 재목을 골라 무극종의 전수자에게 동의를 받아왔소."

타무즈가 대답했다.

"혹시 염두에 둔 사람이 있소?"

무한이 물었다.

그러자 타무즈가 고개를 저었다.

"솔직히 말해 누군가를 찾아야 할 시기였지만 소주께서 죽었다고 생각하고 있었기 때문에⋯⋯."

타무즈가 말꼬리를 흐렸다.

철사자의 혈통이 아니라면 무극종은 단종되는 것이 당연한 일이라고 생각한 타무즈여서 무한의 죽음이 전해진 이후 굳이 새로운 호법사를 키울 생각을 하지 않았던 모양이었다.

"지금이라도 찾아보시겠소?"

무한이 물었다.

"날 믿소? 무극종 호법사의 업에서 벗어난 일을 하려는 사람인데?"

타무즈가 되물었다.

사해상가를 상대하는 일은 적어도 무한이 살아 있는 이상은 무극종 호법사의 일이 아니다. 그래서 그 일을 계속한다는 것은 호법사로서의 삶을 포기한다는 의미일 수도 있었다.

그런 사람에게 호법사의 후계자를 찾는 일을 맡기는 것은 위험한 일이었다.

"사람 찾는 일인데 믿고 말고가 어디 있겠소. 그리고 이미 무극종에 대해서는 알 만큼 아시는 분이고."

무한이 덤덤하게 말했다.

그러자 타무즈가 아무런 말 없이 물끄러미 무한을 응시했다.

무한은 그런 타무즈의 시선을 너끈히 견뎌냈다. 그가 혼란스러워한다는 것을 알고 있기 때문이었다.

그 혼란이 무한 자신에 대해 제대로 파악할 수 없기 때문일 수도 있고, 혹은 갑자기 무한이 나타난 상황 때문일 수도 있겠지만.

"소주의 지금 신분을 물어도 되겠소?"

사실 타무즈는 무한이 그의 앞에 나타난 이후 줄곧 자신의 이야기만 했지 사자림 이후의 무한에 대해서는 전혀 듣지 못한 상황이었다.

그래서 새삼스럽게 사자림에서의 죽음 이후 무한이 어떻게 살아왔는지 궁금해하는 타무즈다.

살아온 모습을 알게 되면 지금의 무한을 좀 더 정확하게 판단할 수 있기 때문이었다.

"감출 일은 아니오. 적어도 그대에게는. 난 묵룡대선의 전사요. 독안룡 탑살의 마지막 제자이고……."

"아!"

타무즈의 입에서 나직하게 탄식이 흘러나왔다. 안도와 기대가 섞인 음성이다.

"좋구려. 정말 운이 좋았구려."

타무즈가 숨김없이 자신의 감정을 드러냈다.

"나 역시 그렇게 생각하고 있소."

"그런데······."

문득 타무즈의 표정이 다시 본래의 모습, 무한을 탐색하는 듯한 얼굴로 돌아왔다.

"말씀하시오."

"그렇다 해도 소주께서 독안룡을 만난 것은 길어야 겨우 삼년 정도 전일 텐데······."

"아마 그쯤 될 것이오. 사자림에서 바다로 뛰어든 후 그곳을 지나던 묵룡대선에 구조되었으니까."

"그렇군요. 그렇다면 혹시 그건······?"

"맞소. 내가 계획한 것이었소. 그 배가 묵룡대선인 것은 몰랐지만. 오랫동안 특정한 날 사오일 차이로 큰 상선 하나가 사자림 앞바다를 지난다는 것을 알아냈기에 가능한 시도였소."

"음··· 굉장히 위험한 도박을 하셨구려. 아무튼 그건 그렇고. 독안룡님의 무공을 겨우 삼 년 정도 수련한 분의 실력으로는 너무 과해 보이는데. 비록 철사자님께서 남긴 벽공의 씨앗이 무공 수련을 도왔다고 해도······."

타무즈가 말꼬리를 흐렸다.

타무즈는 고수였다. 비록 그가 무극종의 정통 무공인 벽공과 무황검을 수련한 것은 아니지만, 그 두 가지 무공이 없다고 그가 평범한 무인은 아니었다.

아마도 현재 육주에서 그를 상대할 고수는 십이신무종의 고수들과 육주 권력자들 밑에 있는 대전사급 정도일 것이다.

그래서 그는 단번에 무한의 무공이 범상치 않음을 알아챈 것이다.

아니, 처음부터 기척도 느끼지 못할 만큼 은밀하게 자신의 거처로 스며든 무한이었다. 그건 무한이 그 순간 이미 자신의 무공을 증명한 것이나 다름없었다.

그리고 대화를 이어가면서 간간히 흘려내는 특별한 기운들은 타무즈로 하여금 무한을 단순히 독안룡 탑살의 제자로만 생각하지 못하게 만들고 있었다.

"그 이상은 말해줄 것이 없소."

무한은 냉정하게 말했다.

타무즈는 무한의 말에 두 가지 의미가 있을 수 있다는 것을 알고 있었다.

하나는 정말 더 이상 말해줄 사연이 없다는 것일 수도 있고, 다른 하나는 또 다른 사연이 있지만 타무즈에게 말할 수 없다는 뜻일 수도 있었다.

"절 믿지 못하시는구려."

"처음 본 사람을 어떻게 온전히 믿겠소."

무한이 덤덤하게 대답했다.

그러자 타무즈가 조금 서운한 표정을 짓다가 이내 고개를 끄떡였다.

"알겠소. 아무튼 말씀하신 대로 호법사의 후계자는 내가 한번 찾아보리다. 사실 그 역시 호법사의 임무 중 하나니까."

"그렇게 하시구려. 그럼 난 이만 가보겠소!"

무한이 갑자기 자리에서 일어났다.

그러자 타무즈가 당황한 얼굴로 급히 물었다.

"설마 이대로 가시겠다는……?"

"받을 것 받았고. 할 말 다 했으니 더 있을 이유가 없지 않소. 그리고 이곳에 머물 테니 필요하면 떠나기 전에 한 번 정도는 다시 들르겠소. 그럼!"

무한이 그 말을 남기고 타무즈가 말릴 시간도 주지 않고 자신이 들어왔던 창을 통해 바람처럼 사라졌다.

제2장

도전받는 거인

"정말 단순한 무공이구나. 하지만 역시 그래서 더 무서운 무공인 것 같군, 후우……"

무한이 한숨을 쉬며 중얼거렸다.

그의 손에는 타무즈에게 건네받은 금판이 들려 있었다.

앞면에는 무극종의 내공심법인 벽공이, 후면에는 단 삼 초식으로 이뤄진 무황검법의 초식이 새겨진 금판이었다.

무한은 타무즈의 숙소를 떠난 뒤, 소요산장주 이공이 머물고 있는 객관으로 가지 않고, 송강 하구의 거대한 시전을 벗어나 멀리 만화도와 그 뒤쪽으로 펼쳐진 바다가 보이는 해안가에 앉아 있었다.

서쪽으로 펼쳐진 바다여서 일출의 맛이 덜하지만 해가 뜨면 그 바다에도 붉은빛이 드리워질 것이다.

무한은 적어도 그때까지는 해안가에 머물 생각이었다. 타무즈에게 듣기는 했지만 무극종의 무공인 벽공과 무황검을 자세히 살펴보고 싶었기 때문이었다.

그리고 그렇게 새벽의 바닷가에서 살펴본 벽공과 무황검은 정말 단순하면서도 직설적인 무공들이었다. 어떻게 보면 무지막지한 무공이라고도 할 수 있었다.

몸으로 들어온 모든 기운을 뒤섞어 뇌력의 힘을 갖춘 내공을 형성하는 것, 그 부작용을 최소화하기 위해 병아리 물 마시듯 부작용이 없을 만큼의 강도로만 느리게 내공을 형성해 나가는 것, 그건 그야말로 지난한 수련 시간을 필요로 하는 심공이었다.

대대로 무종의 씨앗을 몸에서 몸으로 전하는 전수법이 아니라면 한 사람의 힘으로는 절대 대성할 수 없는 무공, 그것이 바로 벽공이었다.

하지만 무종의 씨앗을 받아 일정한 수준에 올라서면, 그 어떤 신공과도 비교할 수 없을 만큼 강력한 힘을 낼 수 있는 신공이기도 했다.

왜 과거 무극종의 주인들이 절대 무적의 무인으로 군림하며 빛의 술사를 보호할 수 있었는지 이해할 수 있는 무공이었다.

무황검 역시 벽공과 다르지 않았다.

찌르기와 종횡의 베기, 단 삼 초식의 검식으로 이뤄진 무황검법은 단지 그 검로를 익히는 것이라면 세 살 먹은 어린애도 배울 수 있을 만큼 단순한 것이었다.

하지만 그것이 벽공의 기운과 연결되면 이야기가 달라진다.

검로의 단순함은 벽력의 기운을 지닌 벽공의 내공을 온전히 검에 실어내기 위해 어쩔 수 없이 선택한 것이었다.

화려한 변화를 가진 초식으로는 벽공의 강력함을 완전하게 검에 투영할 수 없었다.

그래서 단순함이 가지는 힘을 고스란히 살린 무황검은, 벽공을 수련한 무극종의 전수자들에게는 가장 어울리는 검법이라고 할 수 있었다.

"어찌 보면 양부님의 혈랑검과 비슷한 검법이군."

무한이 중얼거렸다.

일체의 화려함과 격식을 배제하고, 오직 한 가지 목적, 적을 벤다는 측면에서 보면 무황검과 혈랑검은 같은 성격의 검법이었다.

"하지만 어찌 보면 극단적으로 다른 검법이기도 하지."

다시 무한이 중얼거렸다.

화려함을 걷어낸 실전적인 검법이라는 면에서는 두 검법이 비슷하지만, 완전히 다른 면도 가지고 있었다.

무황검은 극에 이른 강력한 내공을 토대로 펼쳐지는, 힘을 기반으로 하는 무공이었고, 혈랑검은 내공이 없는 사람도 전장에서 최대한의 효과를 볼 수 있는 빠르고 가벼운 검법이었다.

그런 면에서 보면 두 검법은 애초부터 목적을 제외하고는 전혀 다른 출발점을 가지고 있었다.

"그래도 둘 다 무섭기는 하지."

혈랑검과 무황검 모두 적을 베는 데는 어떤 검법보다도 탁월한 능력을 지닌 검법들이었다. 처음부터 살기가 내포된 무서운 검법인 것이다.

"무황검을 펼칠 수 있을까?"

무한이 문득 중얼거렸다.

강력한 내공이 필요한 무황검을 제대로 펼칠 만큼의 내공이 자신에게 있는지 자신할 수 없기 때문이었다.

그가 비록 지난 삼 년여의 시간 동안 보통 사람이 생각할 수 없는 속도로 공력이 진보했다고는 해도, 내공을 형성하는 것은 시간이라는 절대적인 기준을 벗어나기 힘든 무공이기 때문이었다.

무한이 문득 옆에 뒹구는 나뭇가지를 집어 들었다. 그리고 낮은 절벽 아래, 어스름한 새벽빛 속에서 일어나는 파도를 향해 나뭇가지를 가볍게 뻗어냈다.

스슷!

갑자기 무한이 뻗어낸 나뭇가지에서 미세한 소리가 일어나더니 아침 안개 같은 것들이 아른거리기 시작했다.

그리고 뒤를 이어 나뭇가지가 서리가 내린 듯 하얗게 변해가기 시작했다.

금세 하얗게 변한 나뭇가지가 마치 마법에 걸린 것처럼 조금씩 길어지기 시작했다.

봄날, 녹은 땅에서 수분을 빨아들인 나뭇가지에서 가지가 자라듯, 그렇게 무한의 손 안에 있는 죽은 나뭇가지가 무럭무럭 자라났다.

그리고 급기야 그 길이가 보통의 검만큼 길어졌다. 그 순간 갑자기 나뭇가지가 요동치기 시작했다.

푸르르!

사시나무 떨듯 떨기 시작한 나뭇가지가 더 이상 자라기를 멈췄다.

대신 나뭇가지에서 작은 빛 무리들이 사방으로 번지기 시작했다.

그 순간 무한이 나뭇가지를 놓아버렸다.

콰아아!

무한의 손을 벗어난 나뭇가지가 무서운 속도로 파도를 향해 돌진했다.

쿠웅!

나뭇가지와 격돌한 파도가 묵직한 소리를 내며 물보라를 허공으로 분수처럼 일으켰다.

콰아아!

용오름처럼 일어난 물보라가 삼사 장 높이에서 멈추더니 그대로 힘을 잃고 허물어졌다.

그러고는 아무 일도 없었다는 듯 다시 바다는 이전처럼, 파도를 밀고 당기기 시작했다.

"되긴 되는 것 같은데……."

무한이 고개를 갸웃거리며 중얼거렸다.

그가 죽은 나뭇가지를 이용해 시험한 것은 무황검의 일척(一刺), 이절(二切), 삼단(三斷), 세 검식 중 첫 번째 검식 일척이었다.

일척은 말 그대로 한 점을 향해 찌르는 검식인데, 앞서 파도의 기둥이 세워진 것처럼 보통의 쾌검과 달리, 속도보다는 강력한 힘이 그 특징인 검식이었다.

결국 지금 무한이 가지고 있는 내공으로 무황검을 시전할 수 있다는 것이 증명되었다.

하지만 무한도 알고 있었다.

그가 나뭇가지로 만들어낸 무황검의 검식이 완벽한 경지의 무황검이 아니라는 것을.

완벽한 무황검을 펼치기에는 역시 내공이 부족했고, 또한 완벽한 무황검이라는 것은 결코 나뭇가지를 들고는 펼칠 수가 없는 검법이었다.

만약 무한이 최선을 다해 무황검을 시전하려 했다면 그가 들었던 나뭇가지는 내공이 모두 전해지기 전에 산산조각 났을 것이다.

슥!

무한이 허리춤의 검을 만졌다. 묵룡대선의 전사가 될 때 석림도주가 소룡들에게 선물한 한철로 만든 검이었다.

그 검이라면 온전한 힘을 실어 무황검을 시전할 수 있을 것 같다는 생각이 든 무한이었다.

그러나 무한은 곧 검에서 손을 떼고 고개를 저었다.

"결국은 숙련의 문제. 제대로 수련한다면 썩은 나뭇가지로도 온전히 무황검을 펼칠 수 있을 거야. 병기의 힘을 빌리는 것은 게으른 자의 선택이지. 또 여기서 소란을 떨 수도 없는 일이고."

무한이 주변을 돌아보며 중얼거렸다.

비록 한적한 외곽이지만 송강 하구의 시전은 워낙 사람이 많이 모이는 곳이라 새벽이라도 사람이 없을 거라고 장담할 수 없었다.

이런 곳에서 무황검을 온 힘을 다해 펼쳐대는 것은 어리석은 일이었다.

"어, 일출이네?"

주변을 돌아보던 무한이 탄성을 흘렸다.

바다 쪽을 바라보고 있어 미처 몰랐지만, 뒤를 보니 멀리 보이는 산봉우리 위로 붉게 태양이 떠오르고 있었다.

"바다가 아니라 산 위로 뜨는 일출도 아름답구나."

무한이 순식간에 산 위로 떠올라 세상을 비추기 시작하는 태양을 보며 중얼거렸다.

"돌아가야겠군. 분명히 잠도 안 자고 기다리고들 있을 것 같은데……."

무한이 중얼거렸다.

소요산장주 이공과 그 제자들은 아마도 지난밤 잠을 자지 못하고 자신이 돌아오기를 기다리고 있었을 것이다.

그리고 약속한 오늘 정오가 가까워지면 더욱더 마음을 졸일 것이다.

무한의 능력은 완성되지는 않았어도 빛의 술사인 그는 믿을 만한 사람이지만, 청년 무한으로만 보면 신분과 상관없이 불안할 수밖에 없었다.

그런 그들의 수고를 덜어주기 위해서는 조금이라도 빨리 객관으로 돌아가는 것이 좋았다.

"과거의 인연들은 모두 만난 것 같고, 이젠 정말 앞으로의 삶만 살면 되는 건가!"

무한이 마치 긴 잠에서 깨어난 사람처럼 기지개를 켜며 중얼거렸다.

"가보자. 어떤 일들이 일어나는지 한번 보자고!"

무한이 새로 태어난 사람처럼 송강 하구의 시가지를 향해 힘차게 걸음을 옮기기 시작했다.

*   *   *

육주 상계의 제왕, 사해상가의 가주 노백이 만화도 황금성 상층부에 있는 자신의 거처에서 잠에서 깨어나는 송강 하구의 시가지를 바라보고 있었다.

송강 하구 시전은 사해상가의 부의 원천이었다.

천하의 모든 상인들이 모여들어 자유롭게 세상의 모든 물건을 거래할 수 있는 곳, 상인들에게는 꿈의 장소와 같은 시장이 송강 하구였다. 그리고 그곳을 만든 사람이 바로 노백 자신이었다.

물론 그가 사해상가의 가주가 되기 이전부터 송강 하구에는 사해상가의 포구가 있었고, 많은 상선들이 드나들었다.

하지만 그때의 송강 하구는 단지 한 가문의 포구로서 활용되었을 뿐, 지금처럼 천하의 모든 상인들이 모여드는 거대한 시전을 형성하지는 못했었다.

그런 곳을 노백이 지금처럼 천하에서 가장 큰 시장으로 변화시킨 것이다.

노백이 문득 손을 들어 창문 밖으로 내밀었다.

그러자 마치 멀리 보이는 송강 하구의 시전이 그의 손바닥에 올라앉은 것 같은 모양이 되었다.

"내가 만든 거다. 이 시장은… 내 손 안에 있어왔고, 앞으로도 내 손아귀에 있을 것이다. 그리고 결국 거대한 나만의 왕국을 만드는 힘의 원천이 될 곳이다. 그런데 감히 쥐새끼들이?"

노백이 화가 난 듯 중얼거리며 주먹을 움켜쥐었다. 그러자 그의 손 안에 있던 시가지의 모습이 주먹 밖으로 튕겨 나갔다.

그럼에도 불구하고 노백은 마치 자신의 주먹 안에 시전이 들어 있는 것처럼 좀 더 힘을 주었다.

"어떤 놈이든 감히 내게 도전하는 놈은 용서치 않는다. 가소로운 것들!"

노백이 살의 가득한 음성으로 중얼거렸다.

그때 문이 조심스럽게 열리면서 초로의 노인이 안으로 들어왔다.

그는 창가에 앉아 있는 노백의 곁으로 발소리를 남기지 않으려고 애쓰면서 걸어와 조심스럽게 허리를 굽혔다.

"가주님!"

"어서 오게."

노백이 잠시 얼굴에 일렁였던 살의를 거둬들이며 다가온 노인을 바라봤다.

총관 나이만이다.

"사람들이 왔습니다."

"몇 명이나 왔는가?"

"모두 오십입니다."

"오십… 부족하지 않을까?"

"그렇지는 않을 겁니다. 모두 오족에서 가장 뛰어난 전사들입니다."

"그들의 정체와 세력이 명확하지 않아. 그래서 우리에게 필요한 사람이 얼마나 될지 가늠하기가 어렵네."

"알고 있습니다. 그래서 오족의 살수들을 쓰는 것은 최대한 늦추려고 합니다. 놈들의 정확한 전력을 분석한 후에 일거에 목을 벨 생각입니다."

"하긴 급한 것은 아니지. 당장 사해상가가 무너지는 것도 아니고. 한 번에 완벽하게 놈들을 지워 버리는 것이 좋겠지."

노백이 고개를 끄덕였다.

"그들을 제거하는 것보다는 가주님의 안위가 오히려……."

"놈들이 자객이라도 보낼 거라고 생각하는가?"

"힘없는 자들이 선택하는 가장 좋은 방법이지요. 마치……."

"마치? 후후, 철사자와 십이영웅처럼 말인가?"

노백이 나이만의 속내를 짐작하고 되물었다.

"마음이 상하셨다면 죄송합니다."

나이만은 뒤늦게 노백이 십이영웅, 그중에서도 철사자를 거론하는 것을 달가워하지 않는다는 사실을 떠올렸다.

"아니, 뭐 틀린 말도 아니니까. 나라도 자객을 보낼 거야."

노백이 말했다.

"그럼 호위 무사의 숫자를 늘릴까요?"

나이만이 조심스럽게 물었다.

"그럴 필요 없네."

노백이 고개를 저었다.

"하지만……."

"내 걱정은 말게. 삼객이 오늘 중으로 모두 돌아올 테니."

"아! 모두 말입니까?"

나이만이 놀란 표정으로 되물었다.

"이런 시기에는 그들이 내 곁에 있어야 안심이 되니까. 그래야 나도 마음껏 내 방식대로 일을 처리할 수 있고."

"알겠습니다. 그분들이라면 다른 호위가 필요 없지요."

"후후, 그래도 심부름할 사람은 남겨두게."

노백이 농을 던졌다.

"물론입니다. 그래도 호위를 조금 더 늘리겠습니다."

"그건 총관 좋을 대로 하게."

노백이 관심 없다는 듯 순순히 고개를 끄떡였다.

"술사님!"

아침 식사도 거르고 무한을 기다리던 이공과 그 두 제자들은, 무한이 정오가 되기 전 객관에 들어서자 안도하는 얼굴로 무한을 맞이했다.

"왜요? 죽은 사람이 살아 돌아왔습니까?"

무한이 능글맞게 농담을 했다.

"무슨 그런 말씀을. 누가 감히 술사님을……"

이공이 미소를 지으며 대답했다.

"보아하니 모두 밤을 새셨군요?"

예상대로 세 사람의 얼굴은 초췌했다. 아무리 무공을 수련한 무인이라도 하룻밤을 뜬눈으로 새운 얼굴은 초췌할 수밖에 없었다.

"걱정 마십시오. 저희는 아직 팔팔합니다. 물론 연로하신 사부님은……"

이맥이 슬쩍 이공을 보며 말꼬리를 흐렸다. 당연히 사부를 걱정하기보다는 놀리는 말이다.

"한판 붙어보겠느냐? 나이도 많고, 잠도 못 잔 늙은 사부와? 젊은 네놈이니 충분히 자신 있겠지?"

이공이 이맥을 노려보며 물었다.

"아, 아닙니다. 술사님이 오셨으니 아침 식사를 하셔야죠? 제가 얼른 준비해 오겠습니다."

이맥이 괜히 시비를 걸었다가 본전도 찾지 못하고 얼른 객방을 빠져나갔다.

"저도 같이 다녀오겠습니다."

소의 역시 방에 남아 있다가 불똥이 자신에게 튈 것을 걱정했는지 얼른 이맥의 뒤를 따라 나갔다.

"어이구, 변변치 못한 놈들. 칼을 뺏으면 무라도 잘라야지 겁을 먹고 줄행랑을 치는 꼴이라니… 이거 술사님을 돕기에는 너무 시답지 않은 녀석들이 아닌지 걱정이 되는군요. 죄송하기도 하고. 기껏 제자라고 뽑은 놈들이……."

"하하, 아닙니다. 두 분의 뛰어남은 이미 잘 알고 있습니다. 다만 장난이 조금 심할 뿐이지요."

무한이 미소를 지었다.

"실력은 모르겠는데 버릇은 영……."

이공이 얼굴을 찌푸리며 고개를 저었다.

"이공 님이 두 사람을 얼마나 아껴 키우셨는지 알 수 있는 모습인걸요. 소요산장에 묶여 살았으면서도 그늘이 없지 않습니까?"

"음… 그걸 느끼셨습니까?"

"물론이지요. 두 제자분이 이공 님을 존경하면서도 거리를 두지 않고 농을 던질 만큼 친밀하게 생각하고 있으니 아마도 두 사람에게 이공 님은 스승이 아니라 아버지 같은 존재일 것입니다."

"뭐 그렇게까지… 아버지라… 허허!"

무한의 말이 기분 나쁘지 않은 듯 이공이 조심스러운 웃음을 흘렸다. 그러다가 갑자기 정색을 하며 물었다,

"가셨던 일은?"

"뭐, 대충 잘 끝났습니다."

"어떻게……?"

"서로 줄 것 주고, 받을 것 받았지요. 그러고는 각자의 길을 가는 것으로……!"

"……."

"왜 그러십니까?"

자신의 말에 멀뚱한 표정으로 자신을 바라보는 이공을 보며 무한이 물었다.

"…그게 답니까?"

"그럼 뭐 대단한 것을 기대하셨습니까?"

무한이 되물었다.

"아니, 그래도 우리가 수 개월간 그를 살피는 일을 했는데 그렇게 단순하게 끝날 관계라면……."

이공의 표정에 실망한 기색이 역력했다.

그는 마골과 무한의 관계가 무척 특별하다고 생각했던 모양이었다. 그런 관계라서 자신들을 이곳에 보내 그를 찾으라고 했던 것이라 생각한 것이다.

그런데 그냥 하룻밤 만나고 끝날 관계라면 그들이 지금껏 마골이란 상인을 조사한 노력이 너무 허무했다.

"서로 선을 지켰기 때문에 가능한 일입니다. 만약 그나 저, 어느 한쪽이 욕심을 냈다면 아마도 이렇게 쉽게 끝나지 않았겠지요. 그리고… 사실 그에게서 받은 것은 굉장히 중요한 것입니다. 그에게 들은 몇 가지 이야기 역시……."

무한이 신중하게 말했다.

그의 말은 진심이었다. 세상에서 가장 강한 무공일 수도 있는 무극종, 그리고 무극종 전수자들과 빛의 술사와의 관계를 알게 된 것은 무한에게 중요한 일이었다.

"……."

무한의 대답에도 이공이 허무함이 채워지지 않는 듯 말없이 무한을 바라봤다.

"더 듣고 싶은 말이 있으십니까?"

무한이 물었다.

"일이 끝났다니 말씀해 주실 수 있지 않겠습니까? 그가 술사님과 정확히 무슨 관계인지 정도는……."

마골의 정체라도 알아야 그간 노력에 대한 보상이 되겠다는 듯 이공이 물었다.

"흠… 그와의 관계라. 그의 정체를 알고 싶다는 말이겠지요?"

"그렇습니다."

"그리고 그건 제 뿌리를 알고 싶다는 뜻이겠고요."

"그, 그게 그렇게 되나요? 허허허……."

이공이 겸연쩍은 웃음을 흘렸다.

그러다가 이공은 무한이 무심하게 내뱉은 말에 얼음처럼 얼어 버렸다.

"제 친부는 철사자 무곤이라 불리는 사람입니다. 워낙 유명한 사람이니 당연히 알고 계시겠지요?"

"……."

무한의 말에 한순간 얼굴이 굳은 이공이 아무런 말도 하지 못하고 멀뚱멀뚱 무한을 바라봤다. 그의 신체 중 움직이는 곳은 오직 그의 검은 눈동자뿐이다.

이공의 말문이 막히자 무한이 다시 입을 열었다.

"그는… 친부께서 남긴 가문의 무공을 가지고 있었지요. 그래서 그걸 받아 온 겁니다. 사실… 그가 그 무공을 순순히 내놓지 않았다면 거친 밤이 되었겠지요. 다행히 그는 자신에 맡겨진 업(業)을 거부하지 않고 우리 가문의 무공을 순순히 제게 건넸지요. 그런 그에게 난 자유를 주었습니다. 자신이 살고 싶은 삶을 살라는. 그게 전부입니다."

무한이 석상처럼 굳어 있는 이공에게 좀 더 자세히 마골과의 관계를 설명했다.

하지만 그 말들이 이공의 귀에는 제대로 들어오지 않았다. 그에게는 오직 무한이 처음 한 말, 자신의 친부가 철사자 무곤이라는 말만이 중요했다.

"이공 님?"

무한이 얼빠진 듯한 이공을 불렀다.

"예, 옛?"

이공이 얼떨결에 무한의 부름에 대답했다.

"이제 궁금증이 풀렸습니까?"

"정말, 그게 정말이십니까?"

이공이 뒤늦게 무한이 한 말의 사실 여부를 물었다.

"설마 그런 거짓말을 하겠습니까?"

무한이 되물었다.

"그야 당연히… 그럴 수 없지요. 그럼 대체 어쩌다가… 아, 아닙니다. 뭐, 그럴 수도 있지요. 철사자의 아드님이 사자림의 절벽에서 육주의 바다로 몸을 던졌다는 이야기는 저도 들었으니까요. 그럼 그때 묵룡대선에……?"

이공은 현명한 사람이었다.

그는 얼이 빠진 듯 보였지만, 이미 무한에게 일어났을 모든 일들을 머릿속으로 유추해 내고 있었다.

"그렇게 된 거지요."

"그건… 운이 좋은 겁니까? 계획된 것입니까?"

이공이 다시 물었다.

사자림의 절벽에서 몸을 던져 묵룡대선에 구조되는 과정이 계획 하에 이뤄진 일인지를 묻는 것이다.

"계획은 세웠지요. 그쯤 그곳으로 묵룡대선이 지나가는 것도 알았으니까요. 그래도 운이 많이 따른 일이지요. 여러 가지 면에서……"

"허… 술사님은 이제 보니 생각보다 무척 독한 분이시군요. 자신의 목숨을 건 도박을 하시다니……"

이공이 탄식을 흘렸다.

그가 알고 있는 무한은 의지는 강하지만 독한 성정은 아니었다. 세상이나 삶에 대한 강한 의욕도 없는 사람 같았다.

그런데 목숨을 건 도박을 할 정도의 독함을 가지고 있다니, 그것도 삼 년 전이면 아직 소년이었을 나이였다.

"그런 일을 겪게 되면 만사가 심드렁하게 느껴지지요. 이공 님께서는 그런 절 보신 거고."

"그, 그런가요? 전 그런 일을 겪진 않아서 잘 모르겠군요."

평생 소요산장에서 살아온 그에게도 위기가 없지는 않았지만, 목숨을 걸어야 할 만큼 위험한 일은 없었다.

그래서 그는 무한의 성정이 변하게 된 이유를 쉽게 이해할 수 없었다.

"더 궁금한 것은 없습니까?"

무한이 물었다.

"그야 뭐… 철사자와 그 아드님에 대한 이야기는 이미 세상에 널리 퍼진 일이라. 아! 그런데 그럼 이렇게 막 돌아다니셔도 되는 겁니까? 육주에서라면 술사님을 알아보는 사람이 있을 텐데요?"

철사자 무곤의 아들 무한은 비록 사자림에 갇혀 살다시피 했지만, 그의 얼굴은 제법 많은 사람들이 알고 있었다.

당시 육주의 강자들은 철사자 무곤이 혹시라도 남겼을 무공을 찾기 위해 한두 번씩은 모두 사자림을 방문했기 때문이었다.

더군다나 그 이후에도 사자림 주변의 숲에는 이왕사후 등 육주의 강자들이 보낸 사람들이 무한을 감사하기 위해 적지 않게 숨어 있었다.

그래서 송강 하구 시장과 같은 번화한 곳이라면 무한의 얼굴을 알아볼 사람이 반드시 있게 마련이었다.

그러나 무한은 이공의 걱정을 가볍게 넘겼다.

"절 알아볼 사람은 없을 겁니다."

"어째서 그렇게 자신하십니까?"

"전 변했으니까요."

"하지만……"

사람의 모습은 아무리 노력해도 과거의 흔적을 갖고 있게 마련이었다.

그런 이공의 걱정을 알아채고 무한이 다시 입을 열었다.

"사실 사자림에 살 때는 일부러 몸을 혹사했지요, 먹을 것을 줄여 피골이 상접한 상태였어요. 지팡이가 없이는 걷지도 못할 만큼 허약해 보였을 겁니다. 또한 그때는 얼굴에 약간의 가피(假皮)를 붙이고 있었습니다. 혹시라도 사자림을 떠나 신분을 감춰야 할 때를 생각해서요. 보통의 경우면 떠난 이후 변장을 하지만 어차피 사자림에서는 별로 할 일도 없어서 아예 그 당시에 몇 년 동안 조금씩 본얼굴을 감추었었죠. 떠난 이후에 본래의 얼굴로 살고 싶어서요."

"아……!"

이공이 자신도 모르게 탄식을 흘렸다. 무한이 살아왔을 사자림에서의 삶이 얼마나 고독하고 혹독했을지 상상이 됐기 때문이다.

"그에 대한 대가는 충분히 얻었습니다. 지금은 그 누구도 절사자림의 그 나약한 아이로 생각지 못할 테니까요."

"…음 그에 대해선 걱정하지 않아도 되는 겁니까?"

"누구……? 아, 마곰, 그 사람요?"

"그렇습니다. 그러면 분명 술사님 곁에 머물고자 할 것 같은데. 사자림을 재건하고 싶어 할 것이고."

"그건 걱정하지 않으셔도 됩니다. 애초에 같은 가문의 사람이지만, 각자 맡은 일이 달라서 그런 일이 없었으면 서로 만날 일도 없는 사람이니까요."

"술사님 가문의 일을 세세하게 묻고 싶지는 않습니다만, 그래도……"

"글쎄, 걱정 마시라니까요."

무한이 미소를 지으며 이공을 안심시켰다.

그러자 이공이 잠시 침묵을 지키다가 다시 물었다.

"술사님은 어떻습니까?"

"……?"

"과거 술사님을 멸시하고 사자림을 피폐하게 만든 자들에게 복수하고 싶지 않으십니까? 그리고 폐허가 된 사자림을 다시 예전처럼 고귀한 장소로 만들고 싶지 않으십니까?"

이공의 질문은 무척 진지했다.

무한의 대답 여하에 따라 빛의 술사가 된 무한의 행보가 과거의 전통과 크게 어긋날 수도 있었다. 빛의 술사에게 피의 복수란 어울리는 않는 일이었다.

"복수라… 어릴 때는 그런 생각을 할 때도 있었지요. 하지만 지금은 그렇지 않습니다. 사실 복수의 대상도 모호하지요. 흑라는 죽었고, 그곳으로 아버님을 보낸 이왕사후도 역시 몰락했으니까……."

"하긴, 그렇긴 하지요. 굳이 복수의 대상을 꼽으라면 이왕사후가 실질적인 대상인데……."

이공이 고개를 끄떡였다. 안도의 기운도 느껴졌다.

"나는 그런데 그는 그렇지 않더군요."

"그……? 아, 마골, 그 사람 말이군요?"

"예. 그는 복수의 대상에 사해상가를 포함시키더군요. 그래서……."

"음, 그것이 그가 사해상가에 반대하는 상인들을 규합하는 이유였군요."

"그렇긴 한데, 그 모임에 참여하는 사람들이 모두 사해상가에 원한이 있는 사람들은 아니라더군요. 다시 말해서 본 가의 복수와는 전혀 상관없는 사람들이라는 것이지요. 그래서 전 그 일에 관여할 생각이 없습니다. 물론 그는 서운한 눈치였지만."

"정말 관여치 않으실 겁니까?"

"그렇습니다."

무한이 단호하게 대답했다.

"그가 위험해져도요?"

"……."

이공의 질문에 무한이 쉽게 대답하지 못했다. 그러자 이공이 미소를 지으며 말했다.

"아무래도 우린 조금 더 이곳에 머물러야겠군요. 술사님의 유일한 가문의 사람이 죽는 것은 막아야 하니까요."

*　　　　　*　　　　　*

상인 마골이 어두운 밤길을 빠르게 걸었다. 가끔 걸음을 멈추고 주변을 돌아보던 마골은 시가지에서 한참 벗어난 곳에 이르자 갑자기 야산으로 들어가기 시작했다.

산길을 걷기 시작하면서부터 마골은 지금까지와 전혀 다른 모습을 보이기 시작했다.

스스슥!

마골은 마치 미끄러지듯 거친 산길을 이동했다. 그건 오직 한 부류의 사람, 무공을 수련한 자들만이 보일 수 있는 움직임이었다.

더군다나 그 빠르기와 은밀함으로 볼 때 마골은 소위 대전사의 반열에 이른 자들 이상의 무공을 가지고 있는 것이 분명했다.

송강 하구에서 상인 간의 거래를 중개하고, 간혹 귀중한 물건을 직접 구입해 되파는 것으로 부를 축적한 것으로 알려진 거간상인 마골에게 이런 고강한 무공이 있다는 것을 아는 사람은 없었다.

어쩌면 무한조차도 마골의 무공이 이런 경지에 이르렀다는 것을 짐작하지 못했을 수도 있었다.

산길은 야산 깊은 곳에서 끝났다.

앞이 이십여 장 높이의 절벽으로 막혔다. 넘자고 하면 넘지 못할 것이 없는 절벽이지만, 그렇다고 아무나 넘을 수 없는 절벽은 아니었다.

마골은 절벽을 넘지 않았다. 대신 그는 절벽 앞으로 다가가 가볍게 세 번 절벽을 두드렸다.

그러자 놀랍게도 절벽 안에서 사람의 목소리가 들렸다.

"누구요?"

"마골이오!"

마골이 대답하자 거짓말처럼 절벽의 한 부분이 옆으로 움직였다. 그리고 그 안에서 흐릿한 빛이 흘러나왔다.

슥!

마골이 절벽 안으로 들어가자 이내 입구가 다시 막히며 본래의 절벽으로 변해 버렸다.

절벽 안으로 들어선 마골에게 절벽의 비밀스러운 문을 열어 준 자가 정중하게 고개를 숙여 보였다.

그러자 마골이 말없이 가볍게 머리를 끄떡이고는 사내보다 앞서 비동의 더 깊은 곳으로 걸어가기 시작했다.

"어서 오시오!"

절벽 안 비밀 공간으로 들어간 마골이 일각 정도 이동하자 은은한 불빛이 비추는 제법 너른 공간의 석실이 모습을 드러냈다.

그런데 석실의 모습이 이상했다. 보통의 경우 절벽 속에 마련되는 이런 비밀 공간은 출입구가 하나 아니면 두 개 정도인데 이 석실은 사방으로 다섯 개의 출입구가 뚫려 있었다.

그래서 석실에서는 마치 길을 오가는 여행객들이 잠시 마주치는 교차로와 같은 느낌이 들었다.

그 이상한 석실에 십여 명의 사람들이 모여 있다가 들어오는 마골을 맞이했다.

그런데 마골을 맞이하는 사람들은 모두 얼굴을 천으로 가리고 있었다.

천의 색과 모양은 달랐지만, 그래도 눈을 제외한 얼굴의 모든 면을 가리고 있어서 그들의 정체를 알아보기 힘들었다.

"제가 늦었군요."

석실에 들어온 사람 중 유일하게 얼굴을 드러낸 마골이 가볍게 고개를 숙이며 늦은 것을 사과했다.

"아닙니다. 마 대인께서는 그들의 눈에 노출되어 있으시니 항상 조심하셔야지요. 오히려 우리와 달리 일부러라도 신분을 노출하고 계신 마 대인의 희생에 미안할 뿐입니다."

큰 체구를 가지고 검은 천으로 얼굴을 가린 사내가 말했다.

목소리로 보면 적어도 중년 이상의 나이를 가진 사람이 분명했다.

"그렇게 말씀해 주시니 감사합니다. 그런데⋯ 아무래도 사해상가의 움직임이 심상치 않습니다. 모두 좀 더 조심할 필요가 있을 것 같습니다."

"혹, 오족의 살수들을 불러들인 일을 말씀하시는 겁니까?"

이번에는 갈색 천으로 얼굴을 가린 사람이 물었다. 역시 정확한 나이를 짐작하기는 어렵지만 중년 이상의 나이인 것은 분명해 보였다.

"알고 계시는군요. 그렇습니다. 이틀 전 오족 전사 수십 명이 만화도 황금성으로 들어갔다고 합니다. 노백 주변을 호위할 생각이라면 육주의 무인들을 불러 모아도 충분할 텐데 군이 오족의 전사를 바다 건너에서 불러온 것은 아마도… 우리 천록회를 노리고 한 일일 겁니다."

마골이 담담하게 자신의 생각을 말했다.

"그가 우리의 정체를 얼마나 파악했을까요?"

이번에는 청색 천으로 얼굴을 가린 사람이 입을 열었다. 목소리의 주인공은 여인이었다. 다른 사람들에 비해 젊은 듯 보였지만, 젊은 목소리에도 불구하고 무게감이 느껴지는 목소리다.

"글쎄요. 지금으로서는 알 수 없는 일입니다. 그래서 더욱 조심해야 할 때인 것 같습니다."

마골이 대답했다.

그는 여인의 정체를 알고 있는 듯했다. 그가 다른 사람들을 상대할 때보다 여인의 말에 대답할 때 특히 조심스러워하는 것이 그 사실을 말해주고 있었다.

"그럼 계획을 미룰 건가요?"

여인이 물었다.

"아닙니다. 오히려 조금 더 서둘러 천록회의 출범을 세상에 알려야 할 것 같습니다. 그럼 아무리 사해상가라도 함부로 살수들을 움직이지는 못할 겁니다. 물론 이 일은 여러분의 동의가 필요한 부분이지만……."

"천록회가 정식으로 출범하면 우리도 정체를 감추고 있을 수만은 없겠군요."

다시 검을 천으로 얼굴을 가린 자가 무거운 음성으로 말했다.

자신들의 정체를 드러내는 순간 사해상가와 본격적인 경쟁이 시작될 것이다.

그렇게 되면 보이지 않는 곳에서는 수많은 공격을 받게 될 것이다. 상행에서도, 혹은 보이지 않는 어둠 속에서 살수를 움직이기도 할 것이다.

사해상가의 힘을 누구보다 잘 알고 있는 상인들로서는 두려운 일이 아닐 수 없었다.

"결국에는 모든 걸 걸고 싸울 수밖에 없는 상대 아닙니까? 조금 더 준비할 시간이 없는 것이 아쉬울 뿐이지요."

갈색 천으로 얼굴을 가린 사람이 단호한 태도로 말했다.

"그럼 언제로 날을 정했습니까?"

지금껏 침묵하던 백색 천으로 얼굴을 가린 사람이 물었다. 목소리에서마저 침착함이 느껴지는 사람이다. 그런데 이상한 것은 목소리만으로는 성별을 구분하기 어려웠다.

목소리가 중성적이어서 어떻게 보면 여자 같고, 어찌 보면 남자 같은 인물이었다.

"열흘 뒤가 어떻습니까?"

마골이 사람들을 보며 물었다.

그러자 사람들이 각자 생각에 잠겼다. 그러다가 문득 흰 천으로 얼굴을 가린 자가 입을 열었다.

"모두들 준비가 되겠습니까? 그때까지……."

그러자 검은 천으로 얼굴을 가린 자가 대답했다.

"이미 오랫동안 준비해 온 일이오. 다만 시기가 문제였을 뿐, 하고자 한다면 삼 일 안에도 준비할 수 있을 것이오."

"그럼 그렇게 하지요."

흰 천으로 얼굴을 가린 자가 마골을 보며 말했다.

그러자 마골이 대답했다.

"좋습니다. 모두 동의한 것으로 알고, 그럼 열흘 뒤 천록회가 주관하는 항구, 천록항을 열도록 하겠습니다. 사해상가의 살수들이 언제 움직일지 모르니 최대한 조심들 하시고……."

"알겠습니다. 그럼 열흘 후에 뵙지요."

흰색 천으로 얼굴을 가린 사람이 대답을 하며 자리에서 일어났다. 그러고는 서둘러 한 곳의 출구를 통해 석실을 벗어났다.

그러다 다른 사람들도 차례로 자리에서 일어나 마골에게 인사를 건네고 각자 다른 방향으로 뚫린 출구를 통해 석실을 떠났다.

그렇게 모두가 석실을 떠나자 혼자 남은 마골이 고개를 갸웃하며 중얼거렸다.

"소주의 말씀대로 이 일은 나로서는 더 이상 진행할 이유가 없는 일이지. 차라리 그 시간에 후계자 재목을 찾는 것이 더 중요할지도 모른다. 하지만 이미 시작한 일, 이제 와서 발을 빼겠다고 하는 것은 무책임한 일이다. 지금에 와서는 저들이 나를 온전히 신뢰하고 있는데……"

마골, 무극종의 호법사 타무즈는 무한이 자신을 찾아온 순간부터 이 일에 대한 절실함이 예전 같지 않았다.

사해상가를 상대하는 일은 무한의 죽음을 전제로 한 일이었다. 무한의 죽음에 어떤 식으로든 연관이 있는 자들에게는 그 대가를 치르게 해주고 싶었던 마골이었다.

또한 흑라의 시대 이후 시간이 지나면서 알게 된 바로는 철사자 무곤과 십이영웅의 죽음에도 사해상가의 노백은 깊게 관여되어 있었다.

그런 사해상가를 상대하는 일이었으므로 마골은 천록회의 구성에 모든 힘을 기울이고 있었다.

그런데 무한이 버젓이 살아서, 그것도 그 자신보다도 강한 무인이 되어 나타나자 그로서는 이 일에 대한 절박함이 사라질 수밖에 없었다.

하지만 그렇다고 발을 뺄 수도 없었다. 천록회를 구성하는 과정에서 마골이 중추적인 역할을 했기 때문이었다.

마골은 지금에 와서 사정이 변했다고 자신을 신뢰하는 사람들에게 등 돌릴 사람은 아니었다.

"후우… 일단 천록회를 제대로 출발시키면 이후에는 다른 사람들의 몫이지. 천록항이 송강 하구와 경쟁할 정도로 큰 시장으로 발전하는 것까지 책임질 수는 없을 것 같고."

마골이 고개를 젓고는 몸을 돌려 석실을 떠나기 시작했다. 그런데 막 석실을 벗어나려던 마골이 문득 고개를 돌려 텅 빈 석실을 바라봤다.

"이제 이곳도 마지막인가? 천록회를 세상에 드러내고 거처를 천록항으로 옮기면 다시 올 일이 없을 테니."

한 세월, 이곳에서 사해상가를 상대하기 위해 수많은 모임을 갖고 계획을 세웠었다.

그리고 그런 모임을 통해 만들어진 원대한 계획이 이제 막 실행을 앞두고 있었다.

마골로서는 의미 있는 장소가 아닐 수 없었다.

"일이 제대로 끝나면 그때 한 번 들러 모두가 술 한잔 기울일 수 있기를 바랄 뿐이다."

마골이 혼잣말을 중얼거리고는 급히 석실을 벗어났다.

*   *   *

송강 하구의 항구는 육주를 넘어 세상에 알려진 시장 중에서 가장 거대한 시장이었다.

천하의 모든 상인들이 송강 하구로 모여들었고, 세상에 존재하는 모든 물건들이 이 항구에서 거래됐다.

하루에 들고 나는 상선만도 수십 척, 그래서 몇 척의 상선이 항구를 떠나고, 또 수십 대의 마차가 육주 각지로 이어지는 육로를 따라 송강 하구를 벗어나도 그게 그리 특별한 일은 아니었다.

하지만 적어도 몇몇 사람들에게는 그 움직임이 특별하게 느껴졌다.

왜냐하면 그렇게 송강 하구를 떠나는 상인들이, 자신들이 송강 하구에서 오랫동안 다져놓았던 상가의 기반을 거의 들어내다시피 해서 떠났기 때문이었다.

그리고 더 특별한 이유가 있었다.

그렇게 배와 마차를 이용해 송강 하구를 떠난 상인들 중 몇몇은 비록 사해상가의 명성에는 미치지 못하지만, 그래도 육주에서 나름대로 전통과 명성을 자랑하는 상가들이기 때문이었다.

노련한 중개상인 마골의 마씨상가, 육주 중부 대하강 중류에 자리 잡고 있는 육주에서 가장 오랜 전통을 자랑하는 녹산연가, 육주 내 육로의 표행을 대표하는 운행표국, 지금은 사해상가에 밀려 쇠락했지만, 한때 육주 최고의 철 공급자였던 삼룡철가, 사해상가에 육주의 바다를 내주고 해신성의 비호로 근근이 남쪽 바다에서 해상 상가의 명맥을 유지하고 있는 남해상가, 그리고 먼 동해 인근에 똬리를 틀고 육주 제일의 약초상으로 군림하는 동방가 등이 그들이었다.

그리고 그렇게 송강 하구를 떠난 상인들이 며칠 후 육주의 상계에 강력한 태풍을 몰고 왔다.

제3장

천록회, 문을 열다

　무한은 타무즈를 따라 이동했다. 급작스러운 타무즈의 이동은 그가 송강 하구에 머무는 시간을 갑작스럽게 끝내 버렸다.

　이공의 두 제자가 타무즈를 지켜보고 있었기 때문에, 그가 갑자기 송강 하구를 떠나 일부의 상인들과 함께 대하강 하구로 이동하는 것을 놓치지 않은 무한이었다.

　그래서 자연스럽게 그 역시 대하강 하구로 이동했다.

　대하강과 송강은 육주 중서부에서 쌍둥이처럼 흐른다.

　두 강 사이 거리가 가까운 곳은 이틀, 먼 곳이라야 닷새면 닿을 거리이고, 그 사이에는 비옥한 농토들이 펼쳐져 있어서 육주에서 가장 번성한 지역이었다.

　세력을 키우고, 상업이 발달하기 좋은 환경, 그래서 한때 대하강을 중심으로 천년제국으로 불리는 천록의 제국이 번영을 누렸고, 송강을 중심으로 천하제일의 상가라는 사해상가가 자신만의 상계의 왕국을 구축할 수 있었던 것이다.

그렇기에 타무즈와 그와 동조하는 상인들이 사해상가와 경쟁하기 위한 상인 세력 천록회를 결성하고, 그 출발을 대하강 하구의 옛 천록항에서 하기로 한 것은 누구라도 납득이 가는 결정이었다.

그리고 사실 어쩌면 그런 지리적 환경보다 더 중요한 이유가 하나 더 있었다.

그들이 의도했든 의도하지 않았든, 사해상가의 가주 노백이라도 함부로 전사들을 움직여 대하강 하구로 그들을 보낼 수 없는 이유가 있었던 것이다.

"참, 상인들이란……."

대하강 하구, 옛 항구를 떠나 멀리 보이는 섬으로 향하는 배를 보며 이공이 혀를 찼다.

"일이 묘하게 되는군요. 그도 내가 묵룡대선의 사람이라는 것을 알고 있는데……."

무한이 불쾌한 표정으로 말했다.

배는 사해상가와의 경쟁을 공식적으로 선언한 타무즈와 그 연합 세력인 천록회에서 띄운 것이었다.

그 배가 향하는 곳은 또 하나의 거대한 상인 세력, 묵룡대선의 육주 본거지가 있는 왕의 섬이었다.

왕의 섬은 무산해협의 봄섬과 더불어 묵룡대선의 이대 거점으로 알려진 곳이다.

섬은 해왕 장천이 해왕의 무맥을 시작할 때부터 대대로 그 후인에게 전해진 유산 중 하나였다. 그래서 섬의 이름도 왕의 섬, 즉 해왕 장천을 기리는 이름으로 불린다.

섬은 독안룡 탑살의 대에 이르러 크게 변했다.

그 이전까지는 단지 해왕 장천의 유적이 있는, 해왕 무맥의 후계자들에게만 중요한 섬이었지만, 독안룡 탑살이 묵룡선이라는 강력한 상선들을 만들어 바다의 상로를 장악하기 시작할 때부터 섬은 변하기 시작했다.

독안룡 탑살은 왕의 섬을 다른 상가들의 섬, 예를 들면 사해상가의 만화도 등과는 전혀 다른 모습으로 변화시켰다.

왕의 섬은 요새였다.

상선들이 드나들 수 있는 포구 역시 좁고 벽이 높아서 상가에서 운용하는 포구라고는 말할 수 없었다.

섬 전체는 단단한 돌들을 깎고 다듬어 쌓아 올린 성벽으로 둘러싸여 있었다.

어찌 보면 거대한 돌무덤처럼 보이는 성이었다.

당연히 왕의 섬은 묵룡대선이라는 상인들의 섬이었지만, 상인들이 자주 드나드는 섬은 아니었다.

독안룡 탑살은 이 섬을 묵룡대선의 식솔들이 온전히 휴식을 취하고, 묵룡대선이 떠나 있는 동안 육주에서 구입한 상품들을 안전하게 보관하는 장소로 활용하고 있었다.

묵룡대선이 먼 바다를 여행하면서 진귀한 상품들을 구해 오면, 그 거래는 사해상가의 포구랄 수 있는 송강 하구에서 이뤄졌다.

그렇게 거래를 마친 후 묵룡대선은 왕의 섬으로 들어가 휴식을 취했다.

그런데 그 섬으로 타무즈와 그 연합세력인 천록회의 상선이 가고 있었다.

그 이유는 듣지 않아도 누구나 짐작할 수 있었다.

타무즈와 그 동료들은 묵룡대선의 왕의 섬을 사해상가에 대한 자신들의 방어막 중 하나로 이용하고 싶은 것이다.

그리고 그것이 못마땅한 무한이었다.

"하긴 뭐, 굳이 저렇게 찾아가지 않아도 대하강 입구를 바다에서 딱 막고 있으니 자연스럽게 사해상가가 전선을 이용해 천록항을 공격하는 것을 막는 효과가 있긴 하지요. 참… 묘한 위치야."

이공이 다시 중얼거렸다.

그의 말처럼 사해상가가 전선을 동원해 대하강 하구에 자리 잡은 타무즈의 연합 상인 세력 천록회를 공격하려면 반드시 왕의 섬을 지나가야 했다.

비록 왕의 섬을 공격하는 것은 아니지만, 그 앞바다에 전선을 띄우는 것은 아무리 사해상가주 노백이 대범해도 쉽게 결정할 수 없는 일이었다.

그건 곧 독안룡 탑살의 권위를 무시하는 일이 될 수도 있기 때문이었다.

"그래서 대하강 하구를 거점으로 삼은 걸까요?"

이맥이 물었다.

"그런 의도가 아주 없지는 않겠지만, 그게 가장 중요한 이유는 아니었을 거다. 육주에서 송강 하구 말고 천하의 상선을 받아들일 수 있는 곳, 그리고 다시 육로로 육주 곳곳으로 상단을 보낼 수 있는 곳은 이곳이 유일하니까. 왕의 섬의 존재는 그야말로… 의도하지 않은 이득 같은 거겠지."

이공이 대답했다.

"그런데 이상한 것이 있습니다."

이공의 다른 제자 소의가 입을 열었다.

"뭐가 말이냐?"

"왜 자신들이 이름을 천록회라고 지었을까요? 그건 누가 봐도 천록의 왕국을 떠올리게 하는 이름인데……"

타무즈와 그 연합 상인들은 자신들의 연합에 천록회라는 예상치 못한 이름을 붙였다.

육주에서 천록이라는 단어는 위대한 천년 왕국 천록의 왕국 사람들에게만 허락된 이름이었다.

다른 사람들이 그 단어를 사용하는 것은 자칫 천록의 왕국에 대한 모욕으로 받아들여질 수도 있었다.

비록 그 혈손이 끊겨 갑작스럽게 왕국이 붕괴되기는 했지만, 그래도 육주의 사람들에게 천록의 왕국은 특별한 존재일 수밖에 없었다.

육주가 천섬이라거나, 사슴의 땅으로 불리는 이유 역시 천록의 왕국과 무관할 수 없었다.

그래서 어느 가문이 천록이라는 단어를 쓴다면, 그 가문은 육주의 모든 사람에게 비난받을 수밖에 없었다.

그런데 타무즈와 연합한 상인들은 자신들의 모임에 천록이라는 단어를 사용했던 것이다.

이해할 수 없는 선택이 분명했다.

"나도 처음부터 그게 이상했어. 육주에서 천록이라는 이름을 함부로 쓰면 모든 사람의 지탄을 받을 수 있는데. 사해상가와 상권 경쟁을 하겠다는 사람들이 왜 그런 위험을 감수하려 할까?"

이맥이 소의의 말에 동조했다.

그러자 무한이 입을 열었다.

"한 가지 경우에는 그 이름이 큰 장점이 될 수도 있지요."

"어떤 경우에 말입니까?"

이맥이 정중하게 되물었다. 비록 무한이 나이는 어리지만 그들이 평생 지켜야 할 빛의 술사라는 사실을 알고 난 이후부터 이맥과 소의는 무한을 무척 어려워하고 있었다.

"그들 중에 천록의 왕국과 인연이 있는 사람이 있다면… 그때는 그 이름이 오히려 엄청난 효과를 가져올 겁니다. 만약 정말 그런 사람이 포함되어 있다면 사해상가의 노백도 정면으로 천록회를 공격하기 어려울 것이고요. 천록의 왕국이라는 이름에는 지금 육주 사람들이 고향처럼 느끼고 있다는 특별함이 있으니까요."

무한이 대답했다.

그러나 이맥이 고개를 갸웃하며 되물었다.

"하지만 천록의 왕국은 그 혈손이 완전히 단절되지 않았습니까? 그래서 왕국이 쇠락한 것이고……."

그러자 이번에는 이공이 입을 열었다.

"그야 일을 만들려면 어려울 것도 없다. 그냥 먼 방계의 친족
이라고 하면… 사오 대만 올라가도 확인되지 않은 방계의 친족
들이 없다고는 할 수 없으니까. 누가 확인할 수 있는 것도 아니
고."

"그게… 그렇게 되는 건가요?"

이맥이 어리둥절한 표정으로 되물었다.

"이놈아, 세상이 그렇게 녹록한 곳이 아니다. 세상의 일이란
게 진실이 삼이면 거짓이 칠이다. 그 사실을 명심해라. 네놈들이
산골에 처박혀 살면서 세상과 담을 쌓고 무공 수련만 해서 검은
좀 다룰지 모르지만 순진한 면이 있어. 그러니까 조심하라고. 특
히 장사꾼들을 조심해. 장사치들은 버젓이 눈을 뜨고 있는 상대
코를 베어 가는 자들이니까."

"…사부는 여전히 우릴 믿지 못하시는군요?"

이맥이 서운한 표정으로 물었다.

"믿지 못하는 게 아니라 현실을 말해주는 거야. 현실을! 그나
저나 술사님!"

이공이 무한을 불렀다.

"예, 말씀하세요."

"언제까지 저들을 지켜보실 생각이십니까?"

사실 천록회가 출범했으니 그만 돌아가도 좋은 시점이었다.
천록회의 성장이나 사해상가와의 싸움이 어떻게 진행되는지를
지켜보는 것은 기약 없는 일이었다.

"바쁠 것은 없지 않습니까?"

무한이 되물었다.

"그야 뭐 그렇긴 하지만요."

이공이 고개를 끄떡였다.

사실 그들이 파나류로 돌아간다고 가서 딱히 할 일도 없었다.

그것보다는 오히려 육주에서 사해상가와 천록회의 경쟁을 좀 더 지켜보는 것이 더 재미있는 일일 수도 있었다.

"한 달 정도는 더 있어볼까요?"

무한이 넌지시 물었다.

그러자 이공보다 제자인 이맥과 소의가 신이 나서 얼른 대답했다.

"예, 술사님, 그렇게 하도록 하시지요!"

*   *   *

"대하강 하구 천록항이라… 영악하군."

노백이 황금성 자신의 거처에서 남쪽 바다를 바라보며 중얼거렸다. 그의 얼굴에 약간의 난감함이 깃들어 있었다.

"가장 먼저 한 일이 대하강 앞바다에 떠 있는 왕의 섬에 정중히 선물을 보내는 것이었다고 합니다. 물론 그자들 중 일부가 배를 타고 직접 왕의 섬에 다녀오기도 했답니다."

총관 나이만이 조심스럽게 말했다.

"충분히 가능한 일이지. 묵룡대선을 끌어들이면 순식간에 본 상가와 견줄 수 있는 힘을 갖게 되니까. 특히 독안룡은 무산해

협에서 묵룡대선을 중심으로 여러 세력을 규합하고 있으니 그 힘을 결코 무시할 수 없지."

"묵룡대선이 천록회에 가입할 것이라고 생각하십니까?"

나이만이 물었다.

"글쎄… 그들로서는 나쁘지 않은 선택이겠지. 사실 묵룡대선은 왕의 섬을 차지하고 있지만, 육주에서의 상권이 그리 대단하지 못하니까."

"하지만 그 일이 결국 우리 사해상가와 맞서는 일이라는 것을 알 텐데요? 독안룡 같은 인물이 사해상가의 저력을 모르지도 않을 것이고 말입니다."

나이만이 조심스럽게 말했다.

"그래도 독안룡은 독안룡이니까. 혹라조차도 두려워하지 않았던. 그는 육주를 통틀어 가장 상대하기 까다로운 사람이지."

"그럼 그가 합류하기 전에 손을 봐야겠군요. 오족의 전사들을 보낼까요?"

나이만이 물었다.

"어려운 일일세."

노백이 고개를 저었다.

"그들을 믿지 못하시는군요."

나이만이 조금 서운한 표정으로 말했다.

오족과 혈연적인 인연이 있는 나이만은 그가 북방의 섬에서 데려온 오족의 전사들, 육주의 사람들은 살수라고 부르는 동족 전사들에 대한 믿음과 자부심이 강한 사람이었다.

"오족의 실력을 믿지 못하는 것이 아니네. 다만 천록회라는 작자들이 대하강 하구에 거점을 세웠다는 것은 이미 그곳에 충분한 전력을 갖추고 있다는 의미라는 거지. 그런 곳에 오족의 전사들을 보냈다가는 살아 돌아오는 자가 거의 없을 거야. 이곳, 송강 하구에서 기습을 하는 것과는 다른 상황이네."

노백이 냉정하게 현재의 상황을 분석했다.

그러자 나이만이 조급한 표정으로 되물었다.

"그럼 이대로 대하강 하구에 새 시장이 열리는 것을 지켜볼 수밖에 없다는 말씀이십니까? 다른 자들은 모르겠지만 그중 삼룡철가는 무척 큰 위협이 될 겁니다. 파나류에서 더 이상 철을 공급받지 못하는 상황이라… 이왕사후의 몰락 이후 육주의 철 수요는 급증하고 있습니다. 그 수요를 삼룡철가가 감당한다면……."

사해상가의 주 수입원은 철이었다. 파나류 금하강 유역의 철 광산에서 실어 오는 막대한 양의 철을 이왕사후와 육주의 유력한 성주들에게 공급해 온 사해상가였다.

그런데 지금은 그 철을 가져올 수 없었다. 그럼 육주의 성주들은 그동안 사해상가의 철 공급으로 인해 쇠락의 길을 걷고 있던 삼룡철가와 다시 거래를 시작할 것이 분명했다.

그렇게 되면 삼룡철가는 순식간에 과거의 위세를 회복하고 천록회의 힘을 강하게 만들 것이다.

"지켜만 볼 수는 없지."

노백이 고개를 저었다.

"그럼 어떻게……?"

"축하 사절단을 보내야겠네."

"추, 축하요?"

"음… 둘째 녀석을 보내겠다. 세 분 장로들과 함께."

"장로님들을… 말입니까?"

나이만이 놀란 표정으로 물었다.

"문득 그런 생각이 들었네. 천록회라는 이름을 쓸 만큼 대범한 자들이라고 해도 과연 장로님들의 설득을 거절할 수 있을까하는. 그렇게 두드려 보면 그자들의 힘과 의도를 파악할 수 있을 걸세."

노백이 한 줄기 미소를 지으며 중얼거렸다.

*　　　　*　　　　*

왕의 섬에서 어떤 결정이 내려졌는지는 알 수 없었다. 왕의 섬으로 향했던 천록회의 상선은 반나절가량 왕의 섬에 머물렀다.

그리고 반나절 후 대하강 하구 항구, 천록회 스스로 그 연대의 이름을 따 천록항이라고 명명한 곳으로 돌아온 그들은 왕의 섬에서 어떤 거래나 협의가 있었는지 전혀 말하지 않았다.

그리고 그 모호함이 천록회를 주시하는 사람들을 혼란스럽게 만들었다.

현재 왕의 섬에는 묵룡삼선이 정박해 있었다.

사왕 중 한 명인 창왕 두라문이 지휘를 맡고 있는 묵룡삼선에는 총관 추로와 대전사 한배검, 그리고 소룡이대 출신의 용전사들이 타고 있어서 현재 왕의 섬의 전력은 육주의 중견 성에 육박했다.

특히 오랫동안 왕의 섬을 지켜온 총관 좌월의 존재감은 남달랐다.

이왕사후가 건재하던 시절에도 그들이 왕의 섬을 지날 때는 항상 총관 좌월에게 미리 통보를 하고, 그의 동의를 구한 후 섬의 영역을 지나갈 정도였다.

그래서 적어도 육주에서는 왕의 섬을 지키는 총관 좌월의 명성이 독안룡 탑살의 뒤를 이어 묵룡대선의 이인자로 인식될 정도였다.

그러나 그렇게 존재감이 강한 좌월이었지만, 그의 얼굴을 아는 사람은 많지 않았다.

과거 흑라의 시대 총관 좌월은 묵룡사왕 못지않은 전공을 세운 사람이었다.

하지만 흑라의 시대가 끝나고 왕의 섬을 지키게 된 그는 마치 왕의 섬에 갇힌 사람처럼 좀체 왕의 섬을 벗어나지 않았다.

그가 육주의 어딘가를 여행했다는 소식이 들려온 것도 언제인가 기억이 가물가물할 정도였다.

그런데 그 은거가 더더욱 왕의 섬을 사람들이 쉽게 접근 할 수 없는 견고한 요새로 인식되게 만들었다.

그래서 만약 그가 천록회의 상인들과 어떤 약속을 했다면 그 무게감은 천록회의 초기 성장에 결정적인 역할을 할 수도 있었다.

그런데 그 왕의 섬과 천록회의 만남에 대한 이야기가 명확하게 드러나지 않고 있었다. 그건 천록회를 적으로 상대하는 자들에게는 위험스러운 불확실성이었다.

그리고 그 불확실성이 천록회를 한층 더 상대하기 까다로운 존재로 만들고 있을 때, 갑자기 한 무리의 사람들이 송강 하구를 떠나 천록회가 자리를 잡은 대하강 하구, 천록항으로 향했다.

그리고 그 특별한 사람들의 행보에 육주의 모든 상인들이 주목하기 시작했다.

                    *   *   *

"노상이라는 자입니다."

이맥이 말했다.

천록항 외곽의 부유하지 못한 여행자들을 위한 객관 앞 노상에 차려진 식탁에서, 역시 허름한 식사를 하고 있던 중에 이맥이 입을 열었다.

음식을 입에 넣으면서도 무한 일행의 시선은 천록항으로 향하는 대로(大路) 위에 머물러 있었다.

과거 천록의 왕국이 번성하던 시절 송강 하구와 대하강 하구를 이어주던 이 대로는 비록 세월이 지나 거칠어진 곳이 있기는 해도 여전히 과거의 번성했던 시절을 증명하듯 커다란 마차들이 이동하는 데 전혀 불편함이 없었다.

그 길 위를 한 대의 마차와 이십 명의 말을 탄 사람들이 이동하고 있었다.

그리고 그들의 정체는 이미 근방의 사람들에게 널리 알려져 있었다.

사해상가주 노백이 천록회의 출범을 축하하기 위해 보낸 축하
사절단, 무리를 이끄는 자는 노백의 둘째 아들 노상이었다.

　"아들을 보내다니. 참 대단한 인물이긴 하군요. 죽을 수도 있
는 자리에……."
　소의가 입을 열었다.
　"죽을 리가 없다는 것을 아니까 보내는 거다. 천록회에서 설
마 그를 죽일 수 있겠느냐? 그 순간 세상의 모든 지탄을 받게 될
테고, 천록회는 한 걸음 내딛기도 전에 무너지게 될 텐데. 또한
사해상가로서는 거리낌 없이 무력을 쓸 수 있는 이유가 되는 것
이고. 천록회의 상인들이 그런 간단한 수를 못 읽겠느냐?"
　이공이 질책하듯 말했다. 그런 간단한 이치조차 생각하지 못
한 소의가 못마땅한 모양이었다.
　"그, 그게 그렇기도 하군요."
　소의가 겸연쩍은 표정으로 고개를 끄떡였다.
　"그래도 둘째 아들을 보낸 것은 의외이긴 합니다."
　이맥이 소의를 곤경에서 구해주기 위해 얼른 입을 열었다. 보
통 때는 티격태격해도 이럴 때 보면 사형제간의 우애가 두터운
두 사람이었다.
　"음, 그렇긴 하지. 더군다나 지금 그의 곁에는 오직 둘째 아들
한 명만 남아 있는데."
　노백의 첫째 아들 노만은 여전히 파나류에 머물고 있었다. 그
는 아버지 노백의 귀환 명령을 거부하고 파나류에서 자신만의
독자적인 상가를 구축하겠다고 선언했다.

그리고 그 일에 제법 성과가 있는 것으로 알려졌다.

신마성주가 물러났기 때문인지, 파나류에 우후죽순처럼 생겨 나는 세력들은 사해상가주의 큰아들이라는 그의 신분에도 불구 하고, 노만과의 거래를 꺼려하지 않았다.

물론 여전히 금하강 유역의 철광산을 되찾지는 못했지만. 노 만은 사해상가의 혈통을 이은 자답게 능란한 상술로 짧은 시간 에 제법 큰 상권을 형성해 가고 있었다.

노백도 그런 노만을 굳이 억지로 부르지 않았다. 노만이 자신 의 명에 따르지 않는 것이 괘씸하기는 하지만, 그가 파나류에서 일궈내는 상권이 훗날 사해상가에 큰 도움이 될 것이란 것을 알 기 때문이었다.

노백의 막내아들 노룡은 북방, 무산열도 동쪽 끝에 있는 거대 한 섬 오족의 땅에 있었다.

오족 족장의 무남독녀와 혼인을 한 노룡은, 오족이 하나의 왕 국으로 성장하는 것을 돕고, 결국에는 그 왕국을 물려받을 계획 이기 때문에 당분간 육주로 돌아올 수 없었다.

자연스럽게 노백의 곁에는 둘째 아들 노상 한 사람만 남아 있 었다.

그래서 귀하다면 귀할 노상을 천적이 될 수도 있는 천록회에 축하 사절단으로 보낸 노백의 결정은 대범한 결정이라고 할 수 밖에 없었다.

그런데 무한은 노백의 둘째 아들 노상이 타고 있는 마차보다 도 후미에서 말을 타고 가는 세 명의 노인에게 오히려 관심이

갔다.

흐릿한 잔영을 남기는 듯한 움직임들, 그리고 다른 사해상가의 일행들과는 벽이 있는 듯한 이질적인 모습이 무한의 눈에는 범상치 않아 보였다.

더군다나 가끔 시선을 돌려 주변을 살펴볼 때의 안광은 섬뜩한 느낌이 들 정도로 강렬했다. 그건 결코 평범한 상가의 사람들이 보일 수 없는 안광이었다.

"호위하는 자들에 대해선 알려진 것이 없지요?"

무한이 이맥에게 물었다.

아침부터 사해상가의 사절단이 천록항으로 오고 있다는 소문을 듣고, 그들에 대해 알아보기 위해 바쁘게 움직였던 이맥이었다.

당연히 요기도 못 해서 사절단이 그들의 눈앞을 지날 때도 허기진 배를 채우기 위해 부지런히 손을 움직여 음식을 입에 넣고 있던 이맥이다.

"그, 뭐… 아, 조금 특별한 사람들이 있기는… 커컥!"

음식을 먹다 말고 대답을 하다 사레가 들린 이맥이 커컥거리며 물을 찾았다.

"어기!"

소의가 얼른 이맥에게 물잔을 건넸다.

"끄으윽!"

입에 물을 머금은 채 음식과 섞어 억지로 밀어 넣으며 이맥이 힘을 썼다. 그렇게 음식을 넘긴 이맥이 손으로 가슴을 치며 다시 입을 열었다.

"뒤에 따라가는 세 노인 있지 않습니까? 그들은 좀 특별한 사람들 같더군요."

"그렇지 않아도 그들 때문에 물어본 겁니다."

무한이 대답했다.

"역시 그러셨군요. 술사님의 눈에도 범상치 않아 보입니까?"

이맥이 물었다.

"특별하군요. 절대 상가에서 호위 무사 노릇이나 할 사람들은 아닌 것 같은데……."

"사해상가 사람들에게도 제대로 알려진 사람들이 아니라고 하더군요. 그래도 어찌어찌 그들에 대해 알아봤는데, 같이 온 사해상가 사람들이 장로님들이라고 부르더군요. 그런데 제가 송강 하구 포구에서 사해상가에 대해 알아볼 때는 사해상가에 장로라 불리는 사람들이 없었는데 말입니다."

이맥이 고개를 갸웃하면 중얼거렸다.

"네놈이 게으름을 피우느라 제대로 알아보지 않았던 게지."

이공이 이맥을 타박했다.

"에이, 그렇게 말씀하시면 제가 섭섭합니다. 송강 하구에서 제가 얼마나 열심히 움직였는데요……."

이맥이 투덜거렸다.

"이놈아, 한 가문에서 장로라 불리는 사람들은 수뇌 중의 수뇌야. 그런 사람들의 존재를 몰랐다는 건 네놈이 일을 제대로 하지 않았다는 뜻이다."

"글쎄, 사해상가 사람들도 모르는 사람들이었다니까요. 저 일행에 저들이 포함되고 나서야 알았다고 그랬다고요."

"누가 그런 소리를 해?"

"저들이 잠시 쉬던 주점에 슬쩍 들어가서 그들이 하는 이야기를 들었습니다. 됐습니까?"

이맥이 퉁명스럽게 말했다.

"주점까지 들어갔냐?"

이공이 놀란 표정으로 물었다.

"알아보려면 제대로 알아봐야죠."

이맥이 퉁명스럽게 대답했다.

"그렇단 말이지? 그럼 아마도 노백이 외부에서 초청을 한 자들인 것 같습니다만."

이공이 무한을 보며 말했다. 그 역시 세 노인의 기운이 남다르다는 것을 느끼고 있는 것 같았다.

그러자 무한이 잠시 생각에 잠겼다가 입을 열었다.

"우리도 가보죠."

"…천록회에 말입니까?"

"예."

"그들의 일에 관여하지 않으시겠다고……?"

"저들은 좀 다르군요. 문제가 될 수도 있을 것 같습니다."

무한이 세 노인에게서 시선을 떼지 않고 말했다.

"역시… 그를 외면할 수는 없으신가 보군요?"

이공이 물었다.

타무즈에 대한 이야기였다.

"그래도 가문의 사람이니까요."

무한이 대답했다.

"하긴… 뭐, 그럼 가시죠."

이공이 더 이상 묻지 않고 자리에서 일어났다.

"어어, 잠깐만요. 저 아직 덜 먹었습니다!"

이맥이 손을 저으며 말했다.

"먹고 천천히 따라와라. 가시지요!"

이공이 이맥에게는 신경도 쓰지 않고 무한에게 말했다.

그러자 무한도 자리에서 일어났다.

"인연이란 게… 참 어렵군요."

타무즈를 만나기 위해 천록회로 가기로 결심했으면서도 무한은 상황이 자신의 의도와 다르게 흘러가는 듯해서 마음이 편치 않은 모습이었다.

그러자 이공이 위로하듯 말했다.

"그래도 누군가를 도울 수 있다면 좋은 일 아니겠습니까? 그게… 옛 술사님들의 가르침이었고 말입니다."

"그렇지요. 하긴 그래서 항상 손해만 보면서도 그 양반들은 그걸 기쁨으로 생각했을 겁니다. 그런데 전 그렇게는 못 할 겁니다."

"그야 뭐, 술사님 마음 내키는 대로 하십시오. 돕고 싶으면 돕고, 싫으시면 말고. 아무튼 가시죠!"

이공은 그래도 조금 생기가 도는 모습이었다. 멀리서 천록회를 지켜보는 것만으로는 지루하기 짝이 없는 생활이었던 것이다.

그렇게 무한 등 네 사람이 대하강 하구 낡은 항구를 향해 움직였다.

*　　　　*　　　　*

따각따각!

흙길을 걷던 말들이 어느 순간 돌길로 들어섰다.

말이 끌던 마차 역시 돌길로 들어섰으나 움직임에는 큰 어려움이 없었다. 왜냐하면 돌길의 표면이 매끄럽게 다듬어져 있어 마차 바퀴에 걸리는 것이 없기 때문이었다.

오래된 항구, 천록항이라는 이름으로 불리는 항구는, 낡았지만 과거의 유산이 그대로 보존되어 있었다.

이 돌길 역시 그 유산의 일부였다. 과거 항구를 통해 수많은 상선들이 가져온 물건들이 마차에 실려 천록의 왕국등 육주의 수많은 성으로 팔려 나갔다.

돌길은 그때 만들어진 것으로 육주 각지를 오가는 마차들이 이 길을 이용했었다.

덜컹!

마차가 돌길에 접어들자 마차의 창문이 열렸다.

"다 온 것이냐?"

마차 안에서 나이 든 여인의 목소리가 들렸다.

"그렇습니다, 대행수님!"

"그들은?"

여인이 다시 물었다.

그러자 마차 옆을 호위하며 따르던 자가 급히 대답했다.

"나타났습니다. 그들입니다."

그의 대답과 동시에 마차와 말들이 멈춰 섰다.

어느새 일행의 삼십여 장 앞쪽에 다양한 모습을 한 일단의 사람들이 나타나 있었던 것이다.

타무즈, 육주의 상인들에게는 마골이라는 이름으로 알려진 그는 천록회 상인들 가장 뒤쪽에 서 있었다.

지난 세월 동안 천록회를 결성하기 위해 동분서주한 그였지만, 대외적으로 그의 존재감이 그리 큰 것은 아니었다.

그 이유는 간단했다. 그의 상가가 천록회의 다른 상가들에 비해 규모와 역사에서 큰 차이가 나기 때문이었다.

송강 하구에서 마골의 상가는 상품을 취급하기보다는 상인 간의 거래를 주선하는 위치에 있었다.

그래서 많은 상인들과 교류할 수는 있지만, 실질적으로 그가 취하는 부는 크지 않았다.

더군다나 그가 송강 하구에 자리를 잡은 것 역시 십여 년 전에 불과했으므로 상계에서 그의 존재감은 미미하다고 할 수 있었다.

물론 천록회 내부에서의 그에 대한 평가는 완전히 달랐다. 천록회 상인들의 타무즈에 대한 신뢰는 무척 굳건했다.

애초에 불가능해 보였던 천록회를 결성하고 출범시킨 것이 타무즈의 노련한 계책과 진심을 다한 추진력 때문임을 모두가 인정하고 있기 때문이었다.

하지만 어쨌든 사해상가에서 보낸 축하 사절단을 맞는 자리에서 천록회를 대표하는 것은 타무즈가 아니라 다른 상가의 주인들이었다.

덜컥!

마차가 천록회 상인들 앞까지 다가간 후 문이 열리고 삼십 대 중후반의 사내가 마차에서 내렸다.

그리고 뒤를 이어 한 명의 노파가 함께 내렸는데, 앞서 창을 열고 앞의 상황을 물었던 여인이었다.

마차에서 내린 사내는 잠시 움직임을 멈추고 자신을 마중하러 나온 천록회 상인들에게 시선을 주었다.

그러자 노파가 먼저 사내의 옆을 지나쳐 앞으로 나아가 천록회 상인들 앞으로 다가갔다.

"여러 가주님들께 인사드립니다. 사해상가의 대행수 이단입니다. 처음 뵙는 분도 있으시군요."

자신을 이단이라 밝힌 노파가 정중하지만, 비굴하지 않은 모습으로 고개를 숙여 보인 후 마중을 나온 상인들 한 사람 한 사람과 시선을 나누었다.

그러다가 그녀의 시선이 잠시 타무즈에게 닿았는데, 그 순간 노파의 눈빛이 한 차례 반짝였다.

사해상가의 힘이라면 아마도 천록회 내부에서 누가 중추적인 역할을 하는지 어느 정도는 파악이 되었을 것이다. 그런 그들이 타무즈의 존재를 모를 리 없었다.

더군다나 타무즈는 숨어 있던 사람도 아니고 얼마 전까지 송강 하구에서 상인으로서 활동을 했고, 여전히 그곳에 자신의 장원을 가지고 있는 사람이었다.

대행수 이단이 타무즈에게 관심을 갖는 것은 당연한 일이었다.

하지만 그 관심이 오래가지 않았다. 지금은 천록회의 다른 상인들을 상대할 시간이기 때문이었다.

"어서 오시오. 이 공자께서 오신다는 소식을 듣고 이단 대행수께서도 오시리라 짐작했소. 환영하고 감사드리오. 사해상가에서 본 회의 출범을 축하하기 위해 이 공자님을 보낼 줄은 예상치 못했소이다."

천록회의 상인들 중 육주에서 가장 발이 넓은 사람으로 알려진 천마장의 장주 원관이 이단의 인사에 답을 했다.

그러자 이단이 다시 한번 고개를 까딱여 보인 후 손을 들어 마차에서 내린 사내를 가리키며 말했다.

"본 가의 이 공자님입니다. 만나신 분도 있으시겠지만, 그간이 공자님께서 외부 활동을 많이 하지 않으셔서 모르시는 분도있을 겁니다."

이단의 소개를 받은 사내, 사해상가의 이 공자 노상이 천천히 앞으로 걸어 나왔다.

그리고 조금은 도도한 시선으로 천록회 상인들을 보며 입을 열었다.

"인사드립니다. 사해상가의 노상입니다. 육주를 대표하는 대상인분들을 뵙게 되어 영광입니다. 또한 천록회의 출범을 축하드립니다. 아버님께서 대신 축하의 말을 전해달라 하셨습니다."

노상의 인사는 정중했지만, 그 태도와 목소리에서 숨길 수 없는 도도함이 느껴져 천록회 상인들 중 일부가 불쾌한 기색을 드러냈다.

하지만 천록회의 상인들 역시 노련한 인물들이었다. 그 불쾌
함을 입 밖으로 내뱉을 사람은 없었다.

"어서 오시오, 이 공자! 사해상가주께서 이렇게 아드님을 직접
보내 축하해 주실 줄은 몰랐소. 우리로서는 반갑고 감사할 일이
오. 자, 일단 안으로 들어갑시다."

천마장의 장주 원관이 노상을 보며 말했다.

"환대해 주셔서 감사합니다."

노상이 가볍게 대꾸를 한 후 원관의 안내에 따라 천록항 중심
에 위치한 건물로 걸음을 옮기기 시작했다.

                    *   *   *

"좀 곤란하게 되었군요."

무한이 천록회 건물 안으로 들어가는 천록회 상인들과 노상
일행을 보며 중얼거렸다.

"무엇이 말입니까?"

이공이 의아한 표정으로 물었다. 아직 노상이나 천록회 상인
들을 만나지도 않은 무한이었다.

"저들 중에 절 알고 있는 사람이 있습니다. 자칫 저에 대해 의
심을 품을 수도 있을 것 같군요."

"누가······?"

"제가 육주로 올 때 이용한 배가 녹산연가의 배입니다."

"알고 있습니다."

"그런데 그 당시 녹산연가의 배에 탔던 사람 중 한 명이 저곳에 있군요."

"녹산연가의 가주는 아닐 것이고, 누굽니까?"

"연이설이라고… 녹산연가주 연나의 사촌 동생이자 총관인 연운의 양녀라고 하더군요."

"혹시라도 알아본다 한들 그게 문제가 될까요?"

"배 위에서 잠깐 이야기를 나누었는데… 야심이 강한 여인이라고 느꼈습니다. 묵룡대선을 녹산연가의 일에 끌어들이려는 욕구도 강한 것 같았고. 그런데 그 일의 배경에 천록회의 출범이 있었던 것 같군요."

"그래도 일개 양녀인데……."

"다른 신분을 갖고 있는 것 같았습니다. 양부라지만 총관 연운조차도 그녀에게 조심스러운 태도를 보이더군요. 그건 그녀에게 녹산연가 이상의 대단한 뿌리가 있다는 것을 의미하겠지요."

"음… 누굴까요. 녹산연가는 사해상가조차도 그 전통을 인정하는 상가인데. 그런데 그녀는 술사님에 대해 얼마나 알고 있는 겁니까?"

"그야 뭐 스승님의 제자라는 것 정도……."

"그럼 크게 문제 될 게 없지 않습니까? 의심을 해도 그저 묵룡대선에서 천록회의 일에 관심이 있구나 하는 정도겠지요. 혹은 호기심이 지나치게 많은 사람 정도로 생각지 않을까요. 그것도 우연히라도 우리의 존재가 들키게 될 경우에나 있을 일이고 말입니다."

"그렇긴 한데, 그래도 뭔가 찜찜하군요. 더군다나 혹시라도 제가 마골 저 양반과 관계가 있다는 것까지 알게 되면……."

"그건 반드시 비밀을 지켜야지요. 술사님 가문의 최고 비밀인
데. 허허, 생각해 보니 그 비밀을 제가 알고 있군요, 허허허!"

이공이 갑자기 너털웃음을 터뜨렸다. 아마도 무한의 가문, 무
극종의 최대 비밀을 자신이 알고 있다는 것이 기분이 좋은 모양
이었다.

"아무튼 좀 걱정이 되긴 합니다. 영원한 비밀은 없으니까요."

무한이 말했다.

그러자 이공이 기분 전환을 하려는 듯 활달한 목소리로 말했다.

"자자, 일어나지 않은 일은 고민하지 마시죠! 재미있는 구경이 남
아 있는데 작은 걱정 때문에 그 구경을 놓칠 수는 없지 않습니까?"

"그렇군요. 일단 가보죠. 모두 조심하시고요!"

무한이 이맥과 소의를 보며 말했다.

그러자 이공이 질색을 하며 되물었다.

"이놈들도 데리고 가시려고요?"

"아니, 그럼 우린 뭐 하라고요?"

무한이 대답도 하기 전에 이맥이 이공에게 따져 물었다.

"안 된다! 네놈들 실력으로는 아직 저 안에 들어가 들키지 않
는다고 장담할 수 없어. 너희들은 밖에 있거라."

이공이 단호하게 말했다.

"술사님도 허락하신 일이데요?"

이번에는 소의가 반발했다.

"아무리 술사님이 허락했다고 해도 사부인 내가 안 된다고 하
면 안 되는 거다. 그렇지 않습니까?"

이공이 무한에게 물었다.

그러자 무한이 고개를 끄떡였다.

"그럼요. 제자분들에 대한 권한은 역시 스승에게 있으니까요."

무한이 어깨를 으쓱하며 대답했다.

"들었지. 너희들은 밖에 있어."

"에이, 참!"

이맥이 싫은 소리를 내며 얼굴을 구겼다.

"너… 지금 뭐라고 했냐?"

이공이 싫은 소리를 내뱉는 이맥을 노려보며 물었다.

그러자 소의가 이맥의 옆구리를 손가락으로 푹 찔렀다.

"앗! 아야… 아, 아닙니다. 스승님 분부대로 해야지요. 이곳에서 주변을 잘 살피고 있겠습니다."

소의의 경고를 받은 이맥이 비명과 함께 얼른 대답했다.

"그나마 눈치는 빨라서 다행이구나. 어디 가서 굶어 죽지는 않겠다. 가시지요."

이공이 퉁명스럽게 이맥을 타박하고는 무한에게 정중히 말했다.

그러자 무한이 미소를 지으며 천록항 내부를 향해 걸음을 옮기기 시작했다.

*   *   *

사해상가의 축하 사절단을 맞아 천록회는 화려한 연회를 준비했다.

보통의 경우라면 육주 각지에서 축하 사절단을 보내와 천록항이 북적여야 할 테지만 사해상가의 눈치를 볼 수밖에 없는 육주의 상가들은 감히 천록회에 축하 사절을 보낼 용기가 없었다.

그래서 노상이 이끄는 사해상가의 사절단이 유일한 축하 사절이었고, 그런 단 하나의 사절단을 위해 천록회는 최대한 화려한 연회를 준비했다.

그런데 처음에는 그가 상대하는 천록회 상인들을 눈 아래로 내려다보던 노상의 자신감이 시간이 지나면서 조금씩 변하기 시작했다.

그건 연회 중간중간 천록회의 각 상가 가주들에게 전해지는 소식들 때문이었다.

천록회의 상가 가주들은 가문의 상인들이 급히 그들에게 전하는 소식들을 굳이 숨기려 하지 않았다.

아니, 오히려 그들은 전해오는 소식들을 서로 공유하며 대놓고 노상에게 노출했다.

"음… 이거 참 곤란하게 되었군."

이미 가뜩이나 긴장한 얼굴로 변한 노상의 앞에서 삼룡철가의 가주 중마한이 상가의 사람이 전하는 소식을 전해 듣고 고민스러운 표정을 전했다.

"무슨 일이 있소이까?"

천마장의 장주 원관이 넌지시 물었다.

그러자 중마한이 대답했다.

"비룡성에서 일만 근의 철을 원한다고 하는구려. 그것도 최고의 병기를 만들 수 있는 질 좋은 철로……."

대답을 하는 중마한의 얼굴에 정말 곤혹스러운 감정이 역력히 드러났다.

"그것참, 큰일은 큰일이구려. 육주 각 성에서 계속 질 좋은 철을 원하고 있으니. 아무래도 삼룡철가가 폐쇄했던 삼룡대산맥 내의 철광들을 속히 복구해야 할 것 같소이다."

"철광을 다시 여는 것이 그리 간단한 문제는 아니라서……."

중마한이 말꼬리를 흐렸다.

그러자 남해상가의 가주 구소모가 입을 열었다.

"철광을 다시 여는 데 필요한 것이 있다면 우리 천록회의 상가들이 돕도록 하겠소. 그러니 걱정 마시고 철광들을 다시 열도록 하시지요."

"그렇다면야… 아! 이것 생각해 보니 무례한 이야기를 하고 있었구려. 비룡성은 사해상가의 주 거래처인데… 그런데 그곳에서 왜 우리 삼룡철가에 철을 요구했는지 모르겠구려. 혹, 사해상가에서 비룡성의 구매 요청을 거절했소이까?"

원관이 맞은편에 앉아 있는 노상을 보며 물었다.

그런 원관의 질문이 사실은 노상에 대한 그의 노골적인 도발이라는 것을 장내의 모든 사람들이 알고 있었다.

덕분에 연회의 분위기가 한순간에 차갑게 식어 버렸다.

제4장

갑작스러운 비무

"지금 사해상가와 이 공자님을 모욕하는 겁니까?"

차가운 일갈, 서릿발 같은 안광. 왜 사해상가가 육주의 상권을 장악했는지 증명하는 듯한 여대행수 이단의 살벌한 추궁이 어색해진 공기를 뚫고 삼룡철가의 가주 중마한에게로 향했다.

파나류 금하강 철광을 신마성에게 빼앗긴 후 사해상가가 육주 성주들의 철 수요를 감당하지 못하고 있음은 천하가 다 아는 사실이었다.

그럼에도 불구하고 비룡성이 사해상가가 아닌 삼룡철가에 철의 거래를 요구한 이유를 묻는 것은 사해상가에 대한 모욕이 아닐 수 없었다.

하지만 중마한은 이단의 추궁에도 전혀 표정의 변화가 없었다. 오히려 화를 내는 이단이 행동을 이해할 수 없다는 듯 되물었다.

"모욕이라니. 육주에서, 그것도 상인 중에 누가 감히 사해상가를 모욕할 수 있겠소?"

"그럼 왜 그런 질문을 공자께 하는 겁니까? 본 가의 파나류 철광에 문제가 생겨 철의 공급이 원활치 않음은 세상이 다 아는 일인데. 그런 질문은 본 가의 어려움을 조롱하기 위한 것 아닙니까?"

이단이 차가운 얼굴로 추궁을 이어갔다.

"후후, 그거야말로 대행수가 날 너무 무시하는 말이라고 생각되는구려. 적반하장도 아니고……."

중마한이 실소를 흘리며 말했다.

"적반하장이라니요. 사해상가에 무례를 범한 것은 분명히 가주십니다."

이단이 물러나지 않고 말했다.

그러자 중마한이 정색을 하며 말했다.

"물론 나도 사해상가가 파나류의 철광을 잃었다는 것을 모르지 않소. 그로 인해 사해상가가 장악했던 육주의 철 거래에 차질이 생긴 것도 모르는 바 아니오. 하지만! 그럼에도 불구하고 오랜 거래처인 비룡성에 공급할 만큼의 철은 충분히 확보하고 있다는 것 역시 알고 있소. 육주 곳곳에 산재한 사해상가의 창고에는 그동안 축적한 철들이 산처럼 쌓여 있지 않소? 또한 파나류의 철광만큼은 아니어도 육주 내에도 적지 않은 철광산을 보유하고 있고. 아니오?"

"……."

중마한의 추궁에 이단이 즉시 대답을 하지 못했다. 중마한의 지적은 정확한 것이기 때문이었다.

비록 파나류의 철광을 잃었다고 해도 사해상가는 일정한 양의 철은 계속 공급할 수 있었다. 다만 예전처럼 육주의 모든 성주들이 원하는 철을 예전과 같은 가격으로 공급할 수는 없을 뿐.

그래서 비룡성에서 삼룡철가에 철의 거래를 요청했다는 것은, 사해상가가 가지고 있는 철을 비룡성에 공급하지 않고 있다는 의미였다.

비룡성 같은 오랜 거래처에조차 철을 제대로 공급하지 않는 의도는 누가 봐도 명확했다.

노백은 철이 부족해진 것을 핑계로 거래 가격을 올리려고 하고 있는 것이 분명했다.

파나류의 철광을 잃은 손실을 철 가격을 올림으로써 메우려는 것이다.

그 시도는 충분히 해볼 만한 것이었다. 이왕사후의 몰락 이후 야심가들의 등장으로 육주의 철 수요가 폭발적으로 늘어나고 있기 때문이었다.

그래서 철을 원하는 육주의 성주들은 어쩔 수 없이 사해상가주 노백이 부르는 대로 비싼 가격으로 철을 구입할 수밖에 없었다. 적어도 천록회가 등장하기 전까지는.

"그래서… 비룡성과 거래를 할 겁니까?"

이단의 말문이 막히자 잠시 이어진 침묵 끝에 사해상가의 이

공자 노상이 물었다.

마치 경고하듯 던진 질문이다.

"물건이 있고, 원하는 상대가 있고, 가격이 맞으면 거래를 하는 것이 당연한 일 아니겠소?"

중마한이 대답했다.

"그 상대가 오랜 사해상가의 거래처임에도 말입니까?"

노상이 다시 물었다.

"그 오랜 거래처에 철을 공급하지 않겠다고 한 것은 사해상가 자신 아니오? 그건 곧 다른 상가가 그들과 거래해도 상관없다는 뜻이고. 아니오?"

중마한이 한마디도 지지 않고 노상의 말에 대꾸했다.

그러자 노상이 피식 실소를 흘렸다.

"풋! 노련하신 삼룡철가의 가주께서 왜 이렇게 순진한 말씀을 하십니까? 비룡성과 본 가의 거래가 잠시 멈춘 것은 가격이 맞지 않아서이지 관계가 끊어졌기 때문은 아닙니다. 여전히 흥정 중이라고 할 수 있지요. 흥정 중인 거래에 제삼자가 관여하는 것은 상도에 어긋나는 일이 아닐까요?"

"그 말은 비룡성의 거래 요청을 거절하라는 뜻이오?"

중마한이 되물었다.

"그렇게 해주시면 감사하지요."

노상이 비릿한 미소를 지으며 말했다.

"물론 거래를 거절할 수는 있소. 하지만 그 경우 비룡성에 그들의 요청을 거절한 이유를 설명해야 할 것이오. 오늘 이 공자와 나눈 이야기 그대로 말이오. 그래도 되겠소?"

중마한이 다시 물었다.

"그야 뭐… 아니, 그것은…!"

노상의 얼굴이 갑자기 굳어졌다.

비룡성이 청한 거래를 사해상가의 강압으로 거절했다는 사실이 비룡성에 알려지면 비룡성과 사해상가의 관계는 급격하게 악화될 것이 분명했다.

그리고 그 소문은 순식간에 육주에 퍼질 것이다. 그 순간 사해상가는 상가로서 치명적인 위험에 빠질 수도 있었다.

"이 공자, 육주 상계의 규칙은 공정한 경쟁이오. 그런데 육주 상계의 우두머리인 사해상가가 힘으로 다른 상가의 거래를 막았다고 한다면 사해상가의 평판은 한순간에 나빠질 것이오. 그리고 이 거래의 상대가 누군지 잘 생각해 보시오."

"……."

중마한의 말에 노상이 이단처럼 입을 다물었다.

그러자 중마한이 다시 말을 이었다.

"이 거래의 상대는 일반적인 상가가 아닌 비룡성이오. 비룡성은 상가가 아닌 무가요. 더군다나 이왕사후의 몰락 이후 그 뒷자리를 노리는 야심으로 가득 찬 무가. 그런 야심 가득한 무가의 행보에 대해 얼마나 알고 계시오? 그들이 자신들 야망에 방해가 되는 자들을 어떻게 대하는지 모르시오?"

충고를 넘은 경고다.

그리고 그 경고는 단순한 협박이 아니었다. 비룡성은 만약 사해상가가 이 거래를 협박으로 금지시켰다는 것을 아는 순간 사해상가를 적으로 돌릴 것이다.

그리고 무가는 적을 칼로써 징벌한다. 무력으로 격돌했을 때, 사해상가는 절대 비룡성을 이길 수 없었다.

비룡성은 이왕사후의 자리를 엿보는 강자고, 이왕사후가 몰락한 이후에는 그 자리를 대신할 가장 강력한 세력 중 하나였다.

그런 비룡성과 전쟁을 벌이는 것은 사해상가로서도 감당하기 어려운 일이었다.

물론 사해상가의 숨겨진 저력을 알고 있는 비룡성도 함부로 전쟁을 할 수는 없겠지만, 무기를 제조하기 위한 철의 공급을 막는다면 그건 충분히 전쟁을 일으킬 만한 이유가 될 수 있었다.

"좋습니다. 사해상가는 그 거래를 막지 않겠습니다. 다만, 아마도 비룡성이 삼룡철가와 거래를 하는 일은 없을 겁니다."

말문이 막힌 노상을 대신해 침묵하던 이단이 침착하게 대답했다.

가격을 낮추면 비룡성이 굳이 삼룡철가와 거래를 하지 않을 것이란 뜻이다.

"뭐, 그야 두고 봅시다."

중마한이 어깨를 으쓱하며 대답했다.

한번 깨진 신뢰 관계가 단지 가격을 다시 낮추는 것으로 예전처럼 회복되기는 힘들 거라 생각하는 듯했다.

"좋은 경쟁을 기대하지요."

이단도 여유를 찾은 표정으로 말했다.

그런데 이렇게 자신들의 의지를 굽히는 것이 이 공자 노상에게는 못마땅한 모양이었다.

그래서인지 그가 조금 신경질적인 목소리로 입을 열었다.

"육주의 상계가 새로운 시대를 맞이하게 된 것이 맞긴 맞나 봅니다. 이것 참, 제법 흥미진진하군요. 그동안은 사실 무료한 면이 있었는데."

천록회가 본격적으로 사행상가와 경쟁하게 된 것을 빈정거리는 말투다.

"상계라는 것이 적당한 경쟁이 있어야 함께 성장하는 법이 아니겠소?"

천마장주 원관이 충고하듯 말했다.

그러자 노상이 고개를 끄떡이며 대답했다.

"맞는 말씀이지요. 적당한 경쟁… 하지만 가주께서도 알다시피 상계나 무계나 적당한! 이라는 말이 참 모호하지요. 양쪽 모두 일단 경쟁이 시작되면 한쪽이 파멸될 때까지 싸우게 마련이니까요. 역사가 증명하지 않습니까?"

노상이 도발적으로 물었다.

"…모든 역사가 그렇지는 않소이다. 한때는 이 땅에서도 여러 상가들이 선의의 경쟁을 하며 평화로운 삶을 살 때도 있었소. 불과 오십여 년 전만 해도……."

"아! 천록의 왕국이 건재하던 시절을 말하는 것이군요. 전 그때 태어나지 않아서 잘 모르겠습니다만… 혹 그래서 이 연대의 이름이 천록회인 것입니까? 그 당시의 상계를 그리워하시는 마음으로……."

"부인하지 않겠소."

원관이 담담하게 대답했다,

"그것참… 곤란하군요. 그렇게 되면 그 이후의 시대, 즉 우리 사해상가가 상계를 이끌어온 시대를 부정한다는 뜻이 되는데… 맞습니까?"

"적어도 지금처럼 사해상가가 육주의 상권을 독점하는 것을 더 이상 원하지 않소."

원관이 조금 더 단호해졌다.

노상의 얼굴이 딱딱하게 굳었다.

원관의 대답은 도발이었다. 물론 천록회의 출범 자체가 사해상가가 주도하는 대상련의 체제에 대한 도전이었지만, 이렇게 바로 앞에서 사해상가가 만든 대상련의 체제에 도전하겠다는 말을 노골적으로 할 거라고는 생각지 못했던 듯싶었다.

"조금… 기분이 나빠지려고 하네. 의도야 모르지 않지만 그렇다고 사람 면전에서……."

노상이 중얼거렸다. 혼잣말이라고는 해도 확실히 천록회의 노련한 상인들에 대한 노골적이 도발이었다.

"말을 조심하시오, 이 공자! 이곳은 사해상가가 아니오."

원관이 싸늘한 말투로 경고했다.

"그래서 날 죽이기라도 하시겠소?"

노상의 말투가 변했다. 이젠 축하해 줄 상대가 아니라 싸워야 할 적을 대하는 말투다.

"후우… 축하 사절로 온 사람이 말이 거칠구려. 사해상가주께서 왜 이 공자 같은 사람을 보냈는지 알 수 없군."

원관도 더 이상 참을 수 없다는 듯 이 공자 노상에 대한 불쾌함을 노골적으로 드러냈다.

"그 말은 내가 아버님을 대신할 만한 자격이 없다는 말처럼 들리오만!"

"스스로 판단하시오. 그리고 오늘 연회는 이만 마칩시다. 이대로 돌아가시든지 아니면 하룻밤 묵고 가시든지 그건 이 공자 마음대로 하시구려."

원관이 냉랭하게 말했다.

그러자 노상이 차가운 미소를 머금으며 고개를 저었다.

"미안한데 난 아직 아버님의 말씀을 제대로 전하지 못했소만."

"사해상가주께서 달리 전하시는 말씀이 있으셨소?"

"내가 단순히 놀러 온 것은 아니지 않겠소?"

노상이 빈정거리며 말했다.

"들어봅시다."

원관이 불쾌함을 참고 노상에게 사해상가주 노백의 말을 전하라고 요구했다.

그러자 노상이 품속에서 두루마리에 말린 하나의 서신을 꺼내더니 옆에 서 있던 사해상가의 호위 무사에게 건넸다. 그리고 손을 까딱여 서신을 원관에게 건넬 것을 명했다.

그러자 호위 무사가 재빨리 두루마리 서신을 받아 들고 원관에게 다가가 서신을 건넸다.

"음⋯⋯."

노백의 서신을 받아 읽던 원관의 입에서 신음 소리가 흘러나왔다.

불쾌함과 적대감이 여실히 드러나는 반응이다.

"뭐라 하오?"

옆에서 그의 반응을 지켜보던 중마한이 물었다.

그러자 원관이 대답 없이 중마한에게 서신을 건넸다.

"허어! 이것 참… 어떻게 이런……."

서신을 읽은 중마한 역시 혀를 차며 탄식을 흘렸다.

그러자 장내의 천록회 수뇌들이 너 나 할 것 없이 서신을 받아 읽기 시작했다.

그리고 그들은 한결같이 서신의 내용에 분개했다. 개중에는 당장 노상을 향해 검을 뽑을 것 같은 모습을 보이는 사람도 있었다.

그런데 그런 상인들의 반응을 재미있다는 듯이 바라보던 노상이 갑자기 입을 열었다.

"오면서 나도 그 서신을 읽어봤소. 그런데 그 정도면 아버님께서 그래도 천록회의 체면을 봐준 것이 아니오?"

노상의 말에 원관이 어이없는 표정을 지으며 되물었다.

"금화 일만 동 이상의 거래는 대상련, 즉 사해상가의 허락을 받으라는 말이 사정을 봐준 것이오? 이건 천록회를 사해상가의 통제하에 두겠다는 것 아니오?"

"금화 일만 동의 거래가 그리 자주 있는 것도 아닌데 그렇게 민감할 이유가 있소?"

노상이 되물었다.

"후후, 이 공자! 당장 비룡성과 철을 거래하기로 해도 그 거래가가 수만 동은 훌쩍 넘을 것이오."

"아! 그렇게 되는 건가? 아무튼 난 그런 건 잘 모르겠고, 답을 가지고 가면 될 것 같소. 어떻게 하시겠소?"

노상이 물었다. 다분히 협박하는 태도다.

"이런 조건을 수락할 거라 생각했다면 그야말로 순진한 생각이오."

원관이 단호하게 말했다.

"하하하, 물론 나도 그렇게 순진하지는 않소. 그래서 그 순진한 생각을 현실적으로 바꿔줄 분들을 소개해 드리려고 하오. 이제부터는 대행수님과 세 분 장로님께서 해결하세요. 전 이런 답답한 말싸움은 영… 재미가 없군요."

노상이 두 손을 들어 올리면서 대행수 이단과 한쪽에 조용히 앉아 식사를 하던 세 명의 노인을 바라보며 말했다.

그리고 정말 그 자신은 더 이상 이 일에 관여하기 싫다는 듯 고개를 돌려 버렸다.

천록회의 상인들이 한순간 얼어붙었다. 단언컨대 그들은 지금까지 이런 경험을 해본 적이 없었다.

단지 한구석으로 물러나서 식사를 하고 있던 세 노인이었을 뿐이다. 굳이 정체조차 궁금해하지 않았던.

설혹 잠시 그들에게 관심을 보인 사람들조차도 사해상가의 이 공자 노상을 따라온 나이 든 상인들이려니 했던 사람들이었다.

그런데 그들이 노상의 말에 따라 자리에서 일어나 대행수 이단 옆으로 다가서자 갑자기 감당하기 어려운 강렬한 기운을 뿜어내기 시작했다.

연회장에 오직 그 세 사람만 있는 것 같은 이 기세는 결코 상가의 상인들이나 일개 호위 무사들이 만들어낼 수 없는 것이었다.

아니, 어쩌면 이왕사후의 몰락 후 육주의 패권을 잡기 위해 움직이고 있는 육주의 성주들조차도 이런 기운을 지닌 전사를 데리고 있는 곳은 흔치 않을 것이다.

"역시 사해상가군."

그나마 침착함을 회복한 녹산연가의 가주 연나가 연회 내내 침묵하던 입을 열었다.

사실 규모로 보자면 삼룡철가나 천마장, 혹은 남해상가 역시 녹산연가에 뒤지지 않지만, 그 정통성과 역사에 있어서는 천록회의 상가들 중 녹산연가와 견줄 상가가 없었다.

그래서 자연스럽게 녹산연가의 가주 연나는 적어도 대외적으로는 천록회를 대표하는 인물이라고 할 수 있었다.

"늦었군요. 연가주께 특별히 인사드립니다."

이단이 가볍게 연나를 향해 고개를 숙여 보였다.

"새삼스럽게… 그나저나 무가의 무인들을 초대하신 것이오?"

연나가 물었다.

그러자 이단이 가볍게 미소를 지었다.

"상계의 일에 무가를 끌어들인 것을 질책하시는 것 같군요."

"그렇다면 비난받아 마땅한 일 아니겠소?"

연나가 담담하게 되물었다.

"…하지만 그 말을 녹산연가주께서 하실 줄은 몰랐군요. 사실 오랫동안 상계의 수수께끼였던 것 중 하나가 녹산연가는 무가인 가 상가인가에 대한 논쟁 아니었나요? 녹산연가야말로 상계와 무가의 경계를 모호하게 만든 곳이라고 생각하는데……."

"대행수도 우리를 그렇게 보셨소?"

"…저로서도 사실 의구심을 가지고 있었습니다. 굳이 제 판단 을 말하라면 상계의 길을 걷는 무인들이라고나 할까. 녹산연가 의 상인들은 모두 도검을 다룰 줄 알지 않나요?"

이단이 물었다.

"맞소. 워낙 오지로 상행을 많이 하는 터에 자신의 몸을 지킬 만한 무공을 식솔들에게 가르치고는 있소. 그게 사람들의 오해 를 산 모양이구려. 하지만 그것과 지금의 경우는 다른 것 같소 만."

"크게 다를 바가 없습니다."

이단이 대답했다.

"그 말은 저분들이 사해상가의 식솔이라는 뜻이오?"

연나가 믿을 수 없다는 듯 물었다.

"…꼭 그렇다기보다는… 가주님의 초대에 응해 본 가의 장로 직을 수락하신 분들이니 아니라고도 할 수 없지요."

"외람되지만 어떤 분들인지 말해주실 수 있겠소?"

연나가 물었다.

그러자 이단이 자신이 결정할 수 없는 일이라는 듯 시선을 세 명의 노인에게로 돌렸다.

그러자 세 노인 중 한 명이 고개를 저으며 앞으로 나섰다.

"이 늙은이들의 이름과 내력은 알아서 뭐에 쓰겠소. 다만 연가주께서는 사해상가주님의 제안을 받아들이실지 결정만 하면 되는 일이오."

자신들의 정체를 말하지 않겠다는 뜻이 확고한 대답이다. 그리고 사해상가주의 제안을 받아들이라는 강요이기도 했다.

그런 노인의 말에 연나의 표정이 살짝 꿈틀거렸다. 분노의 감정이 일어난 것이다.

"정체도 모르는 사람들에게 협박을 받아 이런 굴욕적인 제안을 수락할 만큼 자존심이 없지는 않소."

연나가 말했다.

그러자 노인이 잠시 생각에 잠긴 듯하다가 입을 열었다.

"가주의 말에도 일리가 있소. 누구나 어떤 선택을 할 때는 그에 합당한 이유나 근거가 있어야 하니까. 그럼 이렇게 하면 어떻겠소. 여러분 중 나의 일검을 막아내는 사람이 있다면 우리 세 사람은 이 일에서 빠지겠소. 반면 그렇지 못하다면 사해상가주님의 제안을 받아들이는 것으로! 어떻소?"

노인이 물었다.

그러자 연나가 가볍게 한숨을 쉬며 말했다.

"이 일은 상가들의 일이오. 그런데 노인장은 마치 이 일을 무인들의 일처럼 처리하려 하시는구려."

"뭐, 그런 면이 없지 않아 있지만, 그래도 방법은 그게 가장 간단하니까. 그리고… 사실 상가들 사이의 경쟁도 결국 무력이 동

반되는 것 아니오? 살수를 쓰거나… 혹은 대인들이 지금 무사들을 동원해 이 건물을 포위하고 있는 것처럼 말이오."

노인이 물었다.

그러자 연나가 되물었다.

"맞소. 이 건물은 본 천록회의 사람들로 완벽하게 포위되어 있소. 만약 우리가 그 힘을 이용해 그대들을 제압하겠다면 어쩌시겠소? 어차피 사해상가에서 무력으로 이 일을 해결하려고 먼저 시도를 했으니."

"그럼 그에 맞게 상대를 해드리지. 그도 좋소. 모두 불러들여 우리를 공격하라 하시오. 하지만 장담하건대 그렇게 되면 천록회는 오늘 밤 이곳에서 사라질 것이오!"

경악할 만한 경고고, 광오한 자신감이다.

지금 천록항에서 천록회 수장들이 동원할 수 있는 무사의 숫자는 일백이 훌쩍 넘는다. 반면 사해상가의 무사들은 겨우 이십여 명, 그런데도 이런 자신감을 보인다는 것은 이들 세 노인이 일백이 넘는 천록회 무사들을 모두 상대할 수 있다는 뜻이었다.

그런데 이상하게 그의 호언장담이 허풍으로만 들리지 않았다.

그들이 나서는 순간 장악된 연회장의 분위기 때문인지도 모르지만, 이 세 명의 노인은 정말 그 일을 해낼 것 같은 느낌을 주었다.

그래서 노련한 상인이자 뛰어난 무인인 연나 역시 노인의 협박에 즉시 반발할 수 없었다.

당연히 연회장 곳곳에 숨어 있는 무사들을 불러내는 것도 망설여졌다.

그런데 그때 정말 지금까지 어떤 말도 꺼내지 않고 있던 사람, 실질적으로 천록회를 만들어낸 상인 마골이 불쑥 입을 열었다.

"그 약속 지킬 수 있겠소?"

마골이 자리에서 일어나 묻자 사람들의 시선이 일제히 마골에게로 향했다.

연나를 협박해 대던 세 노인 역시 마골을 바라봤다.

"당신은… 누구요?"

노인이 물었다.

그러자 마골이 대답했다.

"송강 하구 시전에서 거간꾼 노릇을 하던 사람이오."

마골의 대답에 노인이 사해상가의 대행수 이단을 바라봤다. 마골에 대한 정보가 더 필요하다는 의미다.

그러자 이단이 말했다.

"송강 하구에서 오랫동안 상인 간의 중개를 해왔던 사람입니다. 큰 상가는 아니지만 거래에 대한 신뢰가 탄탄했던 사람이지요. 그가 천록회에 들어온 것은 사실… 조금 의외의 일이었지요."

이단은 천록회에서 마골이 가지고 있는 중요성을 아직은 제대로 파악하지 못한 듯 보였다.

이단의 설명을 들은 노인이 이해할 수 없다는 듯 마골을 바라보며 물었다.

"송강 하구 시전의 거간꾼이셨다고?"

"그렇소."

"그런데 내게 내 말의 진의를 묻고 있는 것인가?"

"그렇소. 정말 그대를 상대할 사람이 있다면 당신들은 이 일에 관여치 않겠소?"

마골이 다시 물었다.

"그 말은 그대가 우릴 상대하겠다는 뜻인가?"

노인이 마치 모욕을 당한 사람처럼 물었다.

"나일 수도 있고, 또 다른 사람일 수도 있고… 적어도 두 명은 그대를 상대하기 위해 나설 수 있소. 그래서 다시 묻겠소. 그대의 약속, 지킬 수 있겠소?"

마골이 다시 노인에게 물었다.

그러자 노인이 잠시 할 말을 잃은 듯 서 있다가 이내 고개를 끄떡였다.

"하긴 모르고 하는 일은 죄가 아니니 탓할 수 없지. 좋소. 내 검을 견뎌내면 우리 세 사람은 더 이상 사해상가의 일에 관여치 않겠소."

"장로님!"

이단이 놀란 표정으로 노인을 불렀다. 뒤로 물러나 있던 노상 역시 놀란 기색이 역력했다.

"날 믿지 못하겠소?"

노인이 놀라는 이단에게 물었다.

그러자 이단이 즉시 고개를 저었다.

"아닙니다. 제가 무례를 범했습니다. 어찌 장로님의 능력을 의심하겠습니까? 원하시는 대로 하십시오."

"고맙소. 자, 그럼 어디 실력을 봅시다."

노인이 마골을 향해 한 걸음 앞으로 다가섰다.

그러자 마골이 주변에 있던 일꾼들에게 명을 내렸다.

"상을 치워라!"

마골의 명이 떨어지자 연회를 돕던 일꾼들이 일제히 달려 나와 음식들이 놓였던 상들을 치웠다.

그러자 연회장 중앙에 적지 않은 넓이의 공터가 생겼다.

마골이 그 안으로 서슴치 않고 들어갔다.

"마 대인! 무리하실 이유가 없소."

마골이 노인을 상대하기 위해 나서자 뒤쪽에서 삼룡철가의 가주 중마한이 걱정스러운 표정으로 말했다.

사해상가 이단의 태도로 보건데 노인은 쉽게 볼 수 없는 무공의 고수가 분명했다. 그런 자를 일개 상인이 상대한다는 것은 어려운 일이다.

특히 천록회의 상인들에게 마골은 뛰어난 지혜와 능란한 거래술을 지닌 노련한 상인일 뿐이었다. 그래서 그의 무공에 대해서는 아는 바가 없었다.

하지만 마골은 생각보다 태연했다.

"걱정 마십시오. 설마 축하 사절단으로 와서 피를 보기야 하겠소? 아마도 사정을 봐주실 것이오."

마골이 노인을 보며 말했다.

그러자 노인이 가볍게 미소를 지었다.

"그대가 죽는 일은 없을 것이오."

"고맙소. 그럼 걱정 없이 싸워볼 수 있겠구려."

"좋소. 그럼 한번 놀아봅시다."

창!

노인이 검을 뽑았다.

화려하지 않은 옷차림의 노인이었지만, 검집에서 모습을 드러낸 그의 검은 결코 평범하지 않았다.

푸른빛이 도는 검신은 기이한 광채가 만들어지더니 급기야 투명하게 변하는 듯한 모습을 보였다. 한눈에 봐도 명검이고, 노인의 공력 역시 범상치 않다는 것이 드러났다.

"후!"

마골이 가볍게 숨을 내쉬며 등 뒤에서 팔뚝만 한 길이의 검을 꺼냈다.

그의 검 또한 사람들의 이목을 끌었다. 넓고 굵은 검신, 짧지만 두꺼워서 전장에서 전사들이 쓰는 검과 비슷했다.

노인은 그런 마골의 검을 잠시 바라보다가 망설이지 않고 마골을 향해 검을 뻗었다.

파파팟!

노인의 검이 번개처럼 세 번 허공을 갈랐다.

그러자 그의 검에서 일어난 푸르스름한 검기가 마골의 전신을 갈라 버릴 것처럼 뻗어나갔다.

마골이 재빨리 자신의 검을 들어 좌우로 회전시켰다.

쿠우우!

마골의 검에서 일어난 검풍이 무거운 소리를 만들어내는 순간 노인의 검기가 마골의 검풍과 격돌했다.

카카캉!

갑자기 벼락 치는 소리가 일어났다.

사람들이 예상보다 훨씬 강렬한 충돌음에 놀라 저마다 몸을 움찔했다.

연회를 돕던 일꾼들은 서너 걸음 뒤로 물러나기도 했다.

연회장 탁자에 올라 있는 접시들 중 일부가 소리의 충격에 미끄러져 바닥에 떨어졌다.

그러나 접시가 깨지는 것에 관심을 두는 사람은 아무도 없었다. 사람들은 노인의 날카로운 공격을 막아낸 마골에게서 눈을 떼지 못했기 때문이었다.

웅!

단지 노인의 공격을 막아낸 것뿐이 아니었다. 마골은 유연하게 몸을 움직이며 노인을 향해 반격을 가했다.

"흠!"

노인이 자신을 향해 뻗어오는 마골의 검을 보며 가벼운 한숨 소리를 흘려냈다.

그러면서 두어 걸음 뒤로 물러나 다시 검을 휘둘렀다.

카캉!

마골의 검이 노인이 휘두른 검에 막혀 튕겨나듯 뒤로 밀려 나갔다. 그러자 노인이 지체하지 않고 다시 공세를 취하기 시작했다.

노인은 예상대로 강한 무공을 가지고 있었고, 노련하기까지 했다.

노인은 병기의 이점을 충분히 살려 마골과 일정한 거리를 유지한 채 계속해서 마골에게 검을 찔러 넣었다.

마골은 장검에 검기까지 만들어내는 노인의 공격을 그럭저럭 막아내는 것처럼 보였지만, 쉽게 반격의 기회를 잡지는 못했다.

노인이 마골의 짧은 검이 닿지 않는 거리에서 공격을 가하고 있기 때문이었다.

그래서 싸움은 검의 길이만큼 노인의 우위 속에서 이어졌다.

하지만 그럼에도 마골은 크게 위기에 처하지 않고 싸움을 이어나가고 있었다.

카캉!

날카로운 격돌음이 연이어 터져 나왔다. 마골의 몸 주위에서 불꽃이 번쩍인다.

시간이 지나도 싸움의 양상은 여전했다. 사해상가의 장로는 원거리에서 마골을 공격했고, 마골은 위태로운 듯 보이면서도 노인의 공격을 모두 막아냈다.

짧고 두꺼운 그의 검은 마치 풍차처럼 몸 주위를 휘돌면서 노인의 모든 공격을 막아내고 있었다.

그런 공방이 지속될수록 당황하는 것은 노인이었다. 쉽게 끝날 것이라고 생각했던 싸움이 예상외로 길어지고, 비록 우세한 싸움을 한다지만 상대의 옷자락 하나 베어내지 못하고 있었다.

그건 치욕이고 모욕이었다. 사람들이 모르는 자신의 진실한 정체를 생각하면.

그 모욕감이 노인의 검에 살기를 싣기 시작했다.

지리릿!

노인의 검 끝에서 장작이 탈 때 나는 소리처럼 작은 저릿함이 일어났다.

순간 그의 검기가 한층 가늘어지더니 마치 작게 갈라진 번개 줄기처럼 마골을 향해 뻗어나가기 시작했다.

그 신비로운 검기 줄기를 마골이 다시 한번 자신의 검을 이용해 쳐냈다. 그 순간 지금까지와는 비교할 수 없는 강력한 파열음이 장내를 뒤흔들었다.

쾌릉!

"웃!"

마골의 입에서 당황한 듯한 음성이 흘러나오고 그의 몸이 일이 장 뒤로 주르륵 밀려났다.

"놀이는 여기까지!"

마골을 크게 혼든 노인이 승부를 내겠다는 듯 외치며 마골을 향해 날아들었다.

그 모습이 마치 토끼를 사냥하는 매처럼 빠르고 강렬했다.

중심이 흔들린 마골이 그런 노인의 공격을 막아낼 가능성은 없어 보였다.

"아!"

잘 버티던 마골이 위기에 처하자 천록회 상인들의 입에서 탄식이 흘러나왔다.

그런데 그 순간 마골이 모두가 생각하지 못하는 자세를 취했다.

쿵!

마골은 상대의 검이 자신의 이마를 갈라오고 있음에도 불구하고 두 다리를 수평으로 벌리면서 두 발로 강하게 바닥을 찍었다.

푹!

얼마나 강하게 발을 굴렀던지 그의 발이 청석 바닥을 파고들어가 깊게 발자국을 남겼다.

그렇게 기둥을 박듯 두 다리를 바닥에 고정한 마골이 벼락처럼 자신의 짧은 검을 쳐올렸다.

번쩍!

한 줄기 검광이 하늘을 향해 솟구쳤다.

그 검광이 마골의 미간을 갈라오는 노인의 검기를 순식간에 걷어냈다.

콰르릉!

다시 한번 격렬한 충돌음이 일어났다. 그 충격에 연회장 전체가 뒤흔들렸다.

우장창 하면서 음식을 담았던 접시들이 바닥에 쏟아졌다.

그리고 그사이 마골을 공격했던 노인이 삼사 장 뒤로 주르륵 밀려났다.

마골은 자신의 발을 박아 넣은 자세 그대로 그 자리에 서 있었다.

그러나 그렇다고 그가 이 격돌에서 승리했다고 볼 수도 없었다.

그의 얼굴은 핏기 하나 없이 하얗다 못해 파랗게 변해 있었고, 다른 누군가가 다시 한번 더 공격하면 가벼운 공격만으로도 무릎을 꿇을 것처럼 맥이 빠져 보였다.

다행인 것은 마골의 반격에 밀려 뒤로 밀려난 노인의 상태도 그리 좋지 않다는 것이었다. 적어도 그 역시 마골을 다시 공격할 수 없을 만큼의 피해를 입은 것은 분명해 보였다.

"더 하시겠소?"

마골이 노인에게 물었다.

그러자 노인이 검을 가볍게 바닥에 대고 몸의 균형을 잡으면서 마골을 노려봤다.

그의 얼굴에 수치심과 굴욕감이 가감 없이 드러났다. 겨우 상인 따위를 이기지 못했다는 자괴감을 견딜 수 없는 것 같았다.

하지만 날카로운 그의 시선과 달리 그의 몸은 이 싸움을 계속 이어갈 수 없었다.

"천록회에 이렇게 대단한 고수가 있을 줄은 몰랐군. 인정하지. 그대는 날 견뎌냈소. 그러니 난 더 이상 사해상가의 일에 관여치 않겠소."

노인이 씹어뱉듯 말을 내뱉고는 검을 들어 자신의 검집에 집어넣었다. 그리고 흔들리는 몸을 이끌고 사해상가 사람들의 뒤쪽으로 물러났다.

노인이 물러나자 마골이 사해상가의 대행수 이단을 보며 물었다.

"자, 이제 어쩌시겠소?"

마골이 묻자 이단이 당황한 표정을 지으며 쉽게 대답하지 못했다.

그녀로서는 장로라 불린 노인이 마골과의 싸움에서 물러날 것이라곤 상상조차 하지 못했던 모양이었다.

그런데 이단이 침묵하자 사해상가의 이 공자 노상이 앞으로 나섰다.

"흥! 아직 우리에게는 두 분의 장로께서 더 계시오. 이분들도 상대할 수 있겠소?"

노상의 말에 마골이 눈살을 찌푸렸다.

"처음부터 그 한 사람만 상대하면 된다고 했던 것 같은데… 내 기억이 잘못된 것이오?"

"그건… 다만 동 장로님의 약속이었을 뿐이오!"

노상이 고집을 부렸다.

그러자 다른 장로 중 한 명이 가볍게 한숨을 쉬며 앞으로 나섰다.

"인정하겠소. 애초에 동 장로의 비무 결과에 따라 우리의 거취를 결정하기로 했던 것 말이오. 하지만… 그 약속은 지키기 어렵겠소. 동 장로께서는 그 약속을 지키시겠지만, 우리까지 사해상가의 일에서 물러날 수는 없소. 우리가 물러나려면 천록회의 누군가가 그대처럼 우릴 상대해야 할 것이오."

노인은 그런 말을 하는 자신이 창피하게 느껴졌는지 마골의 눈을 끝까지 바라보지 못했다.

"후우, 역시 사람이란 믿을 존재가 아니군. 하긴 그 일을 겪고도 여전히 사람의 약속을 믿으려 했던 내가 어리석은 거지."

마골이 중얼거렸다. 그가 말한 그 일이란 아마도 철사자 무곤과 무한에게 일어난 일일 것이다.

"약속을 지키지 못해 미안하오. 하지만 우리도 사해상가주의 부탁을 받고 하는 일이라 생각처럼 이 일에서 손을 떼기가 쉽지 않구려. 음… 지금이라도 사해상가주의 요구를 받아들이는 것이 어떻겠소? 그대 이상의 고수가 더 이상 천록회에 없다면!"

노인이 마골을 보며 말했다. 하지만 그의 말은 마골이 아닌 천록회의 상인 모두를 향한 말이었다.

그리고 그의 말처럼 천록회에는 마골을 능가하는, 아니, 마골에 근접할 수 있는 고수가 없는 듯 보였다. 천록회의 상인들 중 움직이는 자가 없기 때문이었다.

다시 한번 사해상가의 요구를 수락하라는 요구를 한 노인도 더 이상 자신들을 상대할 사람이 없을 거라 확신하는 듯 보였다.

그런데 그런 그의 생각이 한 사람으로 인해 틀어졌다.

"내가 그대의 검을 받아보겠소!"

갑자기 자리에서 일어나 노인을 상대하겠다고 나선 사람에게 모두의 시선이 쏠렸다.

"가주!"

"가주, 어떡하시려고?"

사해상가 장로라는 노인의 도발에 반응한 사람은 녹산연가의 가주 연나였다.

그의 정체를 확인하는 순간 천록회의 모든 사람들이 걱정의 말을 내뱉었다.

당연한 일이다. 녹산연가가·비록 모든 식솔들이 무공을 수련하는 특이한 상가이기는 해도 상가는 상가다. 가주라 해도 정통 무종의 전수를 받아 평생 무공을 수련한 자를 상대하는 것은 어려운 일이었다.

마골처럼 아주 특이한 경우를 제외하고는.

"나도 이 대결이 희망적이라고 생각하지는 않소. 하지만 그렇다고 아무것도 하지 않고 순순히 사해상가의 요구에 굴복하는 것은 천록회의 존립을 위협하는 일이오. 특히… 마 대인께 면목 없는 일이고 말이오."

싸움에서 물러나 겨우 몸을 추스르고 있는 마골을 보며 연나가 말했다.

그런데 그 순간 마골이 갑자기 자리에서 일어나더니 연나를 만류했다.

"연 가주께서는 굳이 그런 수고를 하실 필요가 없을 것 같소이다."

마골의 말에 장내에 잠시 침묵이 흘렀다. 연회장의 그 누구도 마골이 한 말의 의미를 정확하게 이해하지 못했다.

"이대로 사해상가의 요구를 받아들이자는 말이오?"

연나가 의아한 표정으로 마골에게 물었다.

그러자 마골이 고개를 저었다.

"그런 뜻이 아니라, 이 싸움에 도움을 줄 다른 사람이 있다는 뜻입니다."

"…혹 달리 무인을 초대하셨소?"

"그런 것은 아닌데, 마침 저와 친분이 있는 분께서 천록회의
출범을 축하하기 위해 이곳에 들렀다가 제가 크게 부상을 입고,
또 천록회가 곤란한 지경에 처한 것을 보시고 도움을 주시겠다
고 말씀하셨소이다."

"그 사람이 대체 누구요?"

연나가 물었다.

그러자 마골이 고개를 돌려 천록회 상인들이 늘어서 있는 연
회장 뒤쪽을 보며 말했다.

"정말 도와주시겠습니까?"

마골의 말에 사람들의 시선이 일제히 그의 시선이 향한 곳으
로 움직였다.

"아니, 정말 하시게요? 대체 어쩌시려고?"

무한의 뒤를 따라가면서 이공이 다급한 목소리로 속삭이듯
물었다.

이건 정말 예정에 없던 일이었다. 단지 천록회와 사해상가의
만남이 어떻게 돌아가나 구경이나 하자고 온 것이었다.

그런데 갑자기 무한이 사해상가 장로들의 도발에 맞서 천록회
를 위해 싸우겠다고 나선 것이다.

평소 무한의 성격이나 천록회에 대한 그의 무관심을 생각하
면 당황스러운 결정이 아닐 수 없었다.

"제게 맡겨 주세요."

무한이 짧게 대답하고는 망설이지 않고 마골 옆으로 다가갔다.

그런 무한과 이공에게 모두의 시선이 쏠렸지만, 사람들은 두 사람이 누군지 전혀 알 수 없었다. 무한과 이공 모두 세상에 알려진 사람이 아닐뿐더러 얼굴을 검은 천으로 가린 상태기 때문이었다.

"어서 오십시오… 무사님!"

마골이 무한을 어찌 부를까 잠시 망설이다가 무사라는 말을 꺼내 들었다.

"일이 어렵게 되었군요."

무한이 일부러 목소리를 굵게 만들어 말했다.

"그러게 말입니다. 설마 사해상가가 남의 집 잔치에 와서 이런 무례한 일을 벌일 거라고는 생각지 못했습니다. 그래도 마침 무사님이 도움을 주신다니 다행스러운 일입니다."

마골이 무한에게 가볍게 고개를 숙여 보였다.

"나도 타인의 일에 관여하고 싶지는 않지만, 보아하니 너무 지나친 것 같아서. 마 대인의 어려움을 나 몰라라 할 수도 없고……."

"아무튼 저야 무사님께서 도와주신다면야 그저 감사할 다름이지요."

"그를 상대하면 되는 겁니까?"

무한이 의혹 어린 시선으로 자신을 바라보고 있는 사해상가의 장로라는 노인을 보며 물었다.

"그렇습니다."

마골이 대답했다.

"그럼 뭐… 시간 끌 일이 아닌 것 같군요."

무한이 마골을 지나쳐 사해상가의 장로에게로 가려는데, 이공이 급히 무한의 팔을 잡았다.

"차라리 제가……."

"아닙니다. 내가 결정한 일이니 내가 해야지요."

무한이 이공의 손을 떼어내고 망설이지 않고 앞으로 걸어 나갔다.

제5장

신무종의 고수

"도대체… 왜 갑자기……?"

여전히 무한의 결정을 이해하지 못하겠다는 듯 이공이 고개를 저으며 중얼거렸다.

그러자 마골이 나직하게 물었다.

"저분과는 어떤 관계시오?"

"나 말이오? 그게… 말하자면 긴데……."

이공이 마골의 질문에 선뜻 대답을 하지 못했다.

무한이 빛의 술사라는 사실을 마골은 전혀 모르고 있기 때문이었다.

그에게 무한은 그저 철사자 무곤의 아들일 뿐이었다. 그래서 무한과 자신의 관계를 설명하기가 쉽지 않은 이공이었다.

이공이 대답을 망설이자 마골도 더 이상 묻지 않았다. 이공의 태도에서 그가 둘의 관계를 설명하기에 어려움이 있다는 것을 눈치챘기 때문이었다.

그리고 솔직히 마골, 타무즈는 둘 사이의 관계보다 과연 무한이 사해상가의 장로라는 노인을 상대해 낼 수 있을지 그게 더 걱정이었다.

자신이 혼신의 힘을 다해 상대했던 첫 번째 장로의 무공을 생각할 때, 두 번째로 나선 자 역시 절정에 이른 무공을 가진 고수가 분명해 보였다.

"이 싸움에 승산이 있겠소?"

타무즈가 이공에게 물었다. 역시 다른 사람들이 듣지 못할 정도로 낮은 목소리였지만 긴장한 기색이 역력한 타무즈였다.

그러자 이번에는 이공이 조금도 망설이지 않고 대답했다.

"제대로만 싸우면… 저 늙은이는 이제 큰일 난 거라고 할 수 있소."

"그… 말 정말이오?"

타무즈가 너무 쉽게 무한의 승리를 점치는 이공의 말에 당황해 되물었다.

"당신은 아직 당신의 손님이 어떤 사람인지 정확히 파악하지 못하셨구려? 하긴 뭐 하룻밤 만남이었으니……."

이공이 말꼬리를 흐렸다.

"그것까지 알고 있소?"

무한과 타무즈의 만남은 철사자의 가문, 무극종의 무종 전수가 일어난 은밀한 만남이었다.

그런데 비록 무한과 함께 오기는 했지만, 이공이 그 사실까지 알고 있다는 것은 타무즈에게는 당혹감을 주기 충분했다.

"에… 뭐 어쩌다 보니. 솔직히 말해 나도 저 어린 양반에게 평생 묶여 있어야 할지도 모르는 팔자라……."

이공이 타무즈의 내심을 짐작하고 얼른 대답했다.

"음… 두 분 사이가 더 궁금해지는구려."

"나중에 기회가 있을 거요. 일단 싸움 구경이나 합시다."

이공이 어느새 노인과 마주선 채 검을 뽑아 든 무한을 보며 말했다.

"대체로 얼굴을 가린 사람은 그 배경이 깨끗하지 못한 사람이지……."

무한이 얼굴을 가린 것을 비난하듯 노인이 말했다.

그러자 무한이 되물었다.

"사해상가의 장로 이전에 당신들이 어떤 사람이었는지 말해줄 수 있소? 대체로 자신의 과거 이력을 제대로 밝히지 못하는 사람 역시 뒤가 깨끗하지 못한 법 아니겠소?"

무한은 이미 이들 삼인의 장로가 사해상가의 가주 노백의 수하로 있을 사람들이 아니라는 것을 알고 있었다.

이들의 무공으로 보자면 절대 상가의 장로 노릇을 할 사람들이 아니었다.

적어도 이왕사후의 대전사 이상, 혹은 십이신무종에 버금가는 무종의 후인들일 거라는 것이 무한의 생각이었다.

"…누워서 침 뱉기였나?"

무한의 질문에 잠시 말문이 막혔던 노인이 씁쓸한 미소를 지으며 중얼거렸다.

자신 역시 당당하게 자신의 출신 내력을 밝힐 수 없다는 것을 시인한 것이다.

"그러니… 비무나 합시다. 비무인지는 모르겠지만."

무한이 더 이상 상대에 대한 호기심은 묻어두고 싸움을 시작하자고 도발했다.

그러자 노인의 고개를 끄떡였다.

"그게 현명한 일이겠군. 무인은 역시 검으로 자신을 증명하는 법이지!"

노인이 고개를 끄떡이고는 검을 빼 들었다.

스릉!

노인의 검집에서 미끄러지듯 흘러나온 검이 서슬 퍼런 검날을 드러내는 순간 섬뜩한 검광이 흘렀다.

'살검!'

무한은 노인의 검에서 강렬한 살기를 느꼈다. 그건 그 검의 주인이 아닌 검 자체가 만들어내는 살기였다. 분명히 수많은 목숨을 벤 검일 것이다.

'이자 이전에 다른 검 주인들이 있었다는 뜻이군. 그럼에도 검의 형태가 온전한 것은 상대의 검을 부러뜨려도 날이 상하지 않을 만큼 강한 명검이라는 뜻이고……'

무한의 머릿속에서 빠르게 노인과 노인의 검에 대한 평가가 이뤄졌다.

그에 따라 그의 대처도 달라질 것이다.

'혈랑검을 쓰자!'

무한이 선택한 것은 혈랑검이었다. 살검을 상대하는 데는 전장에서 만들어진 혈랑검이 가장 잘 어울리기 때문이었다.

더군다나 독안룡의 파랑십이검은 자칫 무한의 정체가 드러날 수도 있는 검법이었다.

반면 혈랑검을 알아볼 수 있는 사람은 육주에 거의 전무할 것이다.

묵룡대선의 일개 선원이었던 아적삼이 만든 검법, 그것도 단순하기 이를 데 없는 검법을 알고 있는 무인은 없을 것이기 때문이었다.

슥!

노인이 한 걸음 앞으로 발을 내밀었다. 그러자 바닥이 쓸리는 듯한 소리가 일어나더니 순식간에 노인의 몸이 무한 앞으로 다가왔다.

슥!

무한이 한 걸음 옆으로 움직였다.

그러자 노인이 낸 것과 비슷한 소리나 일어나며 무한의 몸이 환영만 남기고 그 자리에서 일 장 옆으로 이동했다.

그리고 그 순간.

팟!

무한이 서 있던 공간을 노인의 검이 날카롭게 잘라냈다. 그의 검이 지나간 자리를 따라 푸른 검광이 살기를 흘리며 뒤따랐다.

스슥!

무한이 다시 두 걸음 뒤로 움직였다. 그러자 허공에서 급격하게 방향을 튼 노인의 검이 무한이 서 있던 공간을 횡으로 베어냈다.

만약 무한이 노인이 시간을 두지 않고 재차 공격할 것을 예측하지 못했으면 도저히 피해낼 수 없는 공격이었다.

"음!"

두 번째 공격은 반드시 성공할 것이라 자신했던 노인의 입에서 나직한 침음성이 흘러나왔다.

첫 번째 공격이 상대의 움직임을 유도하기 위한 허초에 가까운 공격이었다면, 두 번째 공격은 상대가 예측할 수 없는 상황에서 만들어낸 필살의 일검이기 때문이었다.

그걸 피해낸 무한의 무공에 대해 경각심이 생길 수밖에 없었다.

스슥!

노인이 재빨리 뒤로 세 걸음 물러났다. 무한의 반격을 예상했기 때문이었다.

그러나 노인의 예상은 또 빗나갔다. 무한은 반격하지 않았다.

대신 그는 다시 한번 자세를 바로잡고 노인의 공격을 맞을 준비를 하고 있었다.

노인은 그 순간 한 가지 오해를 했다. 무한에게 자신의 공격을 피해낼 능력은 있어도 반격할 여력은 없다고 생각한 것이다.

그런 적을 상대하는 것은 어려운 일이 아니다. 끊임없는 공격으로 상대의 방어벽을 조금씩 흔들다 보면 결국 무너지고 만다는 것을 아는 노인이었다.

"다시!"

무한의 무공 수준을 나름대로 판단한 노인이 재차 무한을 향해 뛰어들며 소리쳤다.

그의 얼굴에서 처음 느꼈던 당황스러움이 사라지고 자신감이 넘쳐 흘렀다.

그리고 그건 무한이 기대했던 노인의 반응이었다.

카카캉!

노인은 계획대로 끊임없이 무한을 공격했다. 그의 공격은 무한에게 한시도 쉴 틈을 주지 않았다.

마치 끊어지지 않는 끈처럼 이어지는 노인의 공격에 무한 역시 쉬지 않고 검을 내밀거나 발을 움직여야 했다.

하지만 다행인 것도 있었다. 노인은 처음부터 무한의 방어벽을 무너뜨리기 위해 장기전을 선택했기에 일 초 일 초의 공격에 모든 힘을 쏟지는 않았다.

물론 그래도 노인의 공격들이 날카롭기는 했다. 그러나 내공을 모두 쏟아내지 않은 덕에 노인이 들고 있던 검의 장점은 그만큼 약해졌다.

만약 노인이 자신의 검에 모든 힘을 모았다면, 무한은 상대의 검을 정면으로 막아내는 것에 부담을 느꼈을 것이다.

비록 그의 검도 석림도주가 한철을 제련해 만든 강검이었지만, 그래도 노인의 들고 있는 살기 가득한 검에 견주기에는 부족함이 있었다.

검과 검의 충돌에서 혹시라도 검이 부러지기라도 하면 무한으로서는 치명적인 위험에 빠질 수도 있었다.

그런데 노인이 다행히 장기전을 생각하고 검에 모든 힘을 주

입하지 않고 있었다.

그리고 그건 노인의 커다란 판단 착오였다.

무한이 이 싸움에서 쓰려는 혈랑검은 적의 허점을 찾아내 그 빈틈을 베어내는 데 특화된 검법이기 때문이었다.

싸움이 길어지면 지치는 것도 지치는 것이지만, 어쩔 수 없이 작은 빈틈이라도 드러나게 마련, 노인은 무한이 지치는 것보다 자신이 먼저 빈틈을 드러낼 것이라고는 전혀 생각지 못했던 것이다.

'틈!'

무한이 자신의 머리 위를 스치고 지나가는 노인의 움직임에서 기다리던 틈을 발견했다.

팟!

무한이 망설이지 않고 노인의 옆구리와 허리 중간쯤을 향해 검을 찔러 넣었다.

한번 검이 꽂히면 회복할 수 없는 치명상을 입을 수 있는 부위다.

"헛!"

노인의 입에서 헛바람이 흘러나왔다.

반격은 전혀 예상치 않았던 노인이었다. 그런데 무한의 단 한 번의 반격이 그를 치명적인 위험에 빠뜨렸다.

빙글!

노인이 허공에서 몸을 던지듯 회전했다. 그로서는 오직 옆구리의 급소만은 피하자는 필사적인 움직임이었다.

서걱!

무한의 검이 아슬아슬하게 노인의 옆구리를 비껴 나가면서 그의 등을 길게 베어냈다.

"욱!"

팟!

노인의 신음 소리와 함께 노인의 등 뒤에서 붉은 피 분수가 솟구쳤다.

옆구리 급소는 피했지만 등에 입은 검상 역시 결코 가벼운 것이 아니었다.

당장 지혈이 필요한 상황! 그러나 노인은 자신의 부상보다 오히려 자신이 당했다는 수치심에 분노를 일으켰다.

그리고 그 분노가 자신의 몸 상태를 생각하지 않고 무한을 공격하게 만들었다.

"감히!"

노인이 무한을 향해 분노를 터뜨리면서 독수리처럼 무한을 덮쳤다. 그런 그의 등에서 붉은 핏줄기가 뚝뚝 떨어지고 있었다.

콰아아!

분노한 그의 공격 모습도 변했다.

앞서와 같이 잘게 잘게 무한을 공격하는 것이 아니라 단 일 초에 승부를 결정짓겠다는 듯 검에 모든 힘을 쏟아붓고 있었다.

"처음부터 이래야 했어. 결과는 같았겠지만!"

노인이 듣든 말든 무한이 중얼거리면서 미끄러지듯 움직여 허공에 떠 있는 노인의 발아래로 몸을 밀어 넣었다.

그리고 몸이 거의 눕혀진 상태에서 노인의 공격을 머리 위로 흘려 보내면서 그 아래서 빠르고 강렬하게 검을 그어 올렸다.

팟!

무한의 검에서 흘러나온 검기가 허공으로 뻗어나가면서 노인의 몸을 반으로 갈랐다.

"헉!"

노인의 입에서 다급성이 흘러나왔다.

무한이 노인의 공격을 피하는 것과 반격을 하는 동작이 거의 동시에 이뤄졌기에, 노인으로서는 무한의 반격을 피할 여유가 없었다.

"핫!"

노인이 기를 모아 기합성을 터뜨리며 재빨리 몸을 옆으로 회전시켰다.

무한의 검에 몸이 반으로 갈리는 불상사만은 피하려는 필사적인 움직임이었다.

서걱!

다행인지 불행인지 무한의 검은 노인의 몸통이 아닌 그의 허벅지를 종으로 길게 베어냈다.

"욱!"

노인이 거의 땅에 구를 듯 바닥에 떨어져 내리더니 급히 다리에 힘을 줘 몸의 중심을 잡으려다 말고 그대로 한쪽 무릎을 꿇었다.

무한의 검에 베인 오른쪽 다리가 그의 몸을 지탱하지 못했던 것이다.

"그만합시다. 다음번에는 당신 목을 베어야 할 것 같으니까."

무한이 제대로 서지도 못하는 노인에게 한마디 말을 툭 건네고는 검을 회수한 후 미련 없이 타무즈 등 천록회 상인들이 있는 곳으로 물러났다.

연회장의 공기가 무겁게 가라앉았다.

앞서 타무즈와 사해상가 장로의 비무도 치열하고 놀라운 결과를 내기는 했지만, 무한과 다른 장로와의 싸움과는 달랐다.

이번 비무에서는 피가 흘렀다. 그것도 예상치 못한 사람에게서.

애초에 비무일 수만은 없는 싸움이었지만, 그래도 눈앞에서 피를 보자 사람들의 마음이 흉흉해지는 것은 어쩔 수 없었다.

특히 당황한 것은 아무래도 사해상가의 이 공자 노상과 대행수 이단이었다.

그들 두 사람이 적은 수의 수행원과 호위 무사들을 데리고 와서도 천록회의 상인들에게 불합리한 약속을 하라고 강요할 수 있었던 것은, 세 장로의 존재 때문이었다.

그들 세 사람이라면 어떤 상황에서도 자신들을 보호하고 사해상가를 위해 이익을 지켜낼 수 있다는 믿음. 그 믿음이 노상의 행동을 오만방자하게 만들었었다.

그런데 이제 더 이상 세 장로에게 의지할 수 없었다.

셋 중 둘이 비무에서 패했으니 다른 한 사람에게 기대하는 것은 어리석은 일이었다.

그런데 이 싸움의 실질적인 승자라고 할 수 있는 타무즈의 얼굴은 승자답지 않게 딱딱하게 굳어 있었다.

그는 마치 싸움에서 이긴 것이 크게 잘못된 일이라도 되는 것처럼 초조한 모습까지 보였다.

그런 타무즈의 모습을 이상하게 본 무한이 타무즈에게 뭔가를 묻더니 한순간 면사 위로 드러난 그의 눈빛 역시 차갑게 굳었다.

이후 두 사람이 다시 이야기를 나누더니 이야기 끝에 타무즈가 자리에서 일어났다.

"유감스럽게도 비무가 거칠어 피를 보는 지경까지 되었구려. 그 점 미안하게 생각하오."

타무즈가 정중하게 사해상가의 세 장로를 향해 고개를 숙여 보였다.

그러자 무한에게 등과 허벅지를 베인 동료를 치료하고 있던 사해상가의 장로들이 일제히 타무즈를 바라봤다.

갑작스럽게 사과하는 그의 의도를 짐작하기 어려운 모습이다. 대부분의 경우 이럴 때는 승자의 호기로움을 드러내게 마련이기 때문이었다.

그런 그들을 향해 타무즈가 다시 입을 열었다.

"허락하신다면 제게 귀한 약재가 있으니 따로 모셔서 치료에 도움을 드리고 싶습니다만! 물론 이 비무가 끝났다는 것을 전제로 말이외다."

"지금 우릴 농락하는 것이오?"

비무에 참여하지 않았던 장로가 차가운 냉기를 흘리며 물었다. 그의 눈빛이 너무 차가워서 타무즈 곁에 있던 상인들이 몸을 움찔할 정도였다.

"그럴 리가 있겠소? 애초에 이 비무조차 원하지 않았던 나요.

특히 세 분 장로님들과 같은 대고수분들을 조롱할 만큼 내 배포가 크지 않소. 다만 원하는 것은 상처가 깊은 분의 쾌유와 몇 마디 상의드릴 일이 있소이다만……."

타무즈가 워낙 정중하게 말을 하자 차가운 눈빛의 노인도 더 이상 타무즈의 행동에 반발하지 않았다. 대신 그는 다른 두 명의 장로와 잠시 나직하게 이야기를 나누더니 자리에서 일어나 타무즈에게 물었다.

"우리와 상의할 일이란 무엇이오?"

"그건… 아무래도 사람들이 많은 곳에서는 말씀드리기 곤란할 것 같소이다. 나보다는 세 분 장로께서 혹시라도 곤란해지실까 싶어서……."

타무즈가 말꼬리를 흐렸다.

"그 말이… 협박처럼 들리는데 내 생각이 틀렸소?"

"협박이라니! 절대 그렇지 않소이다. 다만 역시 이 일은 세 분만 모시고 조용히 이야기하는 것이 좋을 것 같아서 그렇소이다. 치료 역시 조용한 곳에서 하는 것이 좋겠고……."

타무즈가 집요하게 세 장로와 따로 자리를 마련하고자 했다.

그러자 세 장로가 다시 한번 상의를 하더니 이번에는 사해상가의 대행수 이단에게 양해를 구했다.

"아무래도 무 장로님의 치료가 급하니 잠시 시간을 내주셨으면 좋겠소."

차가운 눈빛의 노인이 말하자 이단이 망설였다.

"…괜찮겠습니까?"

"우리 걱정은 마시오. 음… 이들의 안전은 보장하는 거요?"

노인이 타무즈에게 이단 등 사해상가의 식솔들을 가리키며 물었다.

"당연하지요. 누가 감히 사해상가의 사람들에게 살수를 쓰겠소이까? 그건 걱정 마시오."

타무즈가 말했다.

"얼마나 걸리겠소?"

다시 노인이 물었다.

"치료든 이야기든 이각 정도면 충분하오. 물론 내 생각이기는 하지만 말이오."

타무즈가 대답했다.

그러자 노인이 고개를 끄떡여 타무즈의 제안에 동의했다.

"좋소. 그럼 그렇게 해봅시다."

타무즈의 말은 거짓이 아니었다.

타무즈에게는 정말 놀라울 정도로 상처 치료에 효과가 좋은 약재가 있었다.

타무즈가 약재를 꺼내서 무한에게 검상을 입은 장로의 등과 다리에 바르자 금세 피가 멎고 부상에서 오는 통증이 사라졌다.

부상을 당한 노인은 그제야 온전히 정신을 회복하고 그가 치료받는 방을 돌아봤다. 마치 누구를 찾는 것처럼.

"통증은 좀 어떻소이까?"

그런 사해상가의 장로에게 타무즈가 물었다.

그러자 노인이 되물었다.

"그는… 떠났소?"

자신을 벤 무한을 찾는 것이다.

"아니오. 혹시 장로께서 불편해하실까 봐 들어오지 않으셨소."

"음… 한번 보고 싶은데……."

"그분께서는 자신의 정체를 밝히고 싶어 하지 않으시오. 마치… 여러분처럼!"

타무즈가 의미심장한 말투로 말했다.

그러자 곁에서 치료를 돕던 차가운 안광의 노인이 굳은 목소리로 물었다.

"우리처럼이라는 말은… 우리 정체를 알고 있다는 뜻이오?"

그의 목소리에 긴장감이 잔뜩 묻어났다.

그러자 타무즈가 잠시 침묵을 지키다가 한숨을 쉬며 입을 열었다.

"비무가 위급하지 않았다면 장로님들은 진실한 내력을 감추실 수 있으셨을 것이오. 검술이야 약간의 변형을 주면 되는 것이니까. 하지만… 위급한 순간에는 누구나 무의식적으로 자신의 본무공을 드러내게 마련 아니겠소? 외람되지만 나에게는 세상에 존재하는 특별한 무공을 알아볼 작은 식견이 있소이다."

"음……."

타무즈의 말에 장로들이 일제히 신음 소리를 냈다.

누군가 자신들의 정체를 알아본 것이 의외로 큰 충격인 듯 보였다.

그러자 타무즈가 나직하지만 단호한 목소리로 말했다. 그리고 그 말이 세 장로를 충격에 빠뜨렸다.

"신무종의 고귀함은 육주의 자랑이지요. 일개 상인이 감히 논하기 힘들 만큼. 그런데 그 고귀함은 한 가지 전제하에 존재하는 것입니다. 세속의 권력에 관여하지 않는 것, 그 하나의 전통을 수백 년 동안 지킴으로써 십이신무종은 육주에서 가장 고귀한 존재가 되었습니다. 물론 나 역시 장사치로 살아가는 사람이니 순진한 사람은 아닙니다. 특별한 경우 십이신무종이 은밀한 방법으로 세상의 안정과 법을 지키기 위해 움직였다는 것은 알고 있습니다. 하지만 상권 다툼에 관여하는 것은……."

타무즈가 세 장로를 보며 추궁하듯 말했다.,

"음……."

"허어!"

위중한 부상을 입고 치료를 하고 있던 노인까지도 상처의 고통을 잊고 탄식을 흘렸다.

타무즈는 그동안의 말투까지 바꿔 세 장로에게 최대한의 예의를 갖췄다. 하지만 그렇게 정중한 그의 말이 이전보다도 더 날카로운 비수가 되어 세 장로를 찔렀다.

세 장로는 타무즈의 말처럼 십이신무종의 고수였던 것이다. 그들은 타무즈나 무한과의 비무에서 애써 자신들의 무공을 위장하려 했으나, 결국 위급한 순간 본래의 무공을 사용함으로써 눈 밝은 타무즈에게 그 정체를 들킨 것이다.

그리고 그 사실 하나만으로도 그들은 궁지에 몰렸다.

십이신무종이 상계의 이익 다툼에 관여했다는 것이 세상에 알려지는 순간 십이신무종의 명예와 고귀함은 큰 손상을 입을 것이기 때문이었다.

"뭘 원하시오?"

자신들을 은밀히 불러 이런 이야기를 하는 것은 타무즈가 거래를 원하기 때문이라고 생각한 장로 중 한 명이 물었다.

"먼저 무사님들의 존귀한 이름을 알고 싶군요."

타무즈가 말했다.

정확한 증거를 갖겠다는 의미다. 이름을 말하는 순간 세 장로는 자신들이 십이신무종의 사람이라고 완벽하게 시인하는 것이다.

하지만 말하지 않는다면, 이 노련하고 자신들에 버금가는 무공을 지닌 상인은 자신들의 존재를 세상에 알릴지도 모른다.

그러니까 제대로 거래를 하려면 오히려 자신들의 정체를 더 확실하게 말하는 편이 좋다는 것을 세 노인도 알고 있었다. 신뢰할 수 있는 거래에 대한 증표로서.

그러나 역시 망설여지는 일이다. 이름을 말하는 것이 마치 벌거벗고 상대 앞에 서는 듯한 느낌이 들었기 때문이었다.

하지만 어쩔 수 없는 상황이었다. 그리고 사실 이름을 말하든, 말하지 않든 그들이 십이신무종의 사람이라는 것은 숨길 수 없는 사실이었다.

"난 도산선종 무영자 동원공이라고 하오. 이분은 천무종 검노 무원호 님, 그리고 이분은 빙궁 한뢰종의 빙검 설호이시오."

가장 먼저 비무에 나서 타무즈와 겨뤘던 노인, 도산선종의 무영자 동원공이 자신의 이름을 말하면서 순식간에 다른 두 사람의 정체도 밝혔다.

순간 타무즈의 눈이 숨길 수 없을 만큼 흔들렸다.

"이렇게까지 대단하신 분들일 줄이야."

타무즈가 입을 다물지 못하고 중얼거렸다.

그러자 무영자 동원공이 씁쓸한 표정으로 말했다.

"놀란 것은 이해하겠으나 대단하다는 말은 동의하지 못하겠소. 결국 우리는 오늘 그대와 그대의 손님에게 패하고 말았으니. 세상에 알려지면 두고두고 굴욕적인 사건으로 기억될 것이오."

"단지… 운이 좋았을 뿐이지요. 세 분께서는 정체를 숨기시려 제대로 된 신무종의 무공을 사용하지 못했으니 말입니다."

타무즈의 말에 신무종 세 고수의 표정이 살짝 풀렸다. 그들 자신도 자신들의 패배에 대한 핑계가 필요했기 때문이었다.

"그렇다 해도 마 노사의 무공은 정말 대단했소. 솔직히 말해 단순히 상인의 무공이라고는 도저히 생각할 수가 없구려."

동원공이 말했다.

"아닙니다. 전 정말 그냥 상인일 뿐입니다. 사실 상인 중에도 무공의 고수는 존재하지요. 예를 들면 독안룡 탑살이나……."

"음……."

독안룡 탑살에 대한 이야기가 나오자 세 노인의 표정이 굳었다. 그들에게도 독안룡 탑살은 함부로 언급할 수 없는 존재인 듯 보였다.

"또한 사해상가주 역시……."

타무즈의 말에 세 노인의 눈이 크게 떠졌다. 너무 당황한 나머지 한순간 말문이 막히기까지 한 세 사람이었다.

그러다가 겨우 정신을 차리고 급히 타무즈에게 물었다.

"그것까지 알고 있소?"

"사해상가주가 무공의 고수라는 것 말입니까?"

"그렇소. 그건 세상에 전혀 알려지지 않은 사실인데……."

"외람되지만 상계에 대해 잘 모르시는군요. 상계의 다툼은 무가의 다툼 못지않게 치열합니다. 그런 곳에서 사해상가와 같이 독보적인 위치에 오르기 위해서는 일신에 강력한 무공 없이는 불가능한 일입니다. 수시로 찾아드는 경쟁 상가의 살수들을 어찌 호위 무사로만 막아낼 수 있겠습니까?"

"후… 그건 그렇구려. 생각해 보면 간단한 이치구려. 하… 우리가 너무 산속에만 있다 보니 그런 간단한 추측조차 특별하게 느껴지는 모양이오."

동원공이 탄식했다.

그러자 그들의 말을 듣고 있던 차가운 안광의 소유자, 한뢰종의 빙검 설호가 불쑥 입을 열었다.

"우리 정체는 말했고, 마 대인이 원하는 것은 무엇이오?"

설호의 물음에 다른 두 사람도 이내 자신들의 처지를 깨닫고 타무즈를 바라봤다.

설호의 물음에 타무즈가 잠시 침묵을 지켰다. 그러다가 결심을 한 듯 입을 열었다.

"상계의 싸움은 상계에 맡겨 두시지요."

"음… 사해상가를 돕지 말란 뜻이구려."

"그렇습니다. 물론 사해상가와 하루 이틀의 인연이 아닐 수도 있으시겠지요. 하지만 천록회와 사해상가의 분쟁에 신무종이 관여하면 파장이 생각보다 클 것입니다. 천록회는 육주 전체의 상권을 두고 사해상가와 경쟁하는 단체입니다. 단순히 한 상가를 상대하는 일이 아니지요."

할 말을 마친 타무즈가 자리에서 일어났다.

"생각할 시간이 필요하시다면 잠시 자리를 비워 드리지요."

"아니오!"

동원공이 밖으로 나가려던 타무즈를 불러 세웠다. 그리고 분명하게 의사를 밝혔다.

"우리 세 명은 지금부터 사해상가의 일에 관여치 않겠소. 대신 그대도 우리의 존재를 비밀로 해야 하오. 약속을 지키지 못하면 신무종의 고수들이 대거 하산해 천록회를 찾아올 수도 있소."

"물론… 그야 당연하지요."

타무즈가 부드럽게 미소를 지으며 대답했다.

덜컹!

타무즈와 세 명의 사해상가 장로가 연회장 문을 열고 들어서자 모든 사람들의 시선이 네 사람에게로 쏠렸다.

천록회의 상인들은 물론, 사해상가의 이 공자 노상과 대행수 이단도 긴장한 기색이 역력했다.

"그럼!"

연회장에 들어선 세 상로가 타무즈에게 가볍게 고개를 까딱여 보이고 걸음을 옮겨 노상과 이단 곁으로 다가갔다.

"어떻게 되었습니까?"

세 사람이 다가오자 이단이 자신도 모르게 자리에서 일어서며 물었다.

노상 역시 긴장한 표정으로 이단을 따라 자리에서 일어났다.

그러자 사해상가의 세 장로가 평소에는 전혀 하지 않던 행동을 했다. 이단과 노상에게 고개를 숙인 것이다.

"대행수, 그리고 이 공자, 아무래도 우린 오늘 사해상가를 떠나야 할 것 같소. 미안하오."

"그게 무슨……?"

"이미 비무를 하기 전 약속을 한 일이니 지키지 않을 수 없소. 우리가 비록 사해상가에 잠시 머물기는 했지만, 우린 상인이 아니라 무인이오. 무인이란 자고로 자신이 한 말을 지켜야 하는 법이오. 특히 비무의 결과에는 반드시 승복해야 하오. 음… 사해상가로 돌아가 가주에게 우리의 결정을 말씀드리면 가주께서도 이해하실 것이오."

"그럼 아예 사해상가로 돌아가지도 않고 떠나시겠다는……?"

이단이 당황한 기색이 역력한 표정으로 물었다.

"그렇소. 아무래도 우린… 지금 바로 돌아가야 할 것 같소."

"후……"

이단이 길게 숨을 내쉬었다. 그녀는 이 세 사람의 결정을 말릴 수 없다는 것을 알고 있었다.

하지만 노상을 달랐다.

"이건… 너무하는 것 아닙니까?"

노상이 세 사람에게 따지듯 물었다.

그러자 이단이 얼른 노상의 말을 막았다.

"이 공자, 말조심하세요. 이분들의 행보는 오직 이분들이 결정하십니다. 가주께서도 감히 이분들의 결정에 관여하실 수 없어요."

"하지만 그동안 본 가에서 받은……."

"이 공자!"

이단이 엄한 표정으로 노상의 말문을 막았다.

그러자 노상이 이단의 기세에 놀라 입을 닫았다.

그렇게 노상의 입을 막은 이단이 시선을 돌려 세 장로를 보며 말했다.

"아직 이 공자께서는 세 분이 본 가의 어떤 손님들인지 제대로 모르셔서 한 말이니 노여워 마시길!"

떠나겠다는 사람에게 하는 말치고는 지나칠 정도로 공손한 말이다. 그건 그녀가 세 장로의 진실한 정체, 십이신무종에서 나온 고수들이란 것을 알고 있다는 의미였다.

"괘념치 마시오. 가주와의 약속을 지키지 못하고 떠나는 것은 분명히 우리 잘못이니까. 하지만 사정이 그렇게 되었으니 이해하시길 바라오."

"알겠습니다. 다만… 마지막 송별회도 없이 떠나신다니 서운하군요."

"후후, 비무에 패한 패자가 송별회는 무슨… 그럼 우린 여기서 바로 인사드리겠소."

"아, 그렇게까지 급하게……."

"정해진 일이니 서둘러 떠나는 것이 모두에게 좋을 것 같소. 마 대인!"

무영자 동원공이 조금 떨어진 곳에 앉아 있는 마골, 타무즈를 불렀다.

그러자 타무즈가 자리에서 일어나며 대답했다.

"말씀하시지요!"

"우린 가겠소. 약속 꼭 지키시기 바라오. 여기 사해상가 식구분들의 안전 또한!"

"물론입니다. 모두 본 회의 손님들이신데요."

타무즈가 가볍게 고개를 숙여 보이며 대답했다.

그러자 동원공이 고개를 한 번 끄덕이고는 다른 두 장로를 보며 말했다.

"갑시다."

"그 전에……."

문득 무한에게 등과 허벅지에 깊은 상처를 입은 검노 무원호가 손을 들어 올려 잠깐 시간을 벌었다.

"하실 말씀이라도……?"

동원공이 묻자 무원호가 타무즈에게 물었다.

"마 대인의 손님이란 분 말이오. 혹시 천록회에서 다시 볼 수 있소?"

"아닙니다. 손님이실 뿐이어서……."

"혹, 다시 만날 방법을 알려줄 수 있소?"

"글쎄요… 그것 역시……."

"음… 다시 만나기가 쉽지 않다는 뜻이구려."

"…죄송합니다."

타무즈는 무한이 이들 세 사람을 만나고 싶어 하지 않을 거라는 걸 짐작하고 단번에 무원호의 청을 거절했다.

"아쉽구려. 이 비무에 대해 잠시 이야기를 나누고 싶었는데……."

"나중에 기회가 있겠지요."

타무즈가 위로하듯 말했다.

"알겠소이다. 다만 이 말은 전해주시오. 내가 상대했던 그 어떤 무인보다 특별한 사람이었다고!"

"알겠습니다. 그리 전하겠습니다."

마골이 정중하게 대답했다.

그러자 무원호가 고개를 끄떡이고는 동원공와 빙검 설호에게 말했다.

"갑시다. 미안하지만 부탁 좀 합시다."

무원호의 말에 동원공이 망설이지 않고 손을 내밀었다. 무원호가 동원공의 팔에 의지해 한쪽 다리를 절뚝이며 연회장을 벗어났다.

세 명의 장로가 떠난 연회장은 파장한 시장처럼 스산하기까지 했다.

이런 상황에서 술을 마시고 음식을 먹을 사람은 없었다.

탁!

세 장로가 떠난 직후 이단이 가볍게 탁자를 치며 자리에서 일어났다. 그리고 천록회의 상인들을 보며 물었다.

"이 공자를 모시고 떠나도 되겠소?"

"우리에게 물을 일은 아닌 것 같소. 하룻밤 주무시려면 숙소를 내어드릴 것이고, 떠나시겠다면 아쉽지만 보내 드리겠소."

마골이 대답했다.

그러자 이단이 조금 묘한 눈으로 마골을 바라보다가 말했다.

"그대에 대한 이야기를 듣기는 했으나 오늘 보니 천록회의 중심은 그대인 듯하구려."

"천록회는 누구 한 사람이 움직이는 곳이 아니오. 여러 상가의 가주들께서 함께 의견을 모아 방향을 정하고, 서로가 서로의 상행을 도울 뿐. 사해상가가 대상련을 육주의 모든 상가들 위에 군림하기 위한 도구로 쓰는 것과는 다르오."

"그럼에도 불구하고 마 대인이 천록회의 중심임은 분명한 것 같소만."

이단이 지지 않고 말했다.

"그렇게 말하는 것은 이곳에 모인 천록회의 구성원들을 모욕하는 것이라는 것을 알아주셨으면 좋겠구려. 상인으로서 난 사실 이분들에 비하면 보잘것없는 사람이오."

마골이 이단에게 경고했다.

그러자 이단이 그제야 자신을 싸늘한 시선으로 노려보는 상가 가주들의 눈빛을 알아채고는 급히 말을 거뒀다.

"오해들 마십시오. 여러 가주님들을 무시해서 한 말은 아닙니다. 다만, 마 대인의 실력에 놀랐다는 것이지요."

재빨리 자신의 말을 수습한 이단이 다른 변수가 생기는 것이 두려운지 급히 자리에서 일어나 노상에게 말했다.

"이 공자, 우린 이제 떠납시다."

"그러죠."

노상도 세 장로가 떠난 이상 천록항에 남아 있는 것이 얼마나 위험한지 잘 알고 있었다. 그래서 서둘러 이곳을 떠나고 싶었던 노상이었다.

"연회 즐거웠소. 다음에 뵙겠소."

이단이 노상의 동의를 얻자 연회장의 천록회 상인들에게 고개를 숙여 보인 후 서둘러 연회장을 벗어났다.

그러자 그들의 뒤에 대고 마골이 소리쳤다.

"사해상가가 도발하지 않는 이상 천록회도 사해상가의 권위를 인정할 것이오. 가주께 그리 전해주시구려."

"알겠소."

이단의 목소리는 이미 연회장을 벗어난 곳에서 들렸다.

노상과 이단 등 사해상가의 축하 사절단이 짧은 방문을 마치고 돌아가자 천록회의 상인들이 긴장이 풀리는지 안도의 숨을 내쉬며 의자에 걸터앉았다.

그리고 잠시 후 녹산연가의 가주 연나가 마골에게 말을 건넸다.

"마 대인, 오늘 정말 대단하셨소. 마 대인께 그런 무공이 있는 줄은 꿈에도 몰랐소이다."

"맞소이다. 마 대인이 아니었다면 우리 천록회는 시작도 하기 전에 사해상가주의 손아귀에 들어갈 뻔했소이다."

천마장의 장주 원관이 연나의 말에 동조했다.

그러자 마골이 고개를 저었다.

"그렇지가 않소이다. 사실 나와 상대했던 자가 제대로 실력을 발휘했다면 난 그의 검을 절대 막아낼 수 없었을 것이오. 그는 내가 상인이라고 방심했다가 날 베지 못했던 것뿐이외다."

"그렇다고 해도 그런 자를 상대한 마 대인의 무공은 사실 너무 놀라운 것이었소."

연나가 말했다.

그러자 마골이 미소를 지으며 말했다.

"아마 연 가주께서 비무에 나서셨다면 그의 검을 막아내는 것뿐만이 아니라 그 비무에서 승리하셨을 겁니다."

"하하하, 마 대인께서는 너무 겸손하시구려. 아무튼 오늘 연회는 잘 끝난 것 같소. 그 세 명의 장로가 계속 사해상가에 머물렀다면 사해상가와의 무력 충돌은 극히 위험한 일이었을 것이오. 그런데 그들이 떠났으니……."

"그들은 대체 어디서 온 자들일까요?"

문득 삼룡철가주 중마한이 마골을 보며 입을 열었다.

그러자 마골이 고개를 저었다.

"글쎄요. 육주에 고수는 수없이 많으니 그들이 말하지 않는 이상 짐작하기 어렵지요."

마골의 말에 장내의 사람들이 제각기 고개를 끄떡였다.

그런데 문득 남해상가의 가주 구소모가 마골에게 물었다.

"그 손님이란 분은 어디 계시오? 우리가 큰 신세를 졌는데 인사라도 드려야 하지 않겠소?"

"맞소이다. 사해상가가 물러가는 통에 은인에게 감사를 드릴 정신도 없었구려."

천마장주 원관도 그제야 무한의 존재를 떠올리고는 마골을 바라봤다.

그러자 마골이 고개를 저으며 말했다.

"그분을 다시 뵙기는 어려울 것 같소이다."

"아니, 그럼 벌써 떠나셨다는 말이오?"

원관이 놀란 표정을 물었다.

"본래 잠시 얼굴만 보고 떠날 생각으로 들렀던 분입니다. 외부에 얼굴을 드러내는 것을 극히 꺼려하셔서… 비무가 끝난 후 저도 제대로 인사를 드리지 못했지요."

"아, 대체 어떤 사람이오?"

원관이 다시 물었다.

"그분의 정체를 말씀드리기는 곤란하군요. 얼굴을 가리고 비무에 나선 것은 자신을 숨기고 싶으셨기 때문입니다. 그런데 만약 제가 그분의 내력을 여러분께 말씀드리면 그분은 다시는 저를 찾아오지 않으실 겁니다. 사실… 성격이 그리 녹록한 분이 아닙니다. 상당히… 까다로운 분이지요."

마골이 가볍게 미소를 지으며 말했다.

어딘가에서 무한이 자신의 말을 듣고 있을 거란 것을 알기 때문이었다.

"하긴 무공 고수치고 성격이 특별하지 않은 사람이 없지요. 그나저나 사해상가주가 어찌 나올지 걱정이군요. 어쩌면… 그들이 데려왔다는 오족의 살수들을 보낼 수도 있을 것 같소이다만."

원관이 걱정스레 말했다.

그러자 마골이 신중하게 입을 열었다.

"만약 그가 살수를 보낸다면… 그때는 우리도 상가의 법이 아닌 검의 법으로 그를 상대해야겠지요."

제6장

검의 법(法)

　비무가 끝나고 무한은 사람들의 눈에 띄지 않는 곳에서 타무즈와 신무종 고수들의 이야기를 듣고 있었다.

　그리고 신무종 고수들이 사해상가의 일에서 손을 떼기로 한 이후에는 천록회 건물에서 벗어나 천록항 외곽의 거처로 돌아와 있었다.

　그와 함께 돌아온 이공과 그의 두 제자는 무척 기분이 좋아 보였다. 그들이 모시는 빛의 술사가 천무종 고수 검노 무원호를 꺾은 것에 대한 자부심 때문이었다.

　물론 과거 이 땅의 모든 무종 종파의 균형을 잡았던 빛의 술사에게 무원호 정도의 고수를 꺾는 일이 대단한 것은 아닐 수도 있었다.

　그러나 그들에게는 무한의 능력을 직접 경험한 첫 번째 싸움,

그것도 십이신무종의 고수를 상대로 한 완벽한 승리였기에 기분
이 좋지 않을 수 없었다.

그런데 무한은 오히려 어두운 표정이었다. 그는 마치 큰 고민
을 가진 사람처럼 거처로 돌아오는 동안 말이 없었다.

그런 그의 상태를 이공은 거처로 돌아와서야 눈치챘다.

"술사님, 무슨 걱정이라도 있으십니까?"

거처로 돌아온 직후 무한의 표정을 눈치챈 이공이 물었다.

"아뇨. 좀 이해되지 않는 일이 있어서요."

"무엇이 말입니까?"

이공이 물었다.

"신무종의 세 고수 말입니다. 그들이 왜 사해상가의 장로로 있
었을까요? 그들의 말을 들어보니 각 종파에서 파문을 당한 사람
들도 아니고, 또 문외 전수자들도 아닌 문내의 정통 전수자들 같
은데……"

"음, 그야 뭐 사해상가에서 막대한 재물을 주고 데려온 것이
아닐까요? 사해상가의 재력이라면……"

"재물로 움직일 사람들이 아니지 않습니까? 재물로 움직일 수
있는 사람은 문외제자들이잖아요?"

"그건 뭐… 그것참, 생각해 보니 정말 이상하군요. 사해상가의
일을 하다 보면 어쩔 수 없이 오늘처럼 자신들의 정체가 드러날
위험이 있는데, 그럼에도 불구하고 신무종이 문내 정통 문도들
을 내주었다는 게. 더군다나 그 세 명의 무공 수위를 보면 그들
은 아마도 각 종파 내에서도 최상위의 고수들일 겁니다."

그제야 이공이 사해상가의 세 장로에 대한 의구심을 뒤늦게 갖기 시작했다.

십이신무종이 문내의 정통 고수를 일개 상가의 용병으로 내주는 일은 신무종의 위치와 역사를 생각하면 도저히 이해할 수 없는 결정이기 때문이었다.

굳이 도와주려 했다면 문내 정통 고수를 내려보내는 것 말고도 다른 방법을 여럿 가지고 있는 십이신무종이었다.

"이 일은… 자세히 확인해 볼 필요가 있을 것 같군요."

무한이 혼잣말처럼 중얼거렸다.

"그럼 천록회와 사해상가의 일에 관여하시는 겁니까?"

이공이 놀란 표정으로 물었다.

오늘 천록회의 일을 도와준 것도 그렇고 무한은 예상외로 천록회의 일에 큰 관심을 보이고 있었다.

그러자 무한이 대답했다.

"지난번 그를 만났을 때는 사실 나도 사해상가와 천록회의 일에 관여할 생각이 없었습니다. 그런데 시간이 지나면서 갑자기 과거의 일이 떠오르더군요. 제가 사자림의 절벽에서 투신하던 그날 아침 말입니다."

"아니, 뭐 그런 불쾌한 기억을……."

"그러게 말입니다. 계획은 하고 있었지만, 그 일을 실행할 거란 확신은 없었던 때였지요. 그런데 그날 아침 사해상가의 인부들에 의해 아버지의 비석이 기단째 뽑혀 나가는 걸 보면서 더 이상 사자림에 머물 수 없다는 것을 깨달았지요. 그대로 남아 있다가는 정신이 이상해질 것 같은 분노를 느꼈으니까요."

"그야 당연한 일이지요."

이공이 고개를 끄떡였다.

누군가 자신의 아버지의 비석까지 뽑아 가는 것을 무력하게 지켜봐야 한다면 그 사람의 정신적 고통은 죽음보다도 클 것이라는 것을 짐작하기 때문이었다.

"결국 사해상가주에게 복수를 하시려는 거군요? 사실 그게 맞는 일이기는 하죠!"

이맥이 불쑥 두 사람의 대화에 끼어들었다.

그러자 이공이 화난 눈빛으로 이맥을 바라봤다. 감히 그가 끼어들 이야기가 아니라는 뜻이다.

이맥이 이공의 화난 시선을 마주하고는 겁을 먹고 고개를 숙였다. 하지만 무한은 이맥의 말에 화를 내지 않았다. 대신 그의 말을 부인했다.

"복수의 문제는 아닙니다."

"그럼……?"

이공이 이맥을 대신해 물었다.

"갑자기 이상한 생각이 들어서 말입니다. 대체 그자는 왜 아버지의 비석을 원했을까요? 비석을 캐 가는 순간 세상 사람들의 거친 비난을 받을 것을 모르지 않았을 텐데. 그것도 장사를 하는 사람이……."

"…그것참 듣고 보니 그것도 이상하군요."

"아버지의 비석이 귀한 석재로 만들어진 것이기는 해도 사해상가주 노백의 창고에는 그보다 값비싼 보석들이 그득 차 있을 것입니다. 그런데 사람들의 비난을 무릅쓰고 그 비석을 캐 갔다는 것이… 그뿐이 아니지요. 그자는 그전에도 사자림에 있던 여러 물건들을 가지고 갔습니다. 물론 명목상으로는 계모께서 금화를 받고 판 것이지만……."

무한의 말에 이공이 잠시 생각에 잠겼다가 조심스레 물었다.

"혹시 그자와 철사자님 간에 과거 어떤 원한이 있었던 것은 아닐까요?"

"…제가 아는 한은 그런 일이 없습니다."

"그럼 이해가 가지 않는 일인데요."

이공이 고개를 갸웃했다. 원한이 아니라면 사자림에 남은 철사자의 물건들을 비석까지 캐 갈 이유가 없기 때문이었다.

"그래서 그 이유를 좀 알아보고 싶어졌습니다."

"그럼 그자를 만나러 가실 겁니까?"

이공이 물었다. 흥분한 기색이 역력하다. 무한이 하려는 일이 위험하다기보다 흥미롭다고 느끼고 있는 것 같았다. 아마도 다른 평범한 사람들이었다면 누구든 노백을 만나려는 무한을 말렸을 것이다.

하지만 이공은 달랐다. 무한은 빛의 술사고 그들은 빛의 술사를 보필하는 빛의 전사들이기 때문이었다. 그런 그들에게 두려운 사람은 없었다.

"그를 만나는 게 쉬운 일은 아니겠지요? 특히 만화도 황금성에 머물 때는……."

무한이 물었다.

그러자 이번에는 자신이 입을 열어도 된다고 확신한 이맥이 얼른 대답했다.

"그가 동의하지 않는 한 거의 불가능합니다. 워낙 적이 많은 사람이라 황금성에 머물 때 그의 보호막을 뚫는 것은 불가능하다고 하더군요. 호위 무사뿐 아니라 그의 거처 역시 쥐새끼 한 마리 드나들지 못할 만큼 견고하다고 합니다."

"세상에 뚫리지 않는 벽은 없는 법이다."

이공이 단호하게 말했다. 빛의 술사를 모시는 사람으로서 불가능이란 말 자체가 마음에 들지 않는 모습이다.

"그냥 뭐 그렇다는 이야깁니다."

이맥이 이번에는 욕먹을 일이 아니라는 듯 퉁명스럽게 대꾸했다.

그러자 무한이 가볍게 미소를 지으며 말했다.

"두 분이 싸울 일은 아닌 것 같습니다. 저 역시 내일 당장 만화도 황금성을 뚫고 들어갈 생각도 아니고요."

"그럼……?"

"당분간 육주에 머물지요."

무한이 세 사람을 보며 말했다.

"천록회를 도우시는 겁니까?"

이공이 되물었다.

"일단은 지켜보는 것으로. 하지만 결국 돕게 되겠지요? 그리고 시간을 내서 사해상가주 노백을 만나볼 생각입니다. 노백, 그자에게서 왜 그렇게 사자림의 유물들을 가져가려 했는지, 그리고 도대체 어떻게 그가 십이신무종의 정통 고수들을 불러올 수 있었는지 들으려면 그자가 내 앞에 무릎을 꿇어야 할 테니까요."

"거참… 재미있겠군요."

이공의 입꼬리가 살짝 올라갔다.

"위험할 수도 있습니다. 어쩌면 십이신무종 전체가 연관된 일일 수도 있으니까요."

무한이 단순히 재미로 볼 일이 아니라는 듯 말했다.

그러자 이공이 대범하게 대답했다.

"그럼 더욱더 흥미로운 일이지요. 술사께서 드디어 과거 역대 빛의 술사들께서 하신 일, 천하의 무종들과 권력자들 간의 균형을 유지하는 그 일을 하시게 되는 것이니까요. 물론… 조금 다른 모습이 되겠지만."

"하하… 이공께서는 정말 두려움이 없으시군요."

무한이 실소를 흘리며 말했다.

그러자 이공이 대답했다.

"후후, 제게 가장 두려운 일은 다시 소요산장으로 돌아가 평생 그곳에 갇혀 지내는 일입니다!"

*   *   *

노백은 성벽에 올라 만화도를 향해 다가오는 배들을 바라보고 있었다.

그의 주변에 다섯 명의 호위 무사가, 그리고 보이지 않는 곳에는 훨씬 많은 무사들이 그 한 명을 지키고 있었다.

총관 나이만은 그의 곁에서 불안한 시선으로 노백의 말을 기다리고 있었다.

"어찌할까?"

노백이 물었다.

"삼 장로가 물러난 이상 이 공자께서도 어쩔 수 없으셨을 겁니다."

나이만이 조심스럽게 말했다.

그러자 노백이 나이만을 바라봤다.

"상, 그 아이에게는 온정적이군. 첫째의 일을 말할 때와는 너무 다른데?"

"두 분의 일은 성격이 다르지 않습니까? 첫째 공자께서는 가주의 명을 거부하신 것이고, 둘째 공자께서는 어쩔 수 없이 맡은 일을 수행하지 못한 것이니……."

"그래도 그대는 셋째의 사람 아닌가?"

"감히 제가 어찌……."

"후후후, 감추지 않아도 되네. 사람이란 누구나 자신의 혈통에 대한 애착이 있으니까. 셋째가 오족 왕의 사위가 된 이상 그대가 셋째에게 호의를 갖는 것은 당연한 일이야. 그런데 그런 면에서 좀 의외야. 이 기회에 둘째를 주저앉힐 수도 있을 텐데. 그럼 셋째밖에는 후계자가 될 사람이 없는데 둘째를 용서하라니."

노백의 말에 나이만이 얼른 고개를 저었다.

"추호도 가주님의 후계자 문제에 관여할 생각은 하지 않습니다. 부디 오해 마시길!"

"후후, 솔직히 오해랄 것도 없네. 사실 누구나 알고 있는 사실 중 하나가 둘째 상에게는 내 후계자가 될 자질도, 세력도 없다는 것이니까. 녀석은 어려서 어미를 잃고 대행수 이단의 손에 자라서 엄한 훈육을 받지 못했지. 나나 대행수나 녀석을 불쌍하게 생각해서 잘못을 해도 혼을 내지 않았으니… 그게 녀석에겐 불행일지도."

노백이 자책하듯 중얼거렸다.

그러자 나이만이 얼른 말했다.

"기왕에 그렇게 대해오신 이 공자십니다. 이번 일도……."

"알겠네. 딱히 그 아이의 잘못도 아니지. 세 장로가 갑자기 손을 뗐으니 자기도 어쩔 수 없었을 것이고. 다만 아쉽기는 해. 연회에서 둘째 놈이 보였다는 행동들은… 역시 부족한 것이겠지."

노백이 막 포구로 들어와 분주하게 배에서 내리는 노상 일행을 보며 중얼거렸다.

노백은 이미 다른 경로를 통해 천록회의 연회에서 있었던 일들을 상세하게 전해 듣고 있었다.

"그래도 수많은 거상들 앞에서 당당하셨다고 하시니.."

"철이 없는 거지. 좀 더 정중하고 신중하게 협박했어야지."

노백이 눈살을 찌푸리며 말했다.

그러는 사이 이 공자 노상과 대행수 이단이 빠르게 노백이 있는 성을 향해 오르기 시작했다.

"이곳에서 만나시겠습니까?"

나이만이 물었다.

그러자 노백이 손을 들어 햇살을 손바닥에 받으며 말했다.

"볕이 좋아."

"알겠습니다."

"그리고 그자에 대해 좀 더 상세하게 알아보게. 그와 연결된 모든 것들을 조사해."

"……?"

나이만이 침묵으로 노백이 말한 인물이 누구인지 되물었다.

"마골이라는 그자 말이야. 송강 하구에 있는 그의 장원부터 시작해서……."

"알겠습니다."

나이만이 즉시 대답했다.

그사이 빠르게 올라온 노상과 이단이 노백이 서 있는 성벽 위에 다다랐다.

두 사람이 노백을 발견하고는 그 자리에서 서서 정중하게 고개를 숙여 보였다.

그러자 노백이 가볍게 턱짓을 해 두 사람을 자신이 있는 곳으로 불렀다.

"다녀왔습니다, 아버님!"

노상이 노백에게 인사를 건넸다. 그러자 노백이 노상을 힐끔 보고는 시선을 대행수 이단에게 돌렸다.

"고생 좀 했다고?"

"…예상치 못한 일이 있었습니다."

이단이 노백에게 무시를 당한 노상을 걱정스러운 눈으로 바라본 후 노백에게 대답했다.

"연회 이후 삼 장로는 보지 못했나?"

이단의 걱정을 아는지 모르는지 노백이 다시 물었다.

"그들은 저희가 연회장을 나서기도 전에 사라졌습니다."

이단이 조금 불쾌한 표정으로 말했다.

"후후, 그러고도 남을 자들이지. 그 도도함… 하루 이틀 겪어 보는 것도 아니고. 그나저나 참 의외야. 오랫동안 송강 하구에서 거간꾼 노릇이나 하던 자가 천록회의 중심 인물이었다니. 그렇게 대단했나?"

노백이 말한 사람이 마골이라는 것은 누구나 짐작할 수 있었다. 그런데 이단이 예상치 못한 대답을 했다.

"그자보다는 다른 인물이 문제가 될 것 같습니다."

이단의 말에 노백의 표정이 변했다.

그가 보고 받은 바에 의하면 이번 일은 마골이라는 거간꾼에 의해 모든 계획이 틀어졌다는 것이었다.

그런데 이단의 생각은 다른 듯했다.

그리고 노백은 대행수 이단의 판단을 간과할 수 없다는 것을 잘 알고 있는 사람이었다.

"마골이란 자가 문제가 아니라고?"

노백이 대행수 이단에게 되물었다.

노백의 질문은 받는 이단은 생각보다 담담한 표정이었다. 주어진 임무를 수행하지 못한 사람치고는 의외의 모습이었다.

반면 사해상가의 이 공자 노상은 한쪽 옆에서 고개를 숙인 채 잔뜩 주눅이 들어 있었다.

그는 노백과 눈도 마주치지 못했다. 그가 노백을 얼마나 어려워하는지 여실히 드러나는 모습이다.

"그렇습니다."

이단이 노백의 물음에 대답했다.

"그럼 누가 문제인가?"

추궁하는 빛은 보이지 않았다. 오히려 이단의 말에 호기심이 동한 듯한 노백이었다.

"그를 방문했다는 그 의문의 고수, 그자가 더 큰 문제인 듯합니다."

"음, 검노를 이겼다는 그자 말인가?"

"그렇습니다."

"그는 다만 그냥 스쳐 가는 손님이라던데?"

노백이 다시 물었다.

이단은 노백이 자신의 보고 이전에 이미 천록회의 연회에서 있었던 일들을 상세히 보고받았다는 사실을 알고 있었다. 노백의 질문은 그 보고를 바탕으로 한 것일 것이다.

"그렇게 말은 했지만, 어느 누구도 단순한 손님으로 와서 대사 해상가의 일을 방해할 수는 없을 겁니다. 그것도 피를 보면서까지……."

"흠… 그 말은 그자가 생각보다 깊게 천록회와 연결되어 있다고 판단한다는 거군."

노백이 물었다.

"그렇습니다. 그리고 그렇다면 그는… 정말 상대하기 어려운 적이 될 겁니다. 무공으로는 말이지요."

"검노 한 사람의 패배로 그렇게까지 걱정해야 하나?"

노백이 이단의 말에 동의하기 어렵다는 듯 되물었다.

"가주께서 그자가 검노를 베는 모습을 보셨다면 저보다 더 큰 경각심을 가지셨을 겁니다."

이단은 자신의 의견을 굽히지 않았다.

그러자 노백이 잠시 생각에 잠겼다가 고개를 끄떡였다.

"알겠네. 대행수가 그리 보았다면 사실이겠지. 사람 보는 눈과 진실을 말하는 면에서 이 사해상가에서 대행수만 한 사람이 없으니까."

"언짢으셨다면 죄송합니다."

"아니, 언짢기는! 본 가에 대한 대행수의 충성심을 아는데. 후우… 그나저나 시작이 어렵군. 초기에 기선을 제압해야 하는데."

노백이 천록회의 기가 살아난 상황을 두고 한숨을 내쉬었다.

"그 일에 대한 벌은 달게 받겠습니다. 다만 이 공자께서는……."

"그만! 그런 말 안 해도 되네. 이 아이에게도 벌은 없을 거니까. 하지만 대행수, 자네도 너무 둘째를 감싸고 돌지는 말게. 그게 저 아이를 지금처럼 나약하게 만들었다는 것을 그대나 나나 잘 알고 있지 않은가?"

"……."

노백의 말에 대행수 이단이 침묵을 지켰다.

"그래 뭐, 다 내 잘못이지. 녀석을 대행수에게 맡겨놓고 관심을 주지 못했으니까. 하지만 어쨌든 자기 앞가림은 자기가 해야 하는 것이 세상의 이치네. 그러니 앞으로는 저 녀석을 너무 감싸지 말게."

"알겠습니다."

이단이 억지로 대답했다.

그러자 노백이 노상을 불렀다.

"상!"

"예, 아버님!"

노상이 얼른 노백 앞으로 다가왔다.

"이번에 큰 교훈을 얻었을 것이다. 사해상가의 이 공자라는 신분이 널 지켜주지 못하는 곳도 있다. 그런 곳에서 그 권위를 내세우다가는 목숨을 온전히 보전하기 힘들 것이다. 그러니 황금성을 떠나서는 행동에 조심하거라."

예상외의 따뜻한 충고에 노상이 감격한 표정으로 얼른 고개를 숙이며 대답했다.

"명심하겠습니다, 아버님!"

"후우… 네 어미가 죽을 때 내게 신신당부했었지. 홀로 남은 네가 과연 다른 부인들의 냉대와 공격을 견뎌낼지 모르겠다면서, 그런 네 어미에게 난 약속했다. 무슨 일이 있어도 널 지켜주겠다고. 그래서 이단 대행수에게 널 맡긴 것이다. 그 결정이 오늘날 네가 목숨을 부지하고 있는 이유라는 것을 아느냐?"

"…알고 있습니다."

노상도 마냥 어리석은 사람은 아니었다.

만약 대행수 이단이 곁에 없었으면 첫째와 막내 형제의 외가 사람들이 어떤 식으로든 자신을 제거했을 거란 사실은 그도 잘 알고 있었다.

"알고 있다니 하는 말이다만 언제까지 이단 대행수가 널 지킬 수는 없다. 그러니 너도 너 자신을 지킬 힘이 있어야 한다는 말이다. 지금부터라도 심기일전해서 무공 수련에 힘을 써라."

"예, 아버님!"

"대행수!"

노백이 이단을 불렀다.

"예, 가주님!"

"이 아이에게 괜찮은 스승을 한 명 구해주시오. 금화는 얼마가 들어도 좋으니."

"알겠습니다."

"그럼 두 사람은 이만 물러가도록 하고, 총관은 나와 이야기를 좀 나누세."

노백의 말에 이단과 노상이 노백에게 고개를 숙여 보이고는 성벽 위에서 물러났다.

이단과 노상이 물러나자 총관 나이만이 노백 앞으로 다가왔다.

그러자 노백이 이단과 노상을 상대할 때와는 완전히 변한 얼굴로 나이만에게 명을 내렸다.

"오족의 살수들을 보내 마골이란 자를 죽인다. 마골을 죽이면 그 손님이란 자도 움직이겠지. 그럼 그때 그자도 죽인다."

"가주! 너무 급한 것이 아니올지……?"

나이만이 걱정스러운 표정으로 물었다.

"아니, 당연히 급하게 처리할 일이네. 만약 삼룡철가가 비룡성과 철 거래를 합의하면 그 순간 본 가는 큰 위협에 처하게 될 것이네. 둑이 무너지듯, 본 가의 힘에 눌려 있던 자들이 본 가의 상권을 침범하겠지. 그 전에 어떻게든 천록회를 해체해야 하네. 이는 본 가의 명운이 걸린 일일세."

심각한 노백의 명에 나이만은 더 이상 반대를 하지 못했다.

"알겠습니다. 명대로 실행하겠습니다."

나이만이 정중하게 대답하고 굳은 표정으로 노백 앞에서 물러났다.

그러자 노백이 시선을 돌려 바다를 보며 중얼거렸다.

"알 수 없구나. 이 불안함은… 신마성에 금하강의 철광산을 빼앗기는 그 순간부터 내 예상을 벗어나는 일이 너무 많이 일어나고 있어……."

*   *   *

무한이 마골을 다시 만난 것은 사해상가의 사절단이 돌아간 후 삼 일 뒤였다.

그동안 마골은 무한을 만나고 싶은 마음이 굴뚝같았지만, 자신이 무한을 찾아가면 사람들에게 무한의 정체가 드러날 것을 걱정해서 지척에 무한이 있음을 알면서도 그를 찾아가지 않았다.

무한 역시 그런 마골의 마음을 알고 있기 때문에 오래 기다리지 않고 삼 일 뒤 자정이 넘은 시간에 조용히 마골을 찾아간 것이다.

"어서 오십시오, 소주!"

올 줄 알았다는 듯 마골이 단정한 자세로 무한을 맞았다.

말투에도 큰 변화가 있었다. 처음 만났을 때와 달리 나이가 어림에도 불구하고 그는 무한에게 존대를 하고 있었다.

아마도 연회에서 무한이 사해상가의 장로 한 명을 상대해 준 일로 무한에 대한 서운한 감정들이 모두 사라진 것 같았다.

혹은 앞으로의 천록회 행보에 무한이 어떤 도움을 줄지도 모른다는 기대를 하고 있는지도 몰랐다.

"일은 잘 끝난 겁니까?"

무한이 물었다. 상대가 존대를 하니 무한 역시 말을 높일 수밖에 없었다.

그렇게 서로 존대를 하기 시작하자 두 사람 사이의 공기가 조금 더 부드러워졌다.

"사실 싸움은 이제부터 시작이라고 할 수 있지요. 그자는 아주 독한 수를 쓸 겁니다."

"그에 대한 준비는 되어 있고요?"

무한이 다시 물었다.

"그렇습니다. 사실 천록회 상인들의 실력은 생각보다 강합니다. 소주께서 도와주셔서 쉽게 끝나기는 했지만, 설혹 소주께서 오시지 않으셨다 해도 사해상가의 장로를 상대할 사람이 한둘은 있었습니다. 소주께서 하신 것처럼 완벽한 승리를 거두지는 못했을지라도 말이지요."

"녹산연가의 가주를 말하는 거군요."

"짐작하고 계시는군요."

"그들의 배를 타고 왔다고 했지 않습니까? 그들은 평범한 상인들이 아니었지요."

"맞습니다. 제가 알아본 바에 의하면 녹산연가의 사람들 중 일부는 굉장한 무공을 가지고 있더군요. 좀 이상한 면이 있기는 한데……."

"이상한 면이라뇨?"

"녹산연가는 아주 오랜 역사를 가지고 있지요. 아마 역사로 보면 육주에서 가장 오래된 상가라고 할 수 있을 겁니다."

"그 이야기는 들었습니다."

무한이 대답했다.

"그래서 녹산연가의 일은 생각보다 많이 세상에 알려져 있지요. 그런데 제가 알아본 바에 의하면 지금의 녹산연가는 과거의 녹산연가와는 조금 다르더군요."

"어떻게 말입니까?"

무한이 호기심을 드러냈다. 그 역시 녹산연가의 배를 타고 오면서 녹산연가가 특이하다고 생각했기 때문이었다.

"녹산연가의 상인들이 모두 도검을 다룰 줄 안다는 것은 널리 알려진 일이지요. 그래서 소수여도 감히 그들을 존중하지 않는 사람이 없었습니다. 사해상가조차도 말이지요. 그런데 제가 천록회를 구성하면서 알아보니 녹산연가의 사람들 중 도저히 상인으로 보기 어려운 사람들이 적지 않게 있더군요."

"상인으로 보기 어렵다… 그게 무슨 의미입니까?"

"말 그대로입니다. 상인이라고 말하기에는 어려운 사람들, 상거래에 나서지도 않고 녹산연가에 머물면서 무슨 일을 하는지 모르는 사람들이 꽤 많더라는 말입니다. 그래서 좀 더 알아보니까. 천록의 왕국이 혈통이 끊어져 와해되던 시기를 전후해서 녹산연가의 식솔들 숫자가 갑자기 늘어났다더군요. 그래서……."

"혹 녹산연가에 천록의 왕국의 후예들이 들어온 것으로 생각하시는 겁니까?"

무한이 물었다.

"그럴 가능성을 생각하고 있습니다."

마골이 무한의 말에 고개를 끄떡이며 대답했다.

천록의 왕국 정통 혈통은 끊겼다. 그로 인헤 천록의 왕국은 왕이 죽자 거의 하루아침에 와해됐다.

천록의 왕국의 지방 영주였던 강자들은 스스로 독립해 자신만의 왕국을 세웠다. 그중 대표적인 사람들이 이왕사후였다.

그렇게 독립한 자들에게 두려운 일 중 하나가 혹시라도 천록의 왕국의 후예들이 다시 나타나는 것이었다.

그들로서는 정통 후계자는 아니어도, 먼 방계의 혈족이라도 다시 나타나 천록의 왕국을 부활시키는 것을 경계하지 않을 수 없었다.

그래서 그들은 세상 사람들이 알지 못하는 방법으로 천록의 왕국 왕족과 어떤 식으로든 혈연관계가 있는 자들을 찾아내 조용히 죽여 나갔다.

그 일을 전담하는 특별한 살수들이 있을 정도였다.

천록의 왕국과 조금이라도 혈연이 있는 사람들은 어둠 속으로 숨어들 수밖에 없었다.

이름을 바꾸고, 조상의 역사를 묻어버리는 것은 당연한 일이었다.

그래서 천록의 왕국이 와해되던 시기에 녹산연가의 식솔이 갑자기 늘어났다는 것은 천록의 왕국와 인연이 있는 사람들이 녹산연가에 몸을 의탁했다고 의심할 만했다.

녹산연가가 천록의 왕국 왕실과 특별한 거래 관계를 형성했던 상가이기 때문이었다.

"곤란한 문제군요."

무한이 살짝 눈살을 찌푸리며 말했다.

"그렇지요. 녹산연가가 본 회에 참여한 다른 목적이 있을 수도 있으니까요."

마골이 대답했다.

"그렇다고 이제 와서 왕국의 부활을 도모할까요? 거의 불가능한 일 아닐까요?"

이미 수십 년 전에 사라진 왕국이다. 이제 와서 천록의 왕국을 부활시키는 것은 거의 불가능한 일이었다.

"그렇기는 한데… 기회가 좋지 않습니까? 이왕사후가 몰락했으니까요. 만약 누군가 천록의 왕국을 재건하려 한다면 바로 지금이 적기가 아니겠습니까?"

마골이 되물었다.

"그렇기는 한데… 만약 그렇다면 어쩌실 겁니까?"

무한이 마골에게 물었다. 그러자 마골이 되물었다.

"어찌할까요?"

"그걸 왜 제게 묻습니까?"

무한의 의아한 표정으로 물었다.

"누가 뭐래도 소주께선 이제 철사자 가문의 주인이시니까요.

전… 그 가문의 사람이고 말입니다."

마골이 무한이 더 이상 가문의 일에서 빠져나갈 수 없게 되었다는 듯 미소를 지으며 말했다.

"거참 희한한 사람이네요. 스스로 위험한 곳으로 기어들어가다니. 덕분에 우리도 번거로워졌고 말입니다."

송강 하구 포구로 이어지는 길을 걸으며 이맥이 투덜거렸다. 마골, 타무즈에 대한 불만이었다.

마골은 천록회의 거점인 천록항을 떠나 송강 하구 자신의 장원으로 돌아가겠다고 했다.

천록회 출범 이후 사해상가의 노백이 천록회의 상인들을 어떤 식으로든 공격할 것이라는 것을 알면서도 그들의 안방인 송강 하구로 돌아가겠다는 마골을 이맥은 이해하지 못했다.

덕분에 그들의 일에 일정 부분 관여하기로 한 무한과 그 일행도 다시 송강 하구로 돌아가고 있었다. 그 자체가 이맥은 귀찮은 듯 보였다.

"당분간 천록항을 보호하기 위해서일 것이다."

이공이 말했다.

"그 양반이 송강 하구로 돌아가는 것과 천록항을 보호하는게 무슨 상관이 있습니까?"

이맥이 다시 물었다.

"어리석은 놈, 그 이유를 모르겠다는 거냐? 지난번 사해상가의 사절단이 일패도지해 돌아갔기 때문에 노백은 천록회에 대해 강한 살의를 품고 있을 것이다. 살수들을 보내거나, 혹은 해적이라도 동원해 천록항을 공격할 수도 있겠지. 그런데 연회에서 비무를 통해 천록회의 중심 인물임이 알려진 마 대인이 송강 하구 자신의 장원으로 돌아가면 어떻게 되겠느냐?"

이공이 추궁하듯 이맥에게 물었다.

"그, 그게… 글쎄요……."

이맥이 이공의 묻는 의도를 모르겠다는 듯 말을 얼버무렸다. 그러자 곁에서 소의가 재빨리 입을 열었다.

"천록항으로 보내려는 살수를 마 대인의 장원으로 먼저 보낼 것이란 말이군요?"

"네놈이 그나마 조금 낫구나. 누구든 자신의 안방에 들어온 적을 먼저 제거하려 할 테니까. 그렇게 그자가 송강 하구에 머무는 마 대인에게 정신을 집중하는 사이 천록항에는 천록회와 거래하려는 육주의 강자들이 모여들게 될 것이다. 일단 육주의 강자들이 천록항에 들어오면 아무리 노백이라 해도 함부로 천록항에서 살생을 저지르지 못한다. 마 대인은 그 시간을 벌려는 거다."

"…그게 그렇게 되는 건가요?"

이맥이 어리둥절한 표정으로 되물었다.

"후… 네놈을 언제 제대로 가르쳐 사람 노릇 하게 만들지……."

"아니, 그걸 몰랐다고 그렇게까지 말씀하시는 것은 좀 너무하신 것 아닙니까?"

이맥이 따져 물었다.

"억울하냐? 억울하면 네놈이 쓸모 있는 놈이라는 걸 증명해, 이 기회에!"

이공이 퉁명스럽게 말했다.

그러자 이맥이 손으로 가슴을 치며 말했다.

"좋습니다. 이번에 제 실력을 보여드리죠. 어떤 놈들이 오든 제가 모두 쓸어버리겠습니다. 그 양반 지키는 일 제게 맡겨주시죠, 술사님!"

이맥의 말에 무한이 가볍게 미소를 지으며 고개를 저었다.

"미안하게도 세 분이 이 일에 직접 나설 일은 없을 겁니다. 이건 제 일입니다."

"아니, 그럼 우린 뭘 합니까? 시전에서 술이나 마시고 있으면 되는 겁니까?"

이맥이 불만스러운 표정으로 물었다.

"그건 아니고요. 그자의 움직임을 살펴주셔야지요. 살수를 보낸다면 살수들의 움직임 역시……."

무한이 말했다.

"에이, 그건 시시한데……."

이맥이 실망한 표정으로 말했다. 그러자 이공이 이맥의 머리를 후려쳤다.

딱!

"이놈아! 시시해? 상대가 사해상가의 가주 노백이야. 그리고 그가 불러온 오족의 살수 수십 명이고. 그런 자들을 감시하는 일이 쉬운 줄 알아?"

"아, 뭐 그야… 그래도 검을 들고 싸우는 것과는 다르죠."

"후우… 때로는 검을 들고 싸우는 것보다 더 중요한 일도 있다. 사실 이 싸움은 과연 우리가 노백이 보낸 살수들의 움직임을 언제 알아채느냐의 싸움이라고 해도 과언이 아니야. 그들의 움직임을 모르면… 마 대인이 당할 수도 있다."

"…그게 또 그렇군요."

이맥이 이번에는 순순히 이공의 말에 수긍했다.

"그러니까 방심하지 말고 최선을 다해. 이 일은 다시 시작된 빛의 역사에서 처음으로 세상에 관여하는 일이니까."

이공이 엄한 표정으로 말했다.

"그러고 보니 정말 그렇군요."

소의가 고개를 끄떡였다.

그러자 무한이 말했다.

"그렇다고 긴장하실 필요는 없습니다."

"그래도 흥분이 좀 되는데요?"

소의가 어깨를 으쓱하며 말했다.

"일도 중요하지만 어쨌든 모두 조심들 하셔야 합니다. 노백은 보통 사람이 아니니까요. 위험할 것 같으면 뒤로 물러나세요. 위험을 감수하면서까지 할 일은 아닙니다. 사실… 제 개인의 일이라고 해도 될 겁니다."

무한은 가급적 이맥과 소의에게 부담을 주지 않으려고 했다. 그러나 그의 말을 이공이 즉시 반박했다.

"이렇게 된 이상 술사님 개인의 일은 아니지요. 그자들이… 신무종의 고수들이 아니었습니까? 그들이 사해상가의 일에 관여한 것은 과거 선대의 빛의 술사님들과 합의한 약속을 깨는 일입니다. 당연히 저희들 일이기도 하지요."

"후후, 십이신무종의 사람들이 과거의 약속을 기억이나 하겠습니까?"

무한이 씁쓸한 미소를 지었다.

"글쎄요. 전 그들이 여전히 꽤나 신경 쓰고 있다고 생각합니다. 그자들이 파나류 서쪽 한열지까지 사람을 보낸 것을 보면."

"홈… 그건 그렇군요. 그럼 여전히 그들에게 빛의 술사는 껄끄러운 존재라는 뜻이겠지요?"

"그렇지요. 그래서 이 일이 중요합니다. 언젠가 술사께서 그 정체를 드러내야 할 때가 되었을 때 이번 일이 빛의 술사의 명예에 흠집이 되지 않으려면 말이지요."

이공이 다부진 표정으로 말했다.

"이제 보니 두 분 제자분이 아니라 저에게 제대로 하라고 말씀하시는 거군요."

무한이 이공을 보며 말했다.

그러자 이공이 희미하게 미소를 지으며 대답했다.

"뭐, 그렇게 들으셨다면… 목적 달성입니다! 하하하!"

*　　　　　*　　　　　*

늦은 밤 한 척의 배가 황금성을 떠났다.

황금성과 송강 하구 대시장 사이의 바다에는 밤이 되면 홍등과 청등이 떠오르고, 해안가에 즐비하게 늘어선 주루들이 살아난다.

더불어 바다 위에는 부유한 여행객들의 물놀이를 위해 수많은 배들이 몰려나오기 때문에 황금성에서 출발한 작은 배를 주목하는 사람은 없었다.

하지만 자세히 보면 배가 조금 특별하기는 했다. 배 갑판 위에 검은 차양을 쳐서 그 안에 어떤 사람이 타고 있는지 전혀 알아볼 수 없었다.

물론 신분 노출을 꺼려 배를 가리고 물놀이를 하는 사람도 적지 않으니 그 또한 이상한 모습이 아닐 수도 있었다.

그러나 달빛을 벗 삼아 뱃놀이를 하기에는 배와 배를 가린 차양의 색이 너무 어두웠다.

그리고 배에서 흘러나오는 것이 주향과 기녀들의 웃음소리가 아니라 싸늘한 살기였다.

"실수가… 있으면 안 되네."

문득 배 안에서 나이 든 사람의 목소리가 흘러나왔다.

그러자 강렬한 기운을 억누른 목소리가 대답했다.

"걱정 마십시오. 그자가 아무리 강해도 장원 안에는 사람이 별로 없습니다. 실패할 리가 없지요. 물론… 이상한 일이기는 합니다. 그자는 왜 다시 송강 하구로 돌아왔을까요? 위험한 줄 뻔히 알 텐데……?"

사내의 말이 끝나는 순간 배를 가리고 있던 차양이 살짝 들리면서 대화를 나누는 두 사람의 모습이 달빛 아래 드러났다.

실수를 경계한 노인은 사해상가의 총관이자 가주 노백의 오랜 심복인 나이만, 그 곁에 서 있는 자는 검은 옷에 검은 피부를 갖고 있어서 마치 복면을 뒤집어쓴 것 같은 모습을 한 중년의 사내였다.

살기는 그 중년 사내로부터 흘러나오고 있었다.

"그로서는 도박을 한 것이겠지."

"도박이라시면……?"

"누가 뭐래도 송강 하구는 사해상가의 본거지, 그리고 육주의 중심이네. 그런 곳에서 설마 사해상가가 자신을 죽일 수 있을까 하는 생각을 했을 것이네. 솔직히 말하면 그의 생각이 맞다고 할 수 있네. 가주께서도 그자를 송강 하구에서 죽이는 일을 많이 망설이셨으니까. 그자가 죽는 순간 상인들은 더 이상 송강 하구가 안전한 시장이 아니라고 생각할 것이네. 사해상가의 명성에 크게 해가 되는 일이지."

"그런데 왜……?"

검은 사내가 되물었다.

그러자 총관 나이만이 대답했다.

"시장의 혼란은 일시적지만, 천록회를 그냥 두면 사해상가의 존망을 위협할 수도 있으니까. 당장 무리한 일일지라도 천록회를 초기에 제압하겠다는 것이 가주님의 생각일세."

"…그렇게 위협이 되는 자들입니까?"

"지금은 그렇지 않지만 저력은 만만치 않네. 하나하나 육주의 상계에서 오랜 역사와 정통성을 가진 자들이니까. 기회가 되면 급격하게 세력을 확장할 걸세. 특히 이왕사후의 몰락 후 육주가 야심가들의 세력 다툼의 장이 되어버린 지금, 그들과 손을 잡는 강자들이 등장하면 그때는 이런 방법을 쓰기 어려울지도 모르네."

나이만의 말에 검은 사내가 고개를 끄떡였다.

"그렇군요. 무리할 이유가 충분하군요. 그런데… 그자 하나 죽인다고 천록회가 흔들리겠습니까? 말씀하신 대로 천록회의 상인들은 육주의 뿌리 깊은 정통 상가들, 반면 마골이라는 자는 한 명의 거간꾼일 뿐인데."

"이 공자께서 천록항에 가기 전에는 그랬지. 하지만 지금은 다르네. 그 연회에서 그자가 한 행동을 보면 그자야말로 천록회의 쐐기돌 같은 자가 분명해. 쐐기돌이 빠지면 건물은 무너지지. 이후에는 각개격파! 그게 가주의 전략이시네."

나이만의 말에 검은 사내가 말없이 고개를 끄떡였다.

"그래서 이번 일은 반드시 성공해야 하네. 그것도 최대한 조용하게! 그게 이 일에 자네들을 쓰는 이유네."

나이만이 다시 한번 강조했다.

"알겠습니다. 걱정 마십시오. 이젠 남의 일도 아니니……."

"맞아. 사해상가가 건재해야 우리 오족이 제대로 된 왕국을 건설할 수 있네. 일단 오족의 섬에 탄탄한 왕국이 세워지면 그 이후에는 육주로 진출할 수도 있겠지. 사해상가가 길을 내줄 테니까."

"우리 오족에게는 놓칠 수 없는 좋은 기회라는 것을 알고 있습니다."

"좋아. 기대하겠네."

나이만이 날카로운 눈으로 다가오는 송강 하구 포구를 바라보며 말했다.

*　　　　*　　　　*

마골은 어두운 밤에도 거처에 불을 밝히고 천록항에서 보내온 전서들을 살펴보고 있었다.

그 역시 자신을 향해 사해상가의 살수들이 올 것이라는 것을 모르는 바는 아니었다.

그러나 그는 마치 그런 일은 절대 일어나지 않을 것으로 생각하는 사람처럼 일에 몰두해 있었다.

장원은 조용했다.

그가 천록항을 떠나 송강 하구의 장원으로 돌아와서 제일 먼저 한 일이 장원에 머물며 장원을 돌보던 사람들을 내보내는 것이었다.

만약의 경우 살수들이 장원을 공격하면 제일 먼저 죽을 사람들이 무공을 모르는 장원 식구들이기 때문이었다.

그렇다고 일하는 사람들이 아주 장원을 떠난 것은 아니었다.

장원의 일꾼들은 낮에는 장원에 나와 일을 하고, 해가 지면 장원 밖에 마련한 자신들의 거처로 돌아갔다.

아무리 대범한 살수들이라 해도 대낮에 장원을 공격할 리는 없기 때문이었다. 그래서 해가 지면 장원에는 마골 혼자만이 남아 있었다.

그런 마골에게 오늘 밤 기다리던 손님이 찾아왔다.

제7장

한밤의 검무(劍舞)

툭!

검은 사내가 마골의 장원 담 위에 올라섰다. 단단한 체구의 사내가 올라섰음에도 담장을 덮은 기와는 미세한 소리만 냈다.

스스슥!

사내의 뒤를 이어 십여 명의 복면 사내들이 담장 위로 날아올랐다.

그들 역시 사내와 마찬가지로 미세한 기척만 낼 뿐 기와를 부수거나 떨어뜨리는 사람은 없었다.

수하들이 담장 위로 올라서는 동안 사내의 시선은 흔들리는 창문의 그림자로 향해 있었다.

자정이 넘은 시간임에도 불구하고 마골의 거처에는 불이 밝혀져 있었고, 서탁에 앉아 무엇인가를 살펴보고 있는 마골의 그림자가 창에 드리워져 있었다.

"역시 대범한 자군요."

검은 사내 옆에 올라선 수하가 나직하게 말했다.

"나이만 어른의 말씀대로라면 천록회의 쐐기돌 같은 자라니까. 이 정도 대범함은 있어야겠지. 물론 그런 오만이 자신의 명을 단축하게 될 테지만."

검은 사내가 차갑게 말했다.

"우릴 기다리고 있을 수도 있을까요?"

"그런 것도 같군."

"우리가 온 줄 알고 있는 걸까요? 아니면 언젠가 오겠지 하고 기다리고 있을까요?"

"글쎄. 어느 경우든 저자의 오만함은 지나치군. 어떤 준비도 하지 않고 혼자 우리를 기다리고 있다는 것은 그만큼 자신이 있다는 뜻인데. 후우… 언짢군."

검은 사내가 눈살을 찌푸렸다.

오족의 전사들이 사해상가에 들어왔다는 것은 송강 하구에서 활동하는 주요 상가라면 모를 리 없었다. 당연히 천록회의 주요 인물인 마골 역시 알고 있을 것이다.

그럼 자신을 공격할 사람들이 오족 전사라는 것을 예측하는 것은 쉬운 일이었다.

그럼에도 마골은 모든 식솔을 밖으로 내보내고 혼자 오족의 전사들을 기다리고 있었다. 그건 달리 생각하면 오족 전사들을 혼자 상대할 자신이 있다는 의미였다.

검은 사내로서는 자존심이 상하는 일이 아닐 수 없었다.

"다른 함정이 있지 않을까요?"

수하가 물었다.

그러자 사내가 고개를 저었다.

"이미 충분히 조사를 했다. 또한 설혹 함정이 있다 한들… 결과는 변하지 않는다. 오늘 마골이란 자의 입에서 살려달라는 애원을 들을 것이다. 가자!"

검은 사내가 가볍게 손짓을 했다.

그러자 오족의 살수들이 스며들듯 마골의 거처를 향해 움직였다.

번쩍!

쩍!

마골의 그림자가 드리운 창문이 한 줄기 빛과 함께 사선으로 갈라졌다.

파팟!

뒤를 이어 갈라진 창을 통해 두 개의 비도가 날아들었다.

순간 마골이 보고 있던 책자를 들어 가볍게 휘둘렀다.

퍼퍽!

마골을 향해 날아들던 두 개의 비도가 순식간에 책자에 꽂혔다.

"인사가 사납구나!"

책자를 들어 비도를 막아낸 마골이 자리에서 일어나며 담담하게 말했다.

책자를 놓은 그의 손에는 어느새 그의 애병인 짧지만 두꺼운 검이 들려 있었다.

스슥!

검을 들고 일어서는 마골의 방 안으로 검은 살수들이 들이닥
쳤다.

그리고 그들은 혹시라도 마골이 도주할까 봐 문 쪽까지 꼼꼼
하게 포위했다.

하지만 마골은 자신을 포위하는 자들에게는 눈길도 주지 않
았다. 대신 가장 늦게 박살이 난 창으로 들어오는 검은 사내만
바라보고 있었다.

"기회는 단 한 번, 대항하기를 포기하고 우릴 따라 황금성으
로 가겠다면 살 수 있다."

검은 사내가 마골에게 말했다.

물론 마골이 자신의 제안을 수락할 거란 기대가 전혀 없는 말
투다.

"후후, 내가 그 제안을 수락하면 실망할 것 같은 표정이군?"

마골이 웃음을 흘리며 말했다.

"물론… 그 정도 배포로 천록회를 결성했다면 실망스러운 일
이지."

검은 사내가 대답했다.

"좋아. 난 그 제안을 거부하겠다. 대신 나도 한 가지 제안을
하지."

"……?"

검은 사내가 인내심을 갖고 마골의 말을 기다렸다. 그러자 마
골이 냉정한 표정으로 말했다.

"지금 즉시 검을 거두고 너희들의 고향인 오족의 섬으로 돌아가라. 가서 족장에게 전하라. 사해상가의 운은 다했으니 육주로 진출하려는 욕심은 버리고 오족의 섬에서 편안하게 살아가라고! 그럼… 너와 네 수하들이 죽을 일은 없을 것이다."

차가운 말투와 섬뜩한 안광. 감히 무시할 수 없는 모습이다.

검은 사내 역시 이 순간만큼은 마골에 대한 두려움을 느낀 듯 보였다. 하지만 그렇다고 물러날 사내는 아니다.

"인사는 이쯤 하면 충분하고, 이제 누가 살고 누가 죽는지만 결정하면 될 것 같군."

"좋군. 결정이 빨라서. 그런데… 여긴 너무 좁지 않나?"

마골이 검은 사내에게 물었다.

그러자 검은 사내가 고개를 끄떡였다.

"도주할 사람으로 보이지는 않으니 넓은 곳이 좋겠지. 밖으로 나간다!"

검은 사내의 명에 오족의 살수들이 썰물 빠지듯 마골의 방안에서 물러났다.

그러자 마골 역시 천천히 걸음을 옮겨 푸른 달빛이 비추는 마당으로 걸어 나갔다.

"쳐라!"

마골이 방을 나와 마당에 내려서는 순간, 검은 사내가 조금의 여유도 주지 않고 명을 내렸다.

그러자 오족의 살수 셋이 세 방향에서 마골을 향해 비도를 날렸다.

파파팟!

날카롭게 밤공기를 가른 비도가 마골을 향해 파고들었다.

마골이 재빨리 짧고 두꺼운 검을 휘둘러 날아드는 비도를 쳐냈다.

카카캉!

날카로운 소리를 내며 마골의 검에 막힌 비도들이 사방으로 튕겨 나갔다.

그 순간 비도를 날린 사내들과 교차하듯 자리를 바꾼 살수 셋이 마골의 머리와 가슴 그리고 다리를 날카로운 검으로 찔러 왔다.

상대에게 숨 쉴 공간을 주지 않는 바람 같은 연환 공격이다. 오랜 세월 손발을 맞춰온 자들만이 보일 수 있는 공격이다.

마골이 검을 휘둘러 날아오는 세 줄기의 검날을 막아냈다.

카카캉!

마골의 검은 길이는 짧지만 검신이 두껍고 무거워서 얇은 검신을 가진 오족 살수들의 검을 가볍게 스치는 것만으로도 튕겨냈다.

마골의 방어에 막힌 오족 살수들이 썰물 빠지듯 뒤로 물러났다.

그러자 뒤를 이어 다시 비도가 날아들었다.

카카캉!

마골이 제자리에서 몸을 팽이처럼 돌리며 세 방향에서 날아드는 비도 셋을 어지럽게 막아냈다.

그 직후에는 다시 살수들의 날카로운 살검이 뒤를 이었다.

"저렇게는 오래 버티기 힘들겠는데요? 이건 뭐 반격할 기회를 주지 않는군요. 마치 그물 속에 갇힌 물고기 신세군요. 제대로 힘도 써보지 못하고 지치겠습니다."

이맥이 걱정스러운 표정으로 말했다. 얼굴에선 마치 자신이 싸움을 하는 것 같은 초조함이 보였다.

그러자 이공이 말했다.

"그렇게 약한 사람이 아니다. 살수들을 베지는 못해도 쉽게 당하지도 않을 것이다. 몸의 중심이 살아 있다. 그건 나름대로 여유가 있다는 뜻이지."

"제가 보기에는 위태롭기 짝이 없는데요."

이맥이 고개를 갸웃하며 말했다.

"그게 바로 네놈과 나의 차이다. 전세를 읽는 눈의 차이. 곧 실력의 차이지."

이공이 가소롭다는 듯 이맥을 보며 말했다.

"아이고, 사부님! 제가 언제 사부님을 이기려고 한 적이 있던 가요? 사부님이 대단하신 건 모두 인정합니다. 하지만 눈에 보이는 상황이 그건 아니지 않습니까? 저러다가 결국 지쳐 쓰러지고 말겁니다."

"글쎄 그렇지 않다니까!"

이공이 즉시 반박했다.

"내기하실래요?"

이맥도 지지 않고 물었다.

"내기? 좋다. 하자! 뭘 걸래?"

이공이 정색을 하며 말하는 순간 무한이 입을 열었다.

"두 분의 내기는 할 수 없을 것 같습니다. 아무래도 이쯤에서 싸움에 관여해야 할 것 같으니까요. 저 싸움이 길어지면 곤란할 테니까요. 혹시 장원으로 들어오지 않은 살수들이 남아 있을 수도 있고……."

"맞습니다. 총관 나이만이 근처에 있습니다."

소의가 얼른 말했다.

소의는 나이만이 오족의 살수들을 이끌고 황금성을 떠나 송강 하구 포구에 도착하는 순간부터 그들을 감시하고 돌아온 후였다.

"총관 나이만… 그자까지 잡아놓으면 좋을 텐데요."

이공이 무한을 보며 말했다. 그 말은 곧 자신도 이 싸움에 관여하고 싶다는 말이었다.

그는 무한이 마골을 도와 검은 사내와 오족의 살수들을 상대할 때 장원 밖으로 나가 나이만을 잡았으면 하는 생각인 듯싶었다.

그러자 무한이 잠시 생각에 잠겼다가 입을 열었다.

"정체가 드러나면 안 되는 일입니다. 다시 말해 일단 사해상가의 총관을 공격하면 반드시 그자를 잡아야 한다는 거지요. 최악의 경우 사로잡지는 못해도 죽이기는 해야 합니다."

"음… 그렇게 하지요."

이공이 신중하게 대답했다.

"그게 생각처럼 될까요?"

이공의 말에 이맥이 불쑥 끼어들었다.

"지금 그 말은 이 사부를 믿지 못한다는 뜻이냐?"

"그게 아니라. 오족 출신이면서 사해상가의 총관 자리에 오른

사람이면 분명 대단한 실력을 가지고 있을 거란 말이지요. 적어
도 도주는 할 수 있지 않을까요?"

"좋아. 다시 내기다. 내가 그자를 잡나 못 잡나. 내가 잡으면
네놈은 죽을 줄 알아!"

"무슨 그런 내기가!"

"시끄러. 소의! 나이만이라는 놈이 있는 곳으로 가자!"

이공이 나이만의 위치를 알고 있는 소의를 재촉했다.

"정말로요?"

소의가 물었다.

"내가 두 번 말하지 않는다는 것을 알 텐데?"

"술사님, 어쩌죠?"

소의가 무한을 보며 물었다. 그러자 무한이 대답했다.

"이공 님이 하시겠다면 나도 막을 수야 없지요."

"봤지? 술사께서 허락하셨으니 어서 가자! 맥! 네놈은 술사님
을 잘 도와드려! 괜히 따라와서 방해나 하지 말고."

이공이 이맥을 쏘아보며 주의를 주고 소의를 앞세워 장원 동
쪽의 높은 나무에서 사라졌다.

"허! 나 참, 완전히 당신 마음대로 내기를 하시네. 내가 동의한
것도 아닌데. 그렇지 않습니까?"

이맥이 무한에게 물었다.

그러자 무한이 고개를 저었다.

"전 두 분의 내기에 관여치 않겠습니다."

"아니, 술사님 그러면 서운합니다. 그래도 공정한 중재자가 있

어야 제대로 된 내기를 하지요. 중재자가 없으면 사부님 마음대로 하실 텐데요."

"그래도 저는 모릅니다."

무한이 미소를 지으며 고개를 저었다.

"아니, 그럼 제가 정말 곤란해진다니까요?"

"대화로 잘 해결해 보세요. 전 이제 저 양반을 도와줘야 할 것 같습니다."

무한이 여전히 오족의 살수들과 긴 싸움을 하고 있는 마골을 보며 말했다.

"뭐, 그러긴 해야겠군요. 이젠 정말 지친 것 같은데."

이맥도 얼른 고개를 끄떡였다.

무한이 미리 준비해 온 철궁을 들어 올렸다.

무한은 활을 즐겨 쓰지 않지만, 일정한 수준의 내공을 가진 사람이라면 일반 병사들이 쓸 수 없는 철궁으로 강전을 날릴 수 있었다.

무한이 철궁을 들자 이맥이 곁에서 같이 철궁을 들어 올렸다.

그러자 무한이 시위에 두 개의 화살을 걸며 말했다.

"화살을 쏜 후에는 저 혼자 내려가겠습니다. 맥 형님은 이곳에서 뒤를 봐주세요. 필요하면 다시 활을 써주시고요."

"알겠습니다. 아쉽지만!"

이맥이 나직하게 대답했다.

이맥의 대답을 들은 무한이 마골을 공격하는 오족의 살수 중한 명을 겨눴다.

그리고 기다리지 않고 강전을 날려 보냈다.

슈욱!

슈우욱!

달빛을 뚫고 두 대의 화살이 공기를 찢으며 날아들었다.

퍼퍽!

"헉!"

"욱!"

화살 한 대는 오족 살수의 심장을 꿰뚫었다. 그리고 다른 한
대는 오족 살수의 어깨를 관통했다.

심장을 맞은 자는 즉사했고, 어깨를 맞은 자는 검을 떨어뜨리
고 마른땅을 나뒹굴었다.

두 명의 동료가 화살을 맞고 쓰러지자 오족 살수들이 마골에
대한 공격을 멈추고 소리쳤다.

"웬 놈이냐?"

오족 살수의 우두머리인 검은 사내가 재빨리 화살이 날아온
방향으로 검을 겨누며 소리쳤다.

그러자 동쪽 나무 위에서 검은 천으로 얼굴을 가린 무한이 가
볍게 장원 마당으로 날아내려 오족의 살수들이 있는 곳으로 다
가왔다.

"누구냐?"

오족의 살수를 이끄는 검은 사내가 무한을 막아서며 재차 물
었다.

여차하면 단번에 살검을 뿌릴 기세다.

"이대로 사해상가가 아니라 북방의 바다 건너 오족의 섬으로 물러가면 살 수 있을 것이다."

무한이 차갑게 경고했다.

그러자 검은 사내가 눈꼬리를 씰룩였다. 자존감을 구기는 협박이다. 그런데 그럼에도 불구하고 이상하게 상대의 말에 즉시 반발할 수 없었다.

상대는 나무에 숨어서 화살 두 대를 날린 것뿐인데, 마치 일생일대의 적을 만난 것처럼 검은 사내를 긴장시키고 있었다.

아니, 어쩌면 그건 두려움이 아닐 수도 있었다. 담담하게 말하는 무한의 말에는 이상하게 상대를 설득하는 힘이 있어서 검은 사내는 무한의 경고가 협박이 아닌 충고처럼 느껴지기도 했다.

그는 그런 자신의 상태에 본능적으로 긴장을 하고 있었다, 실수로서 이런 유약함이 얼마나 위험한지 잘 알고 있기 때문이었다.

"형제의 빚을 받겠다."

검은 사내가 앞서 무한이 쏜 화살에 목숨을 잃은 동료를 떠올리며 전의를 일으켰다.

그리고는 다시 무한과 말을 섞는 것이 두려운 듯 즉시 공격에 나섰다.

쉐액!

검은 사내의 검이 날카롭게 허공을 갈랐다. 그리고 다음 순간 이미 그의 검에서 일어난 차가운 검기가 무한의 목에 와 닿았다.

그런데 그 순간 무한의 모습이 검은 사내의 시야에서 사라졌다.

팟!

흐린 그림자를 남기며 검은 사내를 관통하듯 그의 옆을 스치고 지난 무한이 여전히 타무즈를 포위하고 있는 오족 전사들 사이로 들어갔다.

번쩍!

오족 전사들 사이로 들어간 무한의 그림자가 날카로운 빛을 뿜어냈다. 그의 검에서 흘러나오는 검기였다.

그 순간 오족 전사들이 나직한 신음을 토하며 쓰러졌다.

"큭!"

"욱!"

두 명의 오족 전사가 눈 깜짝할 사이에 쓰러지자 결국 타무즈를 포위했던 포위망에 크게 구멍이 뚫렸다.

"이젠 알아서 하시죠."

적의 진형을 깨뜨린 무한이 타무즈에게 말했다.

"물론입니다. 이젠 제가 알아서 하죠."

타무즈가 대답했다.

"저자는 제가 붙들고 있죠."

무한이 오족의 검은 사내를 향해 날아가며 다시 말했다.

"죽이지는 마십시오. 끝은 제가 내고 싶습니다."

타무즈가 얼른 소리치고는 포위망이 흩어져 주춤거리고 있는 오족의 전사들에게 시선을 돌렸다.

"어디 다시 한번 놀아보자. 최선을 다해야 할 거다. 난 날 죽이려고 했던 자들을 살려둔 적이 없으니까."

타무즈의 경고에 오족 살수들이 얼른 검을 들어 올렸다. 그런 오족 살수들을 향해 타무즈가 망설임 없이 달려들었다.

카카캉!

무한은 등 뒤에서 일어나는 날카로운 도검의 충돌 소리를 들으면서도 뒤를 돌아보지 않았다.

대신 그는 검은 사내와 시선을 마주한 채 검은 사내가 타무즈의 싸움에 관여하는 것을 막고 있었다.

"대체… 넌 누구냐?"

검은 사내가 허술한 듯 보이면서도 전혀 빈틈을 찾을 수 없는 무한에게서 막막함을 느끼고는 물었다.

"소문 들었을 텐데?"

"소문?"

"사해상가에서 왔다면 당연히 나에 대한 소문을 들었을 것 아닌가?"

무한이 재차 물었다.

그러나 오족의 사내가 갑자기 뭔가 떠오른 듯 급히 되물었다.

"천록항 연회에 나타났다는 바로 그……"

"사해상가의 삼 장로 중 하나를 상대했지. 그런데… 당신은 그만큼 강한 것 같지는 않군."

무한이 검은 사내에게 경고하듯 말했다.

검은 사내가 무한이 연회에서 싸운 검노 무원호의 진실한 정체를 알고 있을지는 모르겠지만, 적어도 사해상가의 삼 장로 신분이던 검노 무원호의 실력을 알고 있을 거라 생각했기 때문이었다.

그런 검노도 자신의 상대가 되지 않았으니, 검은 사내에게 감히 자신과 맞설 생각을 하지 말란 경고였다.

"정말 삼 장로 중 한 명을 물리쳤다는 바로 그자군, 마골의 손님! 그런데 그는 그 즉시 천록항을 떠났다고 하더니… 거짓이었구나."

검은 사내가 차갑게 말했다.

"노백이 다시 누군가를 보낼 것은 분명하니까."

무한이 대답했다.

"난 삼 장로들과는 다르다!"

검은 사내가 차갑게 말했다.

"그런가? 난 사해상가에 내가 상대했던 그 장로라는 사람 이상의 고수가 있을 거라고는 생각지 않는데?"

"물론 삼 장로의 무공은 내가 따라갈 수 없지. 하지만 사람을 죽이는 것은 다른 문제다!"

팟!

말을 하는 도중에 검은 사내가 등 뒤에 있던 한쪽 손으로 벼락처럼 비도(飛刀)를 뿌렸다.

사내의 손을 떠난 비도가 살아 있는 뱀처럼 꿈틀대며 무한의 눈썹 사이로 날아들었다.

슉!

무한이 재빨리 몸을 비틀어 비도를 피해냈다. 그러자 뒤를 이어 다시 두 개의 비도 더 날아들었다.

파팟!

날아오는 두 개의 비도는 무한의 얼굴과 복부 두 군데를 노리고 있었는데, 사선으로 간격을 두고 날아오는 비도를 피하는 것이 거의 불가능해 보였다.

무한이 두 개의 비도가 일 장 안쪽으로 들어오는 순간 갑자기 허공으로 떠오르는 듯하더니 몸을 앞으로 숙여 수평으로 만들었다.

그 순간 그의 몸이 흐릿해지면서 날아온 비도가 그의 몸 위아래로 스쳐 지나갔다.

"죽어랏!"

무한이 허공에 몸을 띄워 비도를 피해내는 순간 기다렸다는 듯이 검은 사내의 검이 허공에서 아래로 떨어져 내렸다.

검은 사내는 이미 무한이 어렵게라도 자신이 날린 비도를 피해낼 것을 예상하고 있었던 것이다.

캉!

단번에 무한의 허리를 잘라 버릴 듯 내리꽂히던 검은 사내의 검이 무한의 검에 막혀 비스듬히 무한의 옆을 따라 내려갔다.

"음!"

자신의 검이 측면으로 밀리자 검은 사내가 나직한 신음 소리를 내며 재빨리 무한에게서 멀어졌다.

그 순간 무한이 가볍게 땅을 찼다.

팟!

가벼운 발돋움만으로 무한은 순식간에 사내와의 거리를 좁혔다.

"흡!"

예상을 뛰어넘은 무한의 속도에 놀란 검은 사내가 헛바람을 토했다.

그 순간 날카로운 무한의 검이 사내의 몸을 짧게 베어냈다.

삭!

무한의 검이 단번에 사내의 옆구리를 횡으로 베었다.

"읏!"

사내가 화들짝 놀라 재빨리 몸을 웅크렸지만, 무한의 검은 너끈하게 사내의 옷과 살을 베어냈다.

팟!

검은 사내의 옆구리에서 단번에 피가 솟구쳤다.

푸른 달빛을 받아 검게 보이는 선혈이 그의 옷을 적셨다.

그 순간 무한의 발이 올라와 사내의 가슴을 찼다.

탁!

주르륵!

무한의 발에 가슴을 맞은 사내가 이삼 장 뒤로 물러나며 땅에 길게 발자국을 남겼다.

콱!

"욱!"

검은 사내가 검을 땅에 꽂아 겨우 몸을 세웠지만, 가슴이 부서지는 듯한 통증을 이기지 못하고 한쪽 무릎을 꿇었다.

그러자 사내 앞으로 빠르게 다가온 무한이 사내의 몸을 지탱하고 있던 검을 자신의 검으로 쳐냈다.

창!

날카로운 소리와 함께 사내의 검이 허공으로 날아갔다.

쿵!

"윽!"

몸을 지탱하던 검이 사라지자 사내가 그대로 땅에 무너지며 그 통증으로 신음을 뱉어냈다.

그런 사내를 보며 무한이 말했다.

"잠시 쉬시오. 당신의 생사는 저 사람에게 달렸으니."

무한이 이제 겨우 두 명만 남을 적은 매섭게 몰아치는 타무즈를 가리키며 말했다.

타무즈의 짧고 무거운 검이 그대로 두 적의 검을 뚫고 들어갔다.

카캉!

"악!"

"큭!"

오쪽 살수들의 검을 뚫고 들어간 타무즈의 검이 거의 동시에 두 적의 허리와 다리를 베어냈다.

오쪽 살수들이 비명을 지르며 땅을 나뒹굴었다.

허리를 베인 자는 목숨이 단번에 끊어졌고, 다리를 베인 자는 엉겁결에 두 손으로 자신의 다리를 붙잡고 지혈을 하고 있었다.

타무즈는 그런 두 사람에게 시선도 주지 않았다.

그는 성큼성큼 걸음을 옮겨 무한과 검은 사내 앞으로 다가왔다.

"끝난 겁니까?"

무한이 타무즈에게 물었다.

"그런 것 같습니다. 감사합니다."

"혹시 뒤처리하는 것도 도와드려야 합니까?"

무한이 물었다.

"그럴 리가 있겠습니까? 감히 그런 일까지 하게 하실 수는 없지요."

타무즈가 얼른 고개를 저었다.

그러자 무한이 고개를 끄떡이며 말했다.

"역시 혼자만 계셨던 것은 아니군요?"

"당연합니다. 싸우는 것이야 내 몫이지만, 그 뒤의 일은 혼자 하기 번거롭지요. 그래서 이자들이 오고 있다는 전갈을 받고 급히 장원을 나가 있던 사람들을 불러들였었습니다. 그리고 보이지 않는 곳에 숨겨두었지요."

"그러셨군요. 아무튼 다행입니다. 제가 뒤처리까지 돕지 않아도 되니."

무한이 미소를 지으며 검을 검집에 집어넣었다.

"이대로 가십니까?"

타무즈가 놀란 표정으로 물었다.

"아주 가는 것은 아닙니다. 말씀드렸지만 당분간은 천록회와 사해상가를 지켜보려고 합니다. 하지만 그렇다고 이곳에 머물 수는 없지요. 다른 사람들 눈에 띄는 것은 아무래도……."

무한이 말했다.

"하긴… 그렇군요."

"그리고 정문 안쪽에 선물이 있을 겁니다."

"선물이라시면……?"

타무즈가 의아한 표정으로 물었다.

"사해상가의 총관 나이만이라는 자가 장원 밖에서 이들이 일을 끝내기를 기다리고 있더군요."

"아! 어느새 그자까지……."

마골이 놀란 표정으로 탄성을 흘렸다.

"제게도 나름대로 힘을 쓰는 친구들이 있습니다."

"혹시 연회에 같이 오셨던… 정말 그분은 어떤 분입니까?"

타무즈가 얼른 물었다.

그러자 무한이 미소를 지으며 고개를 저었다.

"아주 대단한 분이지요. 하지만 나처럼 세상에 자신의 얼굴을 드러내기 싫어하는 분들이고요."

"음… 그래도 나중에 꼭 인사를 시켜주십시오. 꼭 한 번 제대로 뵙고 싶군요. 절 도와주신 분들이니……."

"뭐, 기회가 되면 그렇게 하지요."

"알겠습니다. 기다리겠습니다."

"그럼 조만간 다시 뵙지요."

무한이 그 말을 남기고 빠르게 장내를 벗어났다.

타무즈는 그의 말처럼 혼자 있던 것이 아니었다.

그를 기습한 오족의 살수들을 모두 제압한 타무즈가 손을 들자 장원에 숨어 있던 사람들이 하나둘 모습을 드러냈다.

물론 타무즈처럼 무공을 사용할 수 있는 사람들은 아니었다.

그들은 그동안 타무즈의 장원에서 일을 하거나, 혹은 장원 밖에서 타무즈의 거래를 도왔던 자들이었다.

그래서 그들은 타무즈의 신호에 모습을 드러낸 이후에도 무척 조심스럽게 타무즈에게 다가왔다.

"대인… 모두 죽은 것입니까?"

중년의 사내 한 명이 타무즈에게 물었다.

손에는 검을 들고 있고, 근육은 강해 보였지만 무공을 아는 사람 같지는 않았다. 무공을 알고 있다면 시체와 부상당한 자들 사이에서 이렇게 불안한 모습을 보일 리 없었다.

"그건 아닐세. 살아 있는 자들이 절반은 될 걸세."

"아, 예… 그럼… 다 죽이실 건가요?"

중년 사내가 두려운 표정으로 물었다.

이미 숨어서 타무즈가 오족의 살수들을 가차 없이 베어 버리는 것을 보았기 때문이었다.

그들은 타무즈를 따르면서도 그가 이렇게 잔혹하게 살검을 쓸 수 있는 사람이라고는 꿈에도 생각지 못한 것 같았다.

"이미 끝난 싸움인데 죽일 필요는 없겠지."

"그럼……?"

"살아 있는 자들은 모두 결박해 창고에 가둬두게. 죽은 자들은 뒷산 적당한 곳에 묻어주고."

"어떻게 하시려고……?"

오족의 살수들은 세상에 널리 알려지지는 않았지만, 그들을 아는 사람들은 모두 두려워 마지않는 자들이었다.

야만족 특유의 사나움과 강한 전사의 힘, 그리고 무공까지 갖춘 그들을 두려워하지 않는 사람이 없었다.

그래서 비록 패한 자들이라도 죽이지 않고 창고에 가둬두어도 괜찮은 건지 중년 사내는 확신을 하지 못하는 듯했다.

"내일 날이 밝으면 천록항으로 데려갈 걸세."

"예?"

중년 사내가 놀란 표정으로 되물었다.

"한밤중에 이곳을 벗어나면 또 다른 누군가의 공격을 받을 수도 있지만, 대낮에 이들을 데리고 천록항으로 가면 누구도 이들을 구하기 위해 공격하지 못할 걸세. 그랬다가는 이들의 배후에 자신들이 있다는 것을 드러내야 할 테니까. 내 생각에 그는 아마도 절대 그런 어리석은 짓은 하지 않을 거야. 그 스스로 상계의 법을 어기고 살수를 쓴 일을 인정할 수는 없을 테니까. 안 그런가?"

타무즈가 오족의 살수 우두머리에게 물었다.

"……."

검은 사내는 말없이 타무즈를 노려볼 뿐 어떤 말도 하지 않았다.

"이름이나 알자. 솔직히 자네가 입을 다물어도 누구의 명을 받고 이곳에 왔는지는 알고 있으니 더 추궁하지 않겠네. 그래도 자네의 이름 정도는 알아야 앞으로 대화가 수월할 것 같은데… 어떤가? 그 정도는 말할 수 있겠지?"

타무즈가 묻자 그제야 검은 사내가 입을 열었다.

"난… 적사타라 한다. 부탁인데 날 그냥 죽여라!"

검은 사내가 살아서 수모를 당하는 것은 견딜 수 없다는 듯 말했다.

그러자 타무즈가 고개를 저었다.

"아니, 자네를 죽일 수는 없네. 자넨 쓸모가 많으니까."

"그분… 이 나 때문에 뭔가를 포기할 것 같은가?"

검은 사내 적사타가 물었다.

그러자 타무즈가 다시 고개를 저었다.

"아니지. 그는 결코 살수 따위를 위해 자신의 이득을 포기할 사람이 아니니까. 더군다나 임무에 실패한 살수를 위해서는 더더욱."

사해상가주 노백이 그럴 사람이 아니라는 것을 타무즈는 너무 잘 알고 있었다.

"그런 왜 날 살려두는 것인가?"

적사타가 다시 물었다.

"그는 아니지만 오족의 왕은 좀 다르지 않을까 해서……."

타무즈의 말에 적사타가 고개를 저었다.

"그런 기대는 말라. 왕께서도 결코 천록회의 편으로 돌아서지는 않을 것이오."

"물론 나도 오족의 왕이 그를 배신하고 천록회를 도울 거라고는 생각지 않네. 다만, 자네가 내 손에 있는 이상 함부로 도발하거나 바다를 건너 육주로 오지는 못하겠지. 내일 자네를 끌고 천록항으로 가다 보면 오족의 전사들이 육주로 건너왔다는 것이 세상에 알려질 것이고, 그렇게 되면 육주의 권력자들이 바다 건너 오족의 왕을 주시하게 될 테니 말일세."

타무즈가 자신의 계획을 자세히 말해주자 적사타가 물끄러미 타무즈를 바라보다 입을 열었다.

"참 무서운 사람이구려, 그대는……."

"그의 상대가 될 수 있을 것 같은가?"

타무즈가 물었다.

그러자 적사타가 잠시 생각에 잠겼다가 입을 열었다.

"무서운 무공, 뛰어난 머리, 개인 간의 대결이라면 승패는 반반이라고 대답하겠지만… 상가의 싸움은 아무래도 재력이 차지하는 비중이 만만치 않으니… 삼 할 정도 줄 수 있을 것 같군."

"하하하! 삼 할, 나쁘지 않군. 애초에 천록회를 구성할 때 여러 상가에서 이 일의 승산을 일 할로도 보지 않았는데. 노백의 수족이었던 그대가 삼 할까지 쳐준다니 정말 해볼 만한 싸움이군."

타무즈가 호탕하게 웃음을 터뜨렸다.

"그래도 패를 걸라면 여전히 그분에게 걸 것이다."

"그야 마음대로 하고. 일단 불편해도 창고에서 쉬고 있게. 내일 아침에 만나세. 난… 그 나이만이라는 자를 봐야겠으니까."

타무즈가 말을 마치고 걸음을 옮겨 장원의 정문으로 걸어가기 시작했다.

*　　　*　　　*

무한은 이른 아침부터 분주하게 움직이는 마골의 장원 사람들을 지난밤에 머물렀던 나무 위에서 지켜보고 있었다.

그 옆에는 이공과 그의 두 제자 역시 올라와 있었는데, 그중 이맥과 소의의 얼굴에는 불만이 가득했다,

사실 무한 일행은 지난밤 이 나무 위에서 잠을 잤다.

혹시라도 노백이 오족의 전사들의 실패를 대비해 다른 살수들을 보낼 수도 있다고 생각했기 때문이었다.

그래서 불편하지만 타무즈의 장원을 지켜볼 수 있는 나무 위에서 잠을 자기로 결정했는데, 그 결정이 이맥과 소의는 불만이었다.

일이 모두 잘 끝나서 더 걱정할 것이 없을 것 같은데 굳이 불편하게 나무 위에서 잘 필요가 없다고 생각하는 그들이었다.

특히 오족의 살수들을 모두 제압하고, 사해상가의 총관 나이

222 사자의 아들: 칸의 여행

만까지 잡았으니 주루는 몰라도 좋은 잠자리와 맛있는 음식 정도는 먹을 자격이 있다고 생각했는데, 그들에게 돌아온 것은 나무 위 잠자리와 건량으로 해결하는 아침 식사였다. 당연히 불만일 수밖에 없었다.

"얼굴들 펴라. 그러다 정말 찌그러진 얼굴을 만들어줄 수 있으니까."

이공이 지난밤 내내 불만에 가득 차 있던 두 제자에게 경고했다.

"아니, 우리가 뭘 어쨌다고 그러십니까? 시키는 대로 다 했는데요. 표정까지 마음대로 하지 못합니까?"

이맥이 참을 수 없다는 듯 반발했다.

그러자 이공이 이맥을 노려봤다.

"이놈이, 정말 죽고 싶으냐?"

"그러니까요, 제가 죽을 이유가 뭐냐는 말입니다?"

이맥이 물러나지 않고 되물었다.

"후우… 내가 늙었나 보군. 아니면 이놈들이 세상 구경을 하더니 간덩이가 부었든지. 좋아, 마음대로 해라. 하지만 나중에 후회 말어."

"후회는 무슨……."

이맥이 승기를 잡은 사람처럼 투덜거렸다.

그러자 이공이 무한에게 물었다.

"술사님, 천록항으로 따라가실 겁니까?"

"글쎄요. 어찌할지 모르겠군요."

"이곳에서 조금만 더 머무시지요. 마 대인의 일행이 무사히 송강 하구를 벗어나 천록회에서 마중 나오는 사람들을 만나는 것까지만 확인하고 다시 돌아오시지요. 오늘내일 이 형께서 도착하실 텐데 마중은 해야 할 것 같아서 말입니다."

"그렇군요. 용노께서 도착하실 때군요. 그럼 당연히 이곳에서 있어야지요."

무한이 고개를 끄떡였다.

"사백께서 오신단 말입니까?"

이공의 말을 들은 소의가 놀란 표정으로 물었다.

"그래."

"그분은 파나류에 계시지 않았습니까?"

소의가 되물었다.

"술사께서 북창을 떠나실 때 뒤따라오라고 하셨다. 벌써 도착해야 했는데, 아마도 바다를 건널 때 무슨 일이 있었든지, 아니면 육주에 이미 도착했는데 다른 곳에서 시간을 보내신 것 같다. 이 형님은 어디로 튈지 모르는 분이니까. 아무튼 그래도 이 형님이 오시면… 흐트러진 천년밀교의 규율을 다시 세우도록 건의해야겠다."

"그게… 무슨 말씀이십니까? 흐트러진 규율이라니요?"

소의가 불안한 표정으로 물었다.

"글쎄… 뭐 그런 것이 있지 않겠느냐?"

"설마 방금 전 제가 한 말 때문에 그러십니까?"

이맥이 따지듯 물었다.

"그거야 생각하기 나름이지."

"정말 이렇게 속 좁게 나오실 겁니까?"

이맥이 화를 냈다.

"그러게 말이다. 나이가 드니 서운한 것이 많아지는구나. 아무튼 꼭 그래서만은 아니지만 대형께서는 한열지에 계시니 결국 이 형께서 본 교의 규율을 다잡아야겠지. 빛의 전사들을 실질적으로 이끄시는 분이시기도 하니까. 음… 술사께선 마음이 여리시고, 난 늙어 무시를 당하니 역시 이 형께서 하실 일인 것 같구나, 험!"

"지금… 사백님을 이용해 우릴 벌주시겠다는 거 아닙니까?"

이맥이 이공을 노려보며 말했다.

"벌이라니. 감히 그런 말로 날 모욕하지 마라. 난 다만 천년밀교, 위대한 빛의 전사들의 법을 다시 한번 다잡자는 뜻일 뿐이다. 어? 떠나려나 봅니다, 술사님!"

이공이 더 할 말이 없다는 듯 무한에게 말했다.

그러자 무한이 걸터앉았던 나뭇가지에서 일어나며 말했다.

"가시죠."

무한과 이공이 거의 동시에 무성한 나뭇가지 사이로 사라졌다.

"어어, 사부님!"

갑자기 이공이 자리를 떠나자, 이맥이 급히 이공을 불렀지만 이공은 이미 그의 시야에서 사라지고 있었다.

"큰일 났다. 사백께서 어떤 분인지 알고 있지?"

소의가 원망스러운 눈으로 이맥을 보며 말했다.

"젠장, 설마 사부님이 사백님을 끌어들일 거라고 생각 못 했지. 속 좁은 양반 같으니라고."

"후우… 사부 원망할 시간에 사백에게서 살아남을 궁리나 해라. 아니면 지금부터라도 사부님 비위를 맞춰 드리든지. 최선을 다해서!"

"하! 이거 정말… 에이 일단 빨리 따라가자."

이맥이 크게 한숨을 내쉬고는 무한과 이공이 움직인 방향으로 몸을 날렸다.

덜컹!

마골의 장원 문이 열렸다. 그러자 그 안에서 양이나 돼지를 실어 나르는 마차 두 대가 모습을 드러냈다.

그런데 그 안에는 양이나 돼지가 아니라 사람이 들어 있었다.

두두두!

마차가 장원을 나서는 순간 갑자기 장원 주변에서 일단의 사람들이 말을 타고 몰려왔다.

사람들의 모습은 각양각색이었다. 옷차림이 다른 것은 이들이 한 가문에 속한 사람들이 아니라는 뜻이다.

그렇게 나타난 십여 명의 사람들은 망설이지 않고 마골의 장원을 벗어난 마차 앞으로 다가왔다.

그리고 마골은 그들의 등장을 두려워하는 장원의 일꾼들과 달리 반가운 얼굴로 새로 등장한 십여 명의 장한들을 맞이했다.

제8장

그를 만나러 갈 시간

"마 대인께 인사드립니다."

말을 타고 달려온 사람 중 중년 사내가 정중하게 마골에게 인사를 올렸다.

"어서들 오시오. 이렇게 아침부터 움직이게 해서 미안하오."

"아닙니다. 차라리 어젯밤에 부르지 그러셨습니까?"

중년 사내가 말했다.

"아니오. 그랬다면 저자들이 눈치를 챘을 것이오. 그리고 날 죽이겠다고 오는 살수들인데 천록회의 다른 가문에 의지하는 것은 내 자존심이 허락지도 않고……."

"그래도 위험한 선택이셨습니다. 천록회의 가주님들께서 걱정이 많으셨습니다."

"그래도 결과는 좋지 않소."

"그렇긴 합니다만… 아무튼 대단하십니다. 오족의 살수들을 홀로 모두 제압하시다니!"

"어찌 나 혼자 이런 일을 했겠소. 우리 장원의 식솔들이 고생이 많았소."

사실은 그와 무한 둘이서 오족의 살수들을 모두 제압했지만, 마골은 그 사실을 굳이 드러내려 하지 않았다.

"그래도 역시 대단하십니다. 마 대인님의 명성이 이제 육주 전역에 퍼질 겁니다. 또한 이제 그 누구도 감히 천록회를 향해 검을 뽑기 어려울 겁니다. 엄청난 성과지요."

"그렇게까지 대단한 일은 아니오. 하지만 적어도 본 회의 시작에 좋은 영향을 끼칠 것은 분명하오. 그런데 철 가주께 연락은 왔소?"

마골이 중년 사내에게 물었다. 그러자 중년 사내가 얼른 대답했다.

"거래는 성사됐습니다. 다만……."

"문제가 있소?"

마골이 물었다.

"기대했던 것보다는 규모가 작습니다. 아마도 절반 정도는 사해상가와의 관계를 위해 남겨둔 것 같습니다."

"비룡성이라면 당연히 그럴 만하오. 하지만 그것만으도로 큰 성공 아니겠소? 더군다나 파나류 금하강의 철광산들을 회복하지 못하는 한, 사해상가가 과거와 같은 값으로 육주의 각 성들에 양질의 철을 공급하지는 못할 것이오."

"가주님도 그리 생각하시는 것 같았습니다. 결국 본 가의 철을 원하는 성들이 많아질 거라고 하시더군요. 그래서 삼룡대산맥 안에 있는 폐쇄된 철광들을 다시 열 준비를 하고 계신 것 같습니다."

"미리 준비해 두는 것이 좋을 것이오. 자, 일단 출발합시다. 모든 사람의 시선이 쏠린 상황에서 공격할 만큼 아둔한 사람은 아닐 테니 큰 걱정은 아니지만, 그래도 해 지기 전에 천록회에서 보낸 무사들을 만나는 것이 좋지 않겠소?"

"그렇지요. 제가 앞장서겠습니다."

"부탁하오."

마골의 대답이 끝나자 중년 사내가 말을 몰아 마차 앞으로 나갔다.

"출발한다."

마골이 명을 내리자 중년 사내를 선두로 한 일행이 마골의 장원을 떠나 남쪽을 향해 이동하기 시작했다.

*   *   *

"들었나? 저자들이 바로 그 잔인한 오족의 살수들이라고 하더군."

"들었네. 마 대인이 홀로 저들을 제압했다고 하던데?"

시전에 늘어선 사람들이 시전을 가로질러 남쪽으로 난 길을 따라 움직이고 있는 마골 일행을 보며 중얼거렸다.

시전 상인들에게 마골 일행은 큰 흥밋거리였다. 소문은 발 없는 말과 같아서 이미 지난밤 마골과 오족 살수들 간의 싸움에 대한 이야기가 송강 하구 시장 사람들에게 퍼져 있었다.

"나도 그 말은 들었지만 믿을 수가 있어야지."

"어째서 말인가?"

마골이 홀로 오족의 살수들을 제압했다는 소문을 들었다는 상인이 되물었다.

"생각해 보게. 오족의 살수 십여 명을 홀로 상대할 수 있는 육주의 전사가 얼마나 있을지."

"그야… 흔치 않지."

"그러니까. 설마 아무리 무공을 알고 있다 해도, 장사를 하는 사람이 대전사들도 하기 힘든 일을 혼자 해냈겠나?"

"음, 그건 또 그렇지만… 그럼 도와주는 사람이 있었을 거란 말이군."

"당연하지. 내 생각에는 천록회에서 고용한 뛰어난 전사들이 마 대인 옆에 있었을 거야. 그렇지 않다면 불가능한 일이지."

마골 혼자 십여 명의 오족 살수들을 제압할 수 없다고 주장하는 상인이 고개를 저으며 말했다.

그러자 다른 상인이 물었다.

"그런데 정말 오족의 살수들을 보낸 사람이……."

"쉿! 이 사람 큰일 나려고."

"아아, 걱정 마, 조심할 테니. 그런데 정말 그일까?"

"…그럼 또 누가 있겠나."

"후우… 그럼 정말 큰 변화의 바람이 불겠군. 천록회의 힘이 증명된 것이나 마찬가지니까."

상인이 크게 한숨을 쉬며 말했다.

"뭐… 세상은 항상 변했으니까. 이왕사후가 몰락한 이상 예상되었던 변화지. 다만 천록회가 저런 힘을 가지고 있을 줄은 몰랐네만."

"그러게. 생각보다 정말 강한 것 같아."

두 상인이 천록회의 저력에 놀란 표정으로 서로를 보며 고개를 끄떡였다.

상인들의 물결은 마골이 오족의 살수들을 수레에 태워 송강 하구를 완전히 벗어날 때까지 이어졌다.

무한 일행은 상인들 틈에 끼어 남쪽으로 이동하면서 사람들의 반응을 살피고 있었다.

"일이 계획대로 잘된 것 같습니다."

이공이 상인들의 대화를 듣다가 무한을 보며 말했다.

"그런 것 같군요. 이렇게 되면 이제 육주의 사람들은 천록회와 사해상가를 양손 위에 올려놓고 비교하게 될 겁니다. 천록회에 속한 상가들의 거래량이 급격하게 늘게 되겠지요."

대답을 하면서 무한은 내심 마골이 참 대단한 사람이라는 것을 새삼스럽게 떠올렸다.

그는 스스로 송강 하구로 돌아와 미끼가 된 후, 그 위험을 이겨냄으로써 한순간에 천록회를 사해상가와 동등한 위치로 끌어올렸던 것이다.

더 중요한 것은 그것이 우연이 아니라 마골의 철저한 계획하에 이뤄진 일이라는 사실이었다.

그런 사람이 어쩌다 자신의 가문의 무공 지킴이가 되었을까

신기할 정도였다.

"그자의 얼굴이 보고 싶군요."

이공이 말했다.

"누구 말입니까?"

"사해상가주 말입니다. 아마 가관일 겁니다. 설마 오족의 전사들이 실패할 것이라곤 생각지 못했을 테니까요. 더군다나 마 대인이 사로잡은 자들을 저런 식으로 벌건 대낮에 천록항으로 끌고 갈 것이라고는 더욱 생각지 못했을 겁니다."

"머리가 참 좋은 분이지요?"

무한이 이공에게 물었다.

"그렇습니다. 생긴 건 그렇게 안 보이는데… 적이라면 참 무서운 사람인 것 같습니다."

"다행히 적은 아니군요."

무한이 미소를 지으며 말했다.

"그러게 말입니다. 정말 다행입니다. 그나저나 이 형님이 오시면 그땐 어찌하실 생각이십니까?"

이공이 물었다.

용노를 만난 이후의 일을 묻는 것이다.

"그를 한번 만나볼까요?"

무한이 되물었다.

"그라시면……?"

"사해상가주 말입니다."

"노백을요?"

이공이 걸음을 멈추고 물었다. 그로서는 미처 생각지도 못한 말인 것 같았다.

"그에게 물어볼 말이 있습니다."

"음……."

이공은 노백에 대한 무한의 마음을 알고 있었다. 과거 철사자의 장원 사자림이 파괴되는 과정에서 노백의 사해상가는 적지 않은 역할을 했었다.

물론 철사자 무곤의 부인 주란과의 합법적 거래에 의한 것이라지만, 철사자 무곤의 비석까지 뽑아 갈 정도로 사자림의 유물에 탐욕스러웠던 노백이었다.

당연히 노백에 대한 무한의 감정이 좋을 리 없었다.

"그를 어찌 대하시렵니까?"

이공이 물었다.

"글쎄요. 그건 그에게 달려 있겠지요."

무한이 대답했다.

"그를 만나시더라도 조금 후가 어떨까 합니다만."

"그럴 이유가 있나요?"

"아직은 사해상가의 패가 모두 나온 것은 아니지요. 천록회와의 경쟁이 본격적으로 시작되었고, 시작부터 제대로 얻어맞았으니 그는 이제 자신이 가진 가장 강력한 방법들을 동원하게 될 겁니다. 그가 가지고 있는 것들이 뭔지, 그걸 확인하고 만나시는 것이 어떨까 싶습니다만."

이공은 사해상가주 노백을 적지 않게 경계했다.

그가 비록 천록항에서의 연회와 오족 살수들을 이용한 마골의 공격에 실패했지만, 여전히 세상에 드러나지 않은 힘을 가지고 있을 거라 생각하는 모양이었다.

"이공께서 말씀하신 대로 하는 것이 정석이지요. 하지만 가끔 은 일을 거꾸로 해도 되지 않을까요?"

"무슨 말씀이신지……?"

"애초에 그가 어떤 힘을 가지고 있던 처음부터 아예 그 힘을 쓰지 못하게 만드는 거지요."

무한이 냉정하게 말했다.

"설마 그를 제거하실 생각이십니까?"

이공이 놀란 표정으로 물었다. 평소 무한의 성격을 생각하면 지나치게 과감한 생각이기 때문이었다.

"설마요. 그렇게까지 할 생각은 없습니다. 물론 그의 행동 여 하에 따라서는 그런 일이 발생할 수도 있겠지만."

"그럼 어떻게 그가 힘을 쓰지 못하게 한다는 겁니까?"

이공이 이해가 가지 않는다는 표정으로 물었다.

"그에게 두려움을 안겨주는 거지요. 평생 그가 경험하지 못한 두려움 말입니다."

"두려움이라. 대체 어떻게 하시려고……?"

"가장 안전하다고 생각하는 장소에서도 자신이 죽을 수도 있 다는 것을 알게 된다면 그는 앞으로 남은 삶을 어떻게 살까요?"

"설마… 지금 황금성 그의 거처로 찾아가시겠다는 겁니까? 수 십 명, 아니, 수백 명의 호위 무사가 지키고 있을지도 모르는 곳 을?"

이공이 전혀 동의할 수 없다는 표정으로 되물었다.

"예, 그럴 생각입니다."

"술사님!"

이공이 화가 난 표정으로 무한을 보며 언성을 높였다. 뒤따라오던 이맥과 소의가 화들짝 놀랄 정도였다.

그러자 무한이 얼른 입을 열었다.

"여기 빛의 술사가 있다고 온 세상에 알릴 생각이십니까?"

무한의 지적에 이공이 한순간 당황한 표정으로 주변을 살폈다.

그러나 다행히 이맥과 소의 말고는 두 사람을 주목하는 사람은 없었다. 대로변의 사람들 관심은 온통 마골 일행에게 쏠려 있기 때문이었다.

"죄송합니다. 하지만 너무 위험한 말씀을 하셔서……"

이공은 여전히 무한의 생각에 절대 동의할 수 없다는 듯 굳은 표정으로 말했다.

"빛의 술사라면 그 정도 능력은 있어야 하지 않을까요?"

"죄송하지만 술사님도 사람입니다. 그것도 아직 술사로서 완성되신 것도 아니고……"

"그래도 하나는 제법 괜찮아졌습니다. 빠름이죠. 빛의 술사에게 가장 중요한……"

"풍신보를 말씀하시는 거군요."

이공이 말했다.

"말이 풍신보지 제가 생각하기에는 광신보가 맞을 것 같아요. 가끔 그 빠름을 저조차도 제어할 수 없으니까 말입니다. 그 빠름이라면 충분히 황금성으로 들어가 노백을 만날 수 있을 겁니다."

무한이 자신있게 말했다.

그러자 이공이 고개를 저었다.

"땅에서는 모르지만 황금성은 바다 위에 있습니다."

"그건 이공께서 용노님과 함께 수고를 해주셔야죠. 황금성 앞까지 가는 일을 두 분께 부탁드리겠습니다. 일단 황금성에 도착하면 그 이후에는 제가 알아서 하고요."

"아니, 저희들이 무슨 수로 술사님을 황금성 앞까지 데려갑니까? 바다를 건너서……?"

이공이 멍한 표정을 지으며 물었다.

"그러니까 그건 두 분이 알아서 하셔야 한다고요."

무한이 어깨를 으쓱하며 대답했다.

"크크큭!"

무한의 말에 뒤에서 소의와 이맥의 웃음소리가 들렸다. 그들은 이공이 당황하는 모습이 즐거운 모양이었다.

"이놈들이! 죽고 싶은 거냐?"

두 사람의 웃음소리를 들은 이공이 고개를 돌려 두 제자를 보며 눈을 부라렸다.

그러자 이맥과 소의 얼른 이공의 시선을 회피하며 딴청을 피웠다.

"아무튼 잘 좀 준비해 주세요. 두 분은 그래도 천년밀교의 정통을 잇는 분들인데 그 정도는 하실 수 있어야지 않겠습니까? 더군다나 상대는 일개 상인인데."

무한이 거의 강요하듯 밀어붙였다.

그러자 이공이 썩은 음식을 먹은 듯한 표정을 짓다가 한숨을 쉬며 대답했다.

"휴우… 전 아직도 술사님의 생각에 반대지만, 끝내 그리하시 겠다면 준비는 해보지요."

"고맙습니다."

무한이 밝은 표정으로 대답했다.

그런 무한을 보며 이공이 다시 고개를 절레절레 흔들었다.

마골 일행이 송강 하구의 시전을 벗어나 본격적으로 천록항을 향해 속도를 낼 때도 그들의 행보를 방해하는 사람은 없었다.

어쩌면 당연한 일이었다. 백주 대낮에 마골 일행을 공격하는 것은 곧, 자신들이 오족의 살수들을 보냈다고 자인하는 것이라 서, 노백 역시 오족 살수들이 천록항으로 끌려가는 것을 지켜볼 수밖에 없었다.

그래도 송강 하구를 벗어나면서 구경꾼의 숫자는 눈에 띄게 줄어들었다.

하지만 무한 일행은 여전히 일정한 거리를 두고 마골 일행을 따라가고 있었다.

사실 노백이 자신과 상관없어 보이는 특별한 능력을 지닌 고 수 몇을 동원할 여지는 있었다. 노백은 충분히 정체가 감춰진 강 력한 무공 고수를 동원할 수 있는 인물이었다.

그래서 무한은 마골 일행이 천록항에서 마중 나온 천록회의 무사들과 합류할 때까지 그들의 뒤를 따르고 있었던 것이다.

그렇게 한동안 송강 남쪽 길을 가던 마골 일행은 드디어 석양 이 들과 산을 붉게 물들일 때쯤 천록회의 무사들과 조우했다.

송강 하구와 천록항의 거리가 말을 달려도 이삼일 거리임을 생각하면 아마도 천록회 무사들은 오래전에 천록항을 떠나 길 중간에 머물고 있었던 것이 분명했다.

그리고 그렇게 마골이 천록회 무사들을 안전하게 만나는 것을 확인한 무한이 그때서야 다시 걸음을 돌려 송강 하구로 돌아오기 시작했다.

*   *   *

노백은 화려한 술상을 차려놓고 술을 마시고 있었다. 금칠을 한 창문은 활짝 열려 있었다.

차가운 바람이 송강 하구부터 불어왔다. 밤이 되었지만 그의 거처는 대낮처럼 환했다.

"음!"

육주를 가로지르는 삼룡대산맥 깊은 곳에서 채취한 귀한 약재를 넣어 만든 약주를 한 모금 입에 머금은 노백이 술맛이 마음에 드는지 잔을 들어 약주의 향을 음미했다.

그런 그의 주변으로 십여 명의 호위 무사들이 서 있었고, 다시 그의 맞은편에 그를 보필해 온 대행수 셋이 긴장한 모습으로 서 있었다.

"좋군. 총관은 요리사들에게 이 술을 좀 더 만들어보라고 해. 잘하면 비싼 값에 팔 수 있을 것 같군."

노백이 술잔에서 입을 떼며 말했다. 그러다가 한순간 그의 움직임이 멈췄다.

탁!

노백이 잔을 식탁 위에 소리 나게 내려놓았다. 그러고는 가볍게 실소를 흘렸다.

"취했나? 없는 사람을 부르다니."

노백이 중얼거렸다. 무심코 총관 나이만을 찾은 자신의 행동이 어이없는 듯싶었다.

"가주님! 약주도 지나치면 몸을 상하게 합니다."

대행수 이단이 조심스럽게 말했다.

"음… 얼마나 마셨지?"

"벌써 다섯 잔째입니다. 그 약주는 독주에 가깝습니다."

이단이 다시 말했다.

"꽤 마셨군. 하지만 술을 마셔야 하는 날이지 않은가? 내 평생처음 맛보는 실패이니."

"가주……."

이단이 노백의 말에 할 말이 없다는 듯 말꼬리를 흐렸다.

"총관의 생사는 아직인가?"

노백이 물었다.

"죄송합니다. 그날 송강 하구 시전에서 누군가에게 급습을 받은 것까지는 확인했습니다만……."

대행수 중 한 명인 풍주가 대답했다. 사해상가의 대행수 넷 중 가장 경험이 많고 뛰어나다고 알려진 자다.

"기습을 받았다면 역시 마골 그자겠군. 예상하고 있었던 거야, 내가 살수들을 보낼 거라는 걸. 오히려 기다리고 있었던 거지. 은밀하게 모든 준비를 해놓고. 참… 영악한 인간이야."

"그를 너무 가볍게 생각한 것 같습니다."

"음… 맞아. 내가 실수를 했어. 애초에 천록항 연회에서 동원공을 막아냈다는 소식을 들었을 때, 그자의 능력을 제대로 판단했어야 하는데. 단지 운이 좋았다고 생각했던 것이지, 후우!"

노백이 가볍게 한숨을 내쉬었다.

"천록회를 어찌하실 생각이십니까?"

풍주가 물었다.

그러자 노백이 대답을 하기 전 다른 대행수 패요함이 입을 열었다.

"전력을 기울여 천록항을 치지요. 천록회가 세력을 키울 기회를 주면 안 될 것 같습니다만."

패요함은 사해상가의 대행수 중에서 가장 호전적인 인물로 알려져 있었다.

상계에서도 패요함은 상술보다 무공으로 더 유명한 인물이었다.

"늦었네."

노백이 고개를 저으며 말했다.

"…어째서 말입니까? 여전히 우리 사해상가의 힘이 그들보다 훨씬 강합니다."

패요함이 이해가 가지 않는다는 표정으로 되물었다.

"재력이나 무력, 모두 우리가 월등하지. 하지만 이번 일로 인해서 육주의 세력가들이 천록회와 거래를 시작할 것이네. 누구도 자신의 거래처를 공격당하는 것을 달가워하지 않지."

"하지만 그건 일이 끝난 후의 문제 아닙니까? 일단은……."

"그것만이 아니야. 육주의 세력가들은 외부의 힘이 육주로 들어오는 것을 무척 경계하네. 그런데 이번에 오족 살수들이 육주

안에서 활동한다는 사실이 만천하에 드러났네. 그것도 육주에서 가장 번화하다는 송강 하구에서… 누구라도 그들의 뒤에 내가 있음을 알고 있을 것이네. 이런 상태에서 다시 무력을 동원할 수는 없어. 그럼 육주의 야심가들이 날 상인이 아닌 자신들의 경쟁자로 생각할 테니까."

노백이 단호하게 말했다.

그러자 패요함이 조금 풀이 죽은 목소리로 물었다.

"그럼 그들이 세력을 키워가는 것을 그대로 지켜보아야 한단 말입니까?"

"그럴 수는 없지."

"그럼 어찌하시려고……?"

"편법이 아닌 제대로 된 싸움을 해야지. 상계의 싸움은 역시 재력으로 하는 것이야. 내일부터 오천 냥 이상 거래하는 모든 거래에서 값을 이 할 내린다."

노백이 말했다.

"손실이 만만찮을 겁니다."

풍주가 걱정스러운 표정으로 말했다.

"괜찮아. 금은을 모으지 못할 뿐이지 망하지는 않을 테니. 난 이 싸움을 언제까지든 할 수 있다. 하지만 천록회는 다르지. 장담컨대 일 년을 버티지 못할 것이다. 그리고 세상은 알게 되겠지. 사해상가의 진정한 힘이 어떤 것인지! 그리고 파나류에 사람을 보내!"

"…어디로?"

풍주가 의아한 표정을 되물었다. 파나류 내 사해상가의 거점을 모두 잃었기 때문이었다.

"첫째에게 전하게. 금하강의 철광 중 단 하나만이라도 회복을 한다면… 내 후계자가 될 것이라고!"

"가주님!"

노백의 말에 대행수들이 모두 놀라 노백을 바라봤다.

노백의 장자 노만은 파나류 원정 이후 노백과 거의 절연(絶緣)한 상태에 있었다.

그는 이왕사후의 패배 이후 귀환하라는 명을 따르지 않고, 그곳에서 자신만의 상가를 키워가고 있었다.

핏줄은 속일 수 없는지 그 재주가 뛰어나 패배한 땅에서도 그는 이미 일정한 규모의 상권을 형성하고 있다고 알려지고 있었다.

그럼에도 불구하고 아버지이자 가주인 노백의 명을 거부한 노만을 다시 불러들일 거라고는 대행수 중 누구도 예상하지 못했던 일이다.

"장사꾼은 이득을 위해서라면 원수와도 손을 잡지. 하물며 아들놈하고야 뭘 못 하겠나. 그리고 사실 조금 놀라긴 했어. 그놈이 이왕사후도 패배한 땅에서 자신의 상권을 일궈 나가는 것을 보고. 반면 셋째는… 일이 이렇게 되고 보니 비록 오족의 왕이 될 수 있다 해도 너무 나약한 느낌이 드는군. 물론 만약 천록회와 같은 강적이 생기기 전이라면 여전히 그 녀석이 최우선이겠지만. 그리고 둘째는……."

노백이 말을 멈추고 이단을 바라봤다.

그러자 이단이 고개를 숙이며 대답했다.

"제가 바라는 것은 다만… 이 공자님의 편안한 삶입니다."

"그 아이도 같은 생각인가?"

노백이 물었다.

"천록항에 다녀온 후에는… 그러신 것 같습니다."

"그래? 다행이군. 세상의 무서움을 알게 되었다니. 아무튼 그 래서 첫째에게 다시 한번 기회를 주기로 했어. 물론 셋째 역시 여전히 기회는 있지. 오족의 왕이 나에게 어떤 도움을 주냐에 따라서……"

노백에게는 아들들조차도 거래의 대상이었다. 그것이 아마도 노백이 지금의 사해상가를 이룬 이유일 것이다.

"일단 사람을 보내겠습니다."

대행수 풍주가 말했다.

그러자 노백이 다시 말했다.

"파나류까지 이어지는 전서구는 여전히 가능하지?"

"그렇습니다. 바다에 떠 있는 배가 다섯 척! 사자들의 섬에 있 는 비밀 거점을 경유하는 경로는 살아 있습니다."

"열흘이면 답을 받겠군."

"아마도 그 정도면 가능할 것입니다. 대공자께서 즉시 회신을 하신다면."

"좋아. 그럼 이제부터는 정말 상계의 싸움을 시작해 보자고! 아, 물론 천록항을 직접 공격하지는 못하겠지만, 육주 곳곳에서 크고 작은 산적이나 마적들이 천록회 상단을 공격하는 일이야 좀 더 빈번하게 일어나게 될 거야. 그걸 내 탓으로 문제 삼을 사 람은 없을 테니까. 그리고 신무종과 다시 한번 이야기를 해봐야 겠고… 후후, 생각보다 할 일이 많군."

노백이 전의를 불태우듯 손에 들고 있던 술을 다시 한번 들이 켰다.

*   *   *

한 척의 작은 배가 송강 하구의 바다로 들어왔다. 두 개의 돛이 달려 있지만 크기가 크지 않아 상선으로 보기에는 무리가 있었다.

그렇다고 밤이 되면 송강 하구 앞바다에 꽃처럼 떠다니는 유 람선도 아니었다.

그렇기에는 배가 지나치게 투박하고 지저분해 보였다.

물론 허술한 배는 아니었다. 검은 목재로 만든 배는 무척 단 단해 보여서 어떤 파도에도 부서질 것 같지 않았다.

배는 수많은 상선들이 떠 있는 바다를 지나 송강 하구 포구 로 천천히 다가오더니 어느 순간 두 개의 돛을 모두 접었다.

그리고 그때부터는 한 사내가 배 뒤쪽으로 걸어가 굵고 긴 노 를 젓기 시작했다.

스스스!

배 뒤에 달린 노는 하나임에도 불구하고 배를 빠르게 앞으로 밀어냈다.

그렇게 포구로 이동한 배가 제대로 된 접안대도 없는 포구 외 곽의 허름한 해안가에서 움직임을 멈췄다.

"어서 오십시오! 사백님!"

배가 서자 해안가에 서 있던 이맥이 큰 소리로 배 위의 노인에게 인사를 했다.

"오랜만이구나!"

"여행은 평안하셨습니까?"

이맥이 다시 물었다.

"평안하기는! 오다가 풍랑을 만나 배가 엉뚱한 곳으로 가는 바람에 보름이나 더 걸렸는데……."

"…사부님의 말씀은 다르던데요."

이맥이 말했다.

"아우님이 뭐라던데?"

"사백께서 육주는 처음이라 여기저기 구경을 다니시느라고 늦으신 거라고……."

"허어! 아우가 그런 말을 해? 그것참, 날 그렇게 오해하다니 서운하군."

노인이 고개를 저으며 말했다.

"그럼 정말 길을 잃으셨던 거군요?"

이맥이 다시 물었다.

"그렇다니까! 자, 얼른 가자. 아우님이 그렇게 생각한다면 그분께서도 그런 오해를 하시겠구먼. 이것 참……!"

노인이 곤란한 듯 고개를 저으며 중얼거렸다.

그러자 그와 함께 배를 몰아온 두 사람이 재빨리 닻을 내리고 훌쩍 배 위에서 뛰어내려 와 연결된 굵은 밧줄을 해안가 투박한 나무 기둥에 묶었다.

그러는 사이 이맥이 노인에게 다가왔다.

"묵으실 곳을 준비해 두었습니다. 가시지요."

"그러지. 오랜만에 육지를 밟으니 좀 어지럽군. 가자!"

노인이 잠시 머리를 짚은 후 배를 고정시킨 두 사내에게 소리쳤다.

마골이 천록항으로 떠난 후 무한 일행은 숙소를 해안가 인근으로 옮겼다.

그곳에서는 하루 종일 황금성을 바라볼 수 있었다. 그리고 실제로 무한과 이공 등은 하루 종일 객관에서 황금성을 바라봤다.

그러다가 무료해지면 해안가를 산책하기도 하고, 시전에 들러 세상 돌아가는 소식을 듣기도 했다.

오늘도 무한은 삼 층 객관의 객방에 앉아 창을 열어놓고 멀리 화려하게 빛나는 만화도의 황금성을 바라보고 있었다. 그때 누가 문을 두드렸다.

"들어오세요!"

창가에서 황금성을 바라보고 있던 무한이 문 두드리는 소리를 듣고 시선을 돌리며 말했다. 그러자 문이 열리면서 이공과 노인 한 명이 들어왔다.

"오셨군요!"

무한이 자리에서 일어나자 노인, 용노가 무한 앞으로 다가왔다.

"조금 늦었습니다."

용노가 무한에게 미안한 표정을 지으며 말했다.

"육주 여행은 즐거우셨습니까?"

무한이 미소를 지으며 되물었다.

"아니, 그게 무슨⋯ 설마 술사께서도 제가 일부러 다른 곳을 구경하느라 늦게 왔다고 생각하시는 겁니까?"

용노가 억울한 표정으로 되물었다.

"육주는 처음이시죠?"

무한이 다시 질문을 던졌다. 처음 본 육주를 구경하고 다닌 것이 맞지 않느냐는 말이다.

"이것 참⋯ 오해가 사람도 잡는다더니. 정말 이렇게 오해를 하고 계실 줄은 몰랐습니다."

용노가 정색을 하며 말했다.

그러자 무한이 손을 들어 먼 하늘을 가리켰다. 갑작스러운 무한의 행동에 용노와 이공 두 사람이 의아한 얼굴로 무한이 가리킨 하늘로 시선을 옮겼다.

그러자 무한의 손끝에 검은 점 하나가 걸린 것이 보였다.

"저놈이!"

하늘에 떠 있는 검은 점이 풍룡이라는 사실을 깨달은 용노의 얼굴이 일그러졌다.

풍룡이 그간 용노의 행적을 이미 무한에게 알려줬음을 알아챈 것이다.

"뭐 즐거우셨다면 됐습니다. 대신 이제부턴 일을 좀 해주셔야겠습니다."

"이것 참⋯ 무슨 일을 할까요?"

용노가 겸연쩍은 표정으로 되물었다. 그러자 무한이 이공을 보며 말했다.

"자세한 것은 이공 님과 상의하세요. 기대하겠습니다."

　　　　　*　　　　　*　　　　　*

　바다에는 섬만 떠 있는 것이 아니다. 섬과 같은 역할을 하는 배도 떠 있었다.

　사해상가는 그런 배들을 육주의 바다 도처에 띄워놓고 있었다.

　이런 배들의 주요 임무는 대해를 오가는 상선이나 정체 모를 배들을 발견해 그 존재를 사해상가에 전하는 것이었다.

　그래서 그런 배에는 소식을 전하기 위한 전서구들이 있었다.

　배에 탄 선원들 중 전서구를 관리하는 선원들이 가장 중요한 인물로 대접받을 정도였다.

　그 배들이 작은 전서(傳書) 하나를 전서구를 통해 배에서 배로 빠르게 이동시켰다.

　사해상가의 가주 노백의 특별한 명에 의해 최대한 빠르게 파나류까지 이동시켜야 하는 전서였다.

　혹시라도 전서구가 중도에 길을 잃을 것까지 대비해 같은 전서를 세 마리 전서구에 각기 매달아 날릴 정도로 중요한 전서였다.

　그렇게 육주의 바다를 채 오 일이 되지 않아 날아 넘어간 전서가 한 사내의 손에 들어갔다.

　신마성이 깊고 깊은 파나류 중부 곤모산 일대로 물러나고, 파나류가 육주와 마찬가지로 야심가들의 각축장이 되어버린 상황에서 금하강 하구로부터 북쪽으로 십여 리 떨어진 곳에 있던 작은 고성에 새로운 주인이 생긴 것이 대략 육 개월 전이었다.

그런데 그 성의 주인은 파나류에 우후죽순처럼 생겨나는 다른 성의 성주들과는 달랐다.

그는 근방의 작은 마을들을 정복해 영지를 넓히는 대신 사람들을 성으로 불러 모아 상단을 꾸렸다.

그리고 그렇게 꾸려진 상단들을 이용해 가까운 곳에서부터 상행을 시작했다.

그런데 그와 그를 따르는 사람들의 장사 수단이 무척 특출났다. 그래서 그의 성은 금세 금하강 유역에서 가장 유명한 상가로 이름을 날리기 시작했다.

성의 이름은 상천성, 성을 세운 사람의 정체는 정확하게 알려지지 않았지만, 누군가는 그들이 이왕사후의 파나류 원정을 따라온 상인들 중 일부라고 했다.

보통이라면 원정대의 패배 이후 원정대를 도운 모든 사람들이 도망을 치거나 혹은 신마성의 전사들에게 죽임을 당해야 했지만, 신마성의 갑작스러운 퇴각은 원정대의 패잔병들에게조차 이 기이한 검은 대륙에서의 새로운 기회를 엿보게 만들었다.

그래서 상천성의 주인이 이왕사후를 따라온 상인 중 한 명이라고 해도 이상하게 생각하는 사람은 없었다.

톡톡!

중년 사내의 손이 가볍게 서탁을 두드렸다. 그의 맞은편에는 그보다 나이가 많은 초로의 노인이 무거운 표정으로 앉아 있었다.

"무슨 생각이실까요?"

문득 중년 사내, 이왕사후를 지원하기 위해 사해상가의 상인들을 이끌고 바다를 건너왔던, 사해상가의 대공자 노만이 맞은 편에 앉아 있는 노인에게 물었다.

사해상가의 대행수이지 노만의 오랜 후원자인 도제는 노만의 질문에 쉽게 대답하지 못했다.

"천록회라고 했던가요?"

노만이 다시 물었다.

"그렇습니다."

도제가 대답했다.

"그들이 생각보다 강한 모양이지요? 버린 자식에게까지 손을 내밀 정도면……."

노만이 무심하게 중얼거렸다.

"그렇다 해도 만약 이 서신의 내용이 가주님의 진심이라면… 대공자께는 큰 기회일 수도 있습니다."

도제가 신중하게 말했다.

아버지 노백의 명을 거역하고 파나류에 남은 노만이다. 그 순간부터 그는 사해상가주의 후계자가 되는 것을 포기했다. 물론 이왕사후의 패배로 아무것도 얻지 못하고 귀환할 경우, 돌아간다 해도 그가 사해상가의 후계자가 될 가능성은 전무했다.

그래서 그는 사해상가로 돌아가는 대신 파나류에서 자신의 운을 시험해 보기로 했던 것이다.

결과는 나쁘지 않았다.

상천성을 세우고, 본격적인 상행을 시작한 이후 그는 하루가 다르게 상권을 키워갔다.

파나류에는 상행으로 그와 경쟁할 인물이 거의 없었다. 애초에 불모의 땅이자 어둠의 땅으로 인식되어 있던 파나류였다.

약육강식의 땅, 이런 땅에서 제대로 된 상가가 출현하는 것은 거의 불가능했다.

도처에 도적과 마적들이 깔려 있었고, 바다와 강은 해적들로 득실댔었다.

그런데 신마성의 등장으로 그 모든 환경들이 변했다.

신마성의 등장으로 크고 작은 도적 떼가 스스로 흩어졌고, 그들이 물러간 이후에는 강한 힘을 가진 세력들이 일어나기 시작해 도적들이 되돌아올 기회가 없었다.

이런 환경이라면 충분히 상인들도 기회를 찾을 수 있었다.

특히 야심가들의 등장은 큰 거래를 만들어낼 절호의 기회이기도 했다.

그런 기회를 정확하게 포착한 사람이 바로 노만이었다. 노만은 놀라운 상재를 발휘해 짧은 시간 동안 빠르게 상천성을 성장시키고 있었다.

그런데 바로 그 시점에 인연을 끊었던 아버지 노백에게서 전서가 온 것이다.

아버지 노백이 요구하는 것은 하나였다.

잃어버린 금하강 유역의 철광산 중 하나라도 되찾는 것, 이후 그 광산으로부터 안정적으로 사해상가에 철을 보내는 것이었다.

그 일을 만들어내면 노백은 노만을 사해상가의 후계자로 지목할 것이라고 했다.

완전히 포기했던 대사해상가의 가주 자리가 갑자기 성큼 다가온 것이다.

"대행수께서는 아직도 내가 사해상가로 돌아가길 바라시는군요."

노만이 노백의 제안이 좋은 기회라고 말하는 도제의 마음을 읽고 말했다.

"저로서는… 아무리 파나류에서 성과가 좋다 해도 역시……."

"만화도 황금성… 멋진 곳이죠. 어떤 경우에도 포기하고 싶지 않은……."

"그렇습니다. 이 기회를 살려보시지요."

도제가 조심스럽게 충고했다.

"힘든 일입니다. 금하강의 철광산들은 여전히 신마성에서 떨어져 나온 자들이 장악하고 있습니다. 그런데 그자들에게서 철광산을 빼앗는 것은, 아니, 빼앗을 수도 없지요. 결국 거래를 통해 얻어내야 하는데, 지금 육주나 파나류에서 철은 금과 같은 취급을 받지 않습니까?"

"그렇기는 하지요. 또 우리의 정체가 고스란히 드러날 위험도 있고. 뭐 지금도 아는 사람은 다 알고 있지만……."

도제가 고개를 끄떡였다.

"그런데 사실 그것보다 더 큰 위험이 있어요."

"…어떤 위험 말입니까?"

도제가 물었다.

"과연 아버님을 믿을 수 있느냐는 거지요. 믿습니까?"

노만이 도제에게 단도직입적으로 물었다.

"그, 그건……."

도제가 쉽게 대답하지 못했다. 노만이 고개를 저으며 말했다.

"절대 믿을 수가 없지요. 아버님의 꿈은 상계를 넘어서 하나의 왕국을 건설하는 겁니다. 그래서 오족에게 셋째를 보낸 것이고… 결국 아버님이 꿈꾸는 왕국은 오족의 왕국이 모태가 될 것인데……."

"…저로서도 드릴 말씀이 없군요."

도제도 이제는 노백의 제안을 받아들이라고 더 이상 권유할 수 없었다. 그만큼 노백이라는 사람에 대해 의구심을 갖고 있는 것이다.

"아무튼 그래도 포기하기에는 어려운 일이군요. 그래서 일단 철광 하나 정도는 거래해 보기로 하지요. 본래 우리 것이었는데 빼앗긴 것을 다시 사들이는 것이 속이 쓰리긴 하지만……."

"하지만 당장 그만한 자금이… 철광을 사려면 그동안 모아둔 자금과 이 성을 모두 내주어야 할 겁니다. 그렇게 철광을 얻은들……."

도제가 말꼬리를 흐렸다.

그러자 노만이 가볍게 미소를 지으며 말했다.

"자금은 아버님이 대셔야죠. 전 거래만 성사시키고. 아버님께 자금을 보내라 전서를 보낼 겁니다. 그럼 아버님의 진심을 알 수도 있겠지요."

"그것 묘안입니다! 만약 가주께서 자금을 보내시면 우린 이 거래에서 손해 볼 것이 전혀 없으니까 말입니다."

도제가 무릎을 치며 소리쳤다.

"자금을 보내실 겁니다. 지금 사해상가에 필요한 것은 금이

아니라 철이니까요. 황금성은 금은보화 위에 서 있으니 자금이
야 충분할 것이고."

노만이 가볍게 미소를 지으며 말했다.

*   *   *

"제길, 이러나저러나 매일 허드렛일이나 할 팔자인가 보네."

이맥이 어깨에 술통을 둘러메고 접안대에 서 있는 작은 배를
향해 걸어가면서 말했다.

"그래도 배에서 술 한 잔 얻어 마실 수 있지 않을까?"

뒤따라오던 소의가 소리쳤다.

"퍽이나! 노를 젓거나 망을 보라실걸?"

"에이, 설마! 술사님도 함께 가시는데……."

이맥의 말에 소의가 그럴 리 있겠냐는 듯 고개를 저었다.

"흥, 사부님을 모르냐? 사부님은 우리 입에 술이나 고기 들어가
는 것을 몹시 싫어하셔. 그런 분에게 큰 기대 마라. 실망이 크다."

"그럼 뭐, 이번 일이 끝나면 우리가 잠시 이 배를 빌려 타고 하
루 정도 바다로 놀러 나가든지."

소의가 이맥과 어깨를 나란히 하며 말했다.

"글세, 그런 기대 말라니까. 그것도 사부님은 절대 허락하지
않을 거야."

이맥이 고개를 저었다.

"흐흐, 다 방법이 있지."

"무슨?"

"일이 잘 끝나면 그때 바로 술사님께 허락을 받는 거야. 하루 휴가를 달라고. 당연히 술사님을 허락하실 거고 그럼 사부님도 어쩔 수 없지 않겠냐?"

"그… 그런가?"

이맥이 잠시 걸음을 멈추고 묘한 표정을 지으며 되물었다.

"그럼! 그러니까 지금은 사부님 기분을 최대한 맞춰 드리자고. 나중에 발목 잡히지 않게."

"흠… 한번 시도해 볼 만하군. 좋아. 열심히 일하자!"

이맥이 힘이 나는지 고개를 끄떡이고 힘차게 접안대를 걷기 시작했다.

접안대 끝에는 작지만 화려한 배 한 척이 머물러 있었다.

"술과 음식이 왔습니다."

이맥과 소의가 배 앞에서 큰 목소리로 소리쳤다.

"제시간에 왔구나. 게으름을 피우지 않고."

배 안에서 이공이 이맥을 보며 말했다.

순간 이맥이 움찔하는 듯했지만 이내 얼굴에 미소를 지으며 말했다.

"하하, 당연하지요. 이런 일에 게으름을 피울 수 있나요. 술사님이 특별히 준비하시는 일인데."

"두 분 고생하셨습니다. 짐을 올리시고 잠시 쉬세요. 노는 제가 젓도록 하지요."

무한이 이맥과 소의를 보며 말했다.

그러자 이공이 얼른 고개를 저었다.

"안 될 말입니다. 노는 이 녀석들이 저어야지요. 옷차림도 그렇고……."

이공의 말처럼 이공과 용노, 그리고 무한은 뱃놀이를 하는 유람객의 옷차림을 하고 있었고, 이맥과 소의는 일꾼 차림을 하고 있었다.

누가 봐도 노를 저어야 할 사람들은 이맥과 소의였다.

"물론 그렇지요. 당연히 노는 저희들이 저어야지요. 술사님은 편하게 풍류를 즐기십시오."

이맥이 술통을 배 위에 올리며 말했다.

"너, 왜 이렇게 고분고분한 거냐?"

순순히 말을 듣는 이맥을 보며 이공이 의심스러운 표정으로 물었다. 그러자 이맥이 씩씩하게 대답했다.

"이미 말씀드렸잖아요. 술사님이 특별히 원하신 일인데 당연히 최선을 다해야죠. 자! 그럼 출발합니다. 모두 자리에 앉아주세요!"

이맥이 배 뒤로 걸어가 노를 잡으며 소리쳤다.

제9장

황금성

철썩철썩!

뱃전에 부딪히는 파도 소리가 그리 거칠지 않다. 잠이라도 청하면 빗소리처럼 소담하게 느껴질 수도 있을 정도였다.

그게 만화도의 주변 바다, 송강 하구 앞바다의 특징이었다.

거칠지 않은 바다. 그러면서도 송강에서 밀려 내려오는 강물로 인해 언제나 새로운 흐름이 일어나는 곳이 만화도 앞바다였다.

민물과 바닷물이 교차하며 만들어내는 물색 역시 절경으로 알려졌다.

그래서 그 풍경을 구경하거나, 혹은 만화도에 서 있는 세상에서 가장 화려한 성(城)이라는 황금성을 구경하기 위해 배를 타고 만화도 앞바다를 떠다니는 여행객이 적지 않았다.

하지만 그런 여행객의 숫자는 밤바다를 즐기기 위해 나온 유흥객에 비할 바가 아니었다.

밤이 되면 만화도 앞바다는 유흥객을 태우고 나온 수많은 배들로 가득 찬다.

그중 절반은 기녀들을 태우고 있었고, 나머지 절반은 수수하게 술잔을 기울이며 만화도의 밤 풍경을 감상하는 사람들이었다.

밤의 황금성은 낮의 황금성과 비교할 수 없을 만큼 황홀했다.

물론 낮에도 햇볕을 받아 눈부시게 빛나지만, 밤의 황금성은 스스로 만들어낸 빛으로 보석처럼 반짝였다.

형형색색의 등이 황금성 곳곳에서 오묘한 빛을 만들어내고, 그 안에서 사람들이 대낮처럼 움직였다.

그런 황금성과 그 안의 사람들의 모습은 마치 다른 세상에 살고 있는 사람들처럼 보였다.

그래서 유흥객들은 바다에서 배를 타고 눈부신 밤의 황금성을 감상하는 것을 송강 하구 여행의 백미로 꼽았다.

그런 유흥객들 사이에 무한 일행이 탄 배도 있었다.

"정말 대단하긴 하군."

용노가 벌어진 입을 다물지 못하고 중얼거렸다.

"송강 하구 시전의 객관에서 볼 때와는 전혀 다른데요? 별천지라는 말이 이 모습을 두고 생겨난 것 같습니다."

소의가 노 젓는 것도 잊은 채 감탄사를 연발했다.

"세상의 모든 부가 이곳으로 모인다더니 정말 돈 자랑을 제대로 하는군. 그런 사람이 뭐가 부족해서 그렇게 욕심을 낼까? 지금 있는 것으로도 충분할 텐데."

이공이 고개를 갸웃거렸다.

그러자 용노가 말했다.

"아우님, 사람이란 말이야. 일정한 수준까지는 필요에 의해서 재물을 모으지만 어느 순간이 지나면 그 재물에 중독돼서 단지 본능으로 재물을 모은다고 하더군. 권력도 마찬가지 아닌가."

"그런 건가요? 하긴 인간은 그런 동물이기는 하죠."

이공이 고개를 끄떡이며 대답했다.

그런 두 사람에게 무한이 물었다.

"여기까지 오는 것은 수월했는데, 이제 저 안으로 어떻게 들어갑니까?"

오늘 배를 타고 황금성으로 온 것은 무한이 용노와 이공에게 만화도로 들어갈 방법을 만들어달라고 요구했기 때문이었다.

용노와 이공은 일단 유흥객으로 위장해 만화도에 접근한 뒤, 그곳에서 다시 만화도로 들어갈 방법을 찾겠다고 했었다.

사해상가는 황금성을 구경하는 유람객들을 굳이 막지는 않았지만, 유람객을 태운 배들이 만화도에 접근할 수 있는 거리는 정해져 있었다.

세상에서 가장 거대한 부를 쌓은 노백이기에 수많은 원한을 만들었고, 그를 노리는 사람들은 수도 없이 많았다.

그런 자들이 보내는 살수들을 막기 위해 사해상가는 만화도

백 장 안으로는 어떤 배도 들어올 수 없게 막고 있었다.

오늘 밤에도 그렇게 배들의 접근을 막는 사해상가의 무사들이 다섯 척의 배에 나눠 타고 바다의 경계를 지키고 있었다.

"새벽녘에 헤엄쳐 건너시라면 화를 내시겠지요?"

이공이 물었다.

"그건 제가 원하는 바가 아니지요. 전 그가 가장 안전하다고 믿는 시간에 그를 만나겠다고 하지 않았습니까."

무한이 대답했다.

"그러셨지요."

이공이 순순히 대답했다.

"설마 그 방법을 찾지 못하신 겁니까?"

무한이 되물었다.

"그런 것은 아닌데… 조금 고생을 하셔야 할 수도 있습니다."

"방법이 있다면 고생쯤이야……."

무한이 상관하지 말라는 듯 말했다.

그러자 이공이 다행이라는 듯 다시 말을 이었다.

"송강 하구에 묵방이라는 곳이 있습니다. 주로 주루에서 나오는 오물을 처리하는 곳인데, 그곳에서 황금성의 오물 역시 수거를 합니다. 황금성은 워낙 규모가 커서 하루에도 여러 번 묵방의 배들이 오물을 실어 나르기 위해 황금성으로 가지요."

"그 배를 타라는 겁니까?"

무한이 물었다.

"예."

이공이 대답했다.

"하지만 황금성의 사람들이 묵방의 배를 모는 자들을 알 것 아닙니까?"

무한이 물었다.

그러자 이공이 대답했다.

"묵방의 배는 오물을 실어 나르는 배치고는 크기가 작습니다. 배에 타는 선원도 겨우 셋이지요. 황금성은 그 화려함과 고귀함에 작은 흠이라도 나길 원치 않지요. 그래서 더러운 오물을 실어 나르는 배가 섬에 드나드는 것이 사람들 눈에 띄지 않기를 원해서 크기를 규제한다고 합니다. 그것이 묵방의 오물선이 하루에도 여러 번 황금성을 찾는 이유입니다."

"그래서요?"

무한이 다시 물었다.

"그래서 배를 모는 자들을 구워삶는 게 어렵지 않았다는 뜻이지요. 그중 한 척에 탄 셋만 구워삶으면 되니까요. 조금 있으면 묵방의 배가 우리 배를 스쳐 지나갈 겁니다. 그때 술사께서 그 배에 오르시면 됩니다."

"사람을 바꿔치기하면 당장 황금성 사람들이 알아볼 것 아닙니까?"

무한이 자신이 한 질문의 대답이 안 된다는 듯 다시 물었다.

"사람을 바꾸는 것이 아니라. 술사께서는 묵방의 배에 숨어 있으시는 겁니다. 이후에 배가 황금성에 도착해 오물을 실을 때 슬며시 황금성으로 스며들어 가시는 거죠. 그건 충분히 가능하시지 않습니까? 오물을 싣는 배라 황금성 사람들도 배 안을 조사하지 않는다고 하더군요. 물론 냄새는 좀 나겠지만……."

이공이 말했다.

"그게 두 분이 생각하신 최선의 방법이셨습니까?"

"다른 시간대라면 다른 방법도 있겠지만, 이렇게 사람들이 붐비는 시간에는……."

이공이 변명하듯 말했다.

"나중에라도 묵방의 선원들이 입을 열지 않을까요?"

옆에서 이맥이 물었다.

"그럴 리는 없을 거다. 만약 그 사실을 발설하는 순간 황금성은 묵방과의 거래를 끊을 거고, 묵방의 방주는 선원들의 목을 벨 테니까. 묵방의 방주가 무척 사나운 자거든. 그래서 항구가 아니라 이곳에서 술사님을 태울 만큼 조심하는 거고."

이공이 대답했다.

"그래도 세상에 사람을 믿을 수 있나요. 사해상가에서 강하게 조사하기 시작하면……."

이맥이 불안한 듯 말했다.

"그래도 상관없어. 그들은 우리를 찾지 못할 테니까. 그래서 이런 준비를 한 것 아니냐?"

이공이 두 팔을 들어 보였다.

그의 말대로 이공의 모습은 평소와는 달랐다. 옷은 평소보다 화려하고, 머리에는 부유한 재력가가 쓰는 건을 쓰고 있었다.

더군다나 얼굴도 약간 변형을 주어 한두 번 만난 사람은 그가 예전 모습으로 돌아가면 알아볼 수 없을 것이 분명했다.

"그런데 그 사람들은 왜 우리가 황금성에 들어가려는지 궁금해하지 않던가요?"

소의가 물었다.

그러자 이공이 대답했다.

"아마 대담한 도둑쯤으로 생각할걸?"

"도둑… 요?"

"응, 내가 우린 주로 큰 성이나 상가의 주인들을 털어온 사람들이라고 했거든."

이공이 어깨를 으쓱하며 대답했다.

그러자 용노가 입을 열었다.

"졸지에 술사님을 위대한 도둑님으로 만들어서 죄송하지만. 황금성에 잠입할 마땅한 이유가 없으니 그리 말한 것이겠지요. 그리고… 사실 이 계획은 얼핏 설렁설렁 만든 것 같지만 자세히 살펴보면 우리의 정체가 드러날 구멍이 거의 보이지 않는 괜찮은 계획입니다."

용노가 자신들의 계획이 결코 허술하지 않다는 것을 강조하려는 듯 무한을 보며 말했다.

"어떻게든… 들어가면 되는 일이긴 한데. 그런데 나올 때의 계획은 뭡니까? 묵방의 배를 타고 나오기에는 시간이 너무 촉박한데."

무한이 물었다.

그러자 용노가 무한에게 길고 가는 대롱을 하나 건넸다.

"나오실 때는 물속으로 헤엄쳐서 나오시면 됩니다. 이 대롱을 입에 물고 그 끝을 물 밖으로 내미시면 아마 이백여 장 정도는 잠수한 채 이동하실 수 있을 겁니다. 그때가 되면 이 밝은 빛도 거의 사라지고 없을 테니까요."

용노의 말에 무한이 어이없는 표정으로 용노와 이공을 바라봤다.

그러자 두 사람도 자신들의 계획이 너무 단순하다고 생각했는지 머쓱한 표정을 지으며 무한의 시선을 피했다. 그러면서도 용노가 한마디 말을 덧붙였다.

"사실… 황금성을 탈출하는 것만 생각하면 술사님께는 이런 계획도 필요 없지 않습니까? 그냥 배 한 척 뺏어 타고 유유히 바다를 건너시면 되지요. 육지에 도착해서야 뭐 놈들에게 추격당할 일도 없고 말입니다. 술사님의 풍신보를 생각하면……."

그러자 이맥이 옆에서 맞장구를 쳤다.

"전 그게 좋을 것 같은데요? 어차피 노백이란 늙은이에게 두려움을 심어주기 위함이라면 유유히 배를 타고 빠져나오시는 것도……."

이맥의 제안에 무한의 표정도 변했다. 생각해 보면 들어갈 때야 은밀히 들어가 노백을 만나야 하지만 나올 때는 어떻게 나오든 상관이 없는 일이었다.

"하긴 굳이 물속에 들어갈 필요는 없을 것 같군요."

무한이 생각 끝에 고개를 끄떡였다.

"하지만 굳이 위험을 감수하실 필요는……."

이공이 배를 타고 나오겠다는 무한의 생각에 반대하는 의사를 내비쳤다.

그러자 무한이 고개를 저었다.

"잡힐 일은 없을 겁니다. 그리고 만약을 위해 이쯤에서 계속 기다려 주세요. 혹시라도 위험하면 도와주시면 되죠. 그럴 일은 없겠지만."

"…알겠습니다."

이공이 어쩔 수 없다는 듯 대답했다.

그러자 무한이 하늘을 보며 중얼거렸다.

"그리고 저 녀석이 아마도 제법 도움이 될 겁니다."

무한이 밤하늘에 떠 있는 별들 속에서 풍룡을 바라보며 말했다.

*   *   *

철렁!

이공의 손에서 금화 주머니가 투박한 사내의 손에 건네졌다.

"나머지는 일이 끝난 후에."

이공의 말에 사내가 고개를 끄떡였다.

"그럽시다. 그런데 갈 사람이 누구요?"

사내는 묵방의 사람으로 오랫동안 황금성을 드나들면서 황금성의 오물을 날라온 자였다.

"준비하게."

이공이 짐짓 무한이 있는 곳을 보며 말했다.

그러자 작은 선실에서 무한이 얼굴을 검은 면사로 가린 채 모습을 드러냈다.

"이 사람이 갈 걸세."

이공이 묵방의 사내에게 말했다.

그러자 사내가 무한을 한 번 흘깃 보고는 투박하게 말했다.

"어서 타시오. 오래 서 있으면 의심을 살 것이오."

사내의 말에 무한이 훌쩍 묵방의 오물선에 올라탔다. 그 순간 무한의 코끝으로 퀴퀴한 오물 냄새가 밀려들어 왔다.

"후우!"

무한이 자신도 모르게 깊게 숨을 내쉬었다. 그러자 배에 타고 있던 또 다른 사내가 말했다.

"처음엔 그래도 금세 익숙해질 것이오. 당신의 자리는 여기요."

사내가 커다란 오물통 아래쪽 갑판을 뜯듯이 열었다. 그러자 오물통 아래 작은 공간이 모습을 드러냈다.

"여길 들어가란 말이오?"

무한이 사내에게 되물었다.

"가장 안전한 곳이고, 유일하게 당신을 태울 수 있는 곳이기도 하고. 싫으면 말고! 우리도 큰 위험을 감수하는 것이니까."

사내의 심드렁한 말에 무한이 이공을 바라봤다. 그러자 이공이 재빨리 무한에게 말을 건넸다.

"조심해서 다녀오게."

그 말을 남기고 이공이 무한의 시선을 외면한 채 묵방의 사내에게 말했다.

"잘 부탁하오."

"들어가는 건 걱정 마시오. 그런데 어떻게 나올 거요? 보물을 훔치겠다니 짐도 있을 텐데?"

"그건 신경 쓰지 마시오. 나름대로 다 방법이 있으니까."

이공이 냉정하게 말했다.

"뭐… 알겠소. 도움이 필요하면 도와주려 했는데. 이미 방도를 마련했다니 우린 이만 가겠소."

묵방의 사내가 퉁명스럽게 말하고는 동료에게 눈짓을 했다.

그러자 그의 동료 두 사람이 서둘러 노를 젓기 시작했다.

"당신은 빨리 은신처로 들어가고."

사내가 무한을 보며 말했다. 그러자 무한이 어쩔 수 없다는 듯 고개를 저으며 오물통 밑, 좁은 공간으로 몸을 들이밀었다.

"어이! 가까이 오지마!"

오물통 아래 작은 은신처에서도 사해상가 경비 무사들의 목소리가 생생하게 들렸다.

만화도로 접근할 수 있는 배들의 경계선, 일백 장 안쪽의 바다를 지키는 무사들이다.

그들은 전선에 가까운 견고함을 자랑하는 배를 타고 만화도의 바닷길을 촘촘히 지키고 있었다.

하지만 그런 그들조차도 묵방의 오물선에 대해서는 가까이 오기를 꺼려했다.

오물이라는 것은 아무리 깨끗하게 치워도 묘한 냄새를 남기는 것이어서 그 냄새가 옷에 배는 것을 꺼리기 때문이었다.

특히 평소 질 좋은 옷감으로 만든 깨끗한 무복을 입는 사해상가의 호위 무사들에게 묵방의 오물선은 더더욱 가까이 하기 싫은 배였다.

"너무 그러지 마십시오. 이 배에 실리는 오물도 결국 황금성에서 나오는 건데."

묵방 오물선을 움직이는 사내가 퉁명스럽게 대답했다.

"기분 상해 하지 말게. 자네들이 더럽다는 게 아니라 오물선에서 나는 냄새가 좀 불쾌한 거니까. 아무튼 얼른 지나가게."

사해상가의 무사들이 배를 점검하기는커녕 얼른 지나가기를 재촉했다.

'정말 안전하긴 하군.'

무한이 밖에서 들려오는 대화를 들으며 실소를 머금었다.

이공과 용노가 엉뚱한 계획을 만들기는 했지만, 그 효과가 생각보다 좋기 때문이었다.

"그럼 수고하십시오. 나중에 포구 시전으로 나오시면 한 번 들르시고!"

"알겠네. 그때 보세."

호위 무사의 목소리가 들리는 와중에 배의 속도가 다시 높아졌다. 그리고 그때부터는 아무런 방해도 없이 황금성을 향해 빠르게 질주했다.

퉁퉁!

배의 속도가 줄어든다 싶은 순간 갑자기 무한이 들어 있는 은신처 입구를 묵방의 사내가 두드렸다.

그러더니 작은 입구가 조용히 열렸다.

"나오쇼."

묵방의 사내가 무한을 불러냈다.

무한이 조심스럽게 은신처 밖으로 나왔다. 그러자 멀리서 보던 황금성의 모습과 조금 다른 풍경이 눈에 들어왔다.

멀리서 볼 때 황금성은 어느 곳이나 화려하게 빛났다. 수천 개의 등을 밝힌 황금성의 아름다움을 구경하기 위해 바다 위에 배가 가득할 만큼.

그런데 묵방의 오물선이 향하는 곳은 그런 화려한 빛이 없었다.

오히려 마치 지하로 내려가는 것처럼 어둡고 칙칙했다.

'역시 오물을 다루는 곳이라 그런 모양이군.'

무한이 내심 눈앞에 나타난 생경한 풍경에 당황하는 사이 묵방의 사내가 입을 열었다.

"저기 다리 보이쇼?"

사내의 말에 무한이 좀 더 머리를 들어보니 배가 향하는 앞쪽에 작은 돌다리가 보였다.

"다리를 지나면 바로 오물 처리장이 나오게 되오. 그곳에는 당연히 사해상가의 사람들이 나와 있소. 그러니까 그들의 눈에 띄지 않으려면 다리를 지날 때 배에서 내려야 하오, 그 이후의 일은… 알아서 하시고."

다리까지가 묵방의 배가 데려다줄 수 있는 최대치라고 설명하는 사내의 말을 들으며 무한이 재빨리 다리 주변을 살폈다.

그러나 다리 주변 어디에도 딛고 설 지면이 존재하지 않았다. 다리는 양쪽 끝을 제외하면 온전히 바다 위에 떠 있었다.

"내릴 곳이 마땅치 않구려."

무한이 말했다.

"그건 우리도 어쩔 수 없소. 바다로 뛰어드는 수밖에……."

사내가 자신들도 어떻게 해줄 수 없다는 듯이 말했다.

그러자 무한이 고개를 끄떡였다.

"알겠소. 다리에서부터는 내가 알아서 하겠소."

"…괜찮겠소? 어려우면 그냥 은신처에 머물다가 돌아가는 것도 방법인데."

사내가 무한에게 선심 쓰듯 물었다. 그러나 무한은 사내의 제한을 거절했다.

"고맙지만 난 황금성으로 들어가겠소."

"후우… 제발 바로 들키지는 마시오. 그럼 우리도 곤란해지니까."

사내가 갑자기 겁이 나는지 나직하게 말했다.

"걱정 마시오. 그런 일은 없을 테니."

무한이 담담하게 대답했다.

무한을 태운 묵방의 배가 속도를 늦추기 시작했다. 돌다리가 바로 눈앞에 다가왔다.

무한이 뱃머리가 돌다리 아래로 들어가는 순간 자세를 낮췄다. 그러다가 배가 돌다리를 지나는 순간 가볍게 몸을 떠올렸다.

"엇!"

갑작스러운 무한의 행동에 묵방의 사내들이 화들짝 놀랐다. 무한이 조용히 바닷물 속으로 들어가는 것이 아니라 허공으로 뛰어올랐기 때문이었다.

그렇게 물에 뛰어들면 큰 소리가 날 것이고, 당연히 그들을 기다리고 있는 사해상가 사람들의 관심을 끌 것이 분명했다.

그런데 다음 순간 그들은 다시 한번 놀란 음성을 흘렸다.

"아⋯⋯!"

그들의 눈에 어느새 다리 밑에 박쥐처럼 붙어 있는 무한의 모습이 보였다.

"뛰어난 도둑이라더니 정말 재주가 좋군."

무한을 이곳까지 데려온 묵방 사내가 감탄한 듯 중얼거렸다.

그사이 배는 순식간에 다리를 완전히 빠져나가고 있었다.

"여어! 어서 오게."

무한은 묵방의 배가 다리를 지나친 직후 조금 떨어진 곳에서 그들을 반기는 사해상가 사람들의 목소리를 들으며 조금씩 이동하기 시작했다.

돌로 만든 다리라 그 아래쪽에 손과 발을 의지할 공간이 적지 않았다.

"얼마나 됩니까?"

무한을 데려온 사내의 목소리가 들린다.

"이번에는 좀 많네. 싣는 데 시간이 좀 걸릴 거야."

"아이고, 오늘 밤은 고생하게 생겼네."

"투덜거리지 말게. 일이 끝나면 약간의 은화를 조금 더 챙겨줄 테니."

"아이고 이거 고맙습니다.!"

능글맞은 사내의 목소리를 들으며 무한이 석교 남쪽 끝 굵은 돌기둥 아래 도착했다.

그리고 다음 순간, 그의 모습이 거짓말처럼 사라졌다.

밤에 더 찬란하게 빛나는 황금성에서도 조금 더 특별하게 신비한 공간이 있다.

하지만 그 신비함이 밖으로 드러나지는 않는다. 다른 곳과 비슷한 빛을 내뿜을 뿐이지만, 그 안으로 들어가면 이 세상에 존재하는 장소가 아닌 것처럼 느껴지는 공간이었다.

은은한 보석들이 만들어내는 눈부시지 않은 고고함, 그리고 벽돌 하나조차도 시장에 가지고 나가면 금과 같은 값을 받을 수 있는 귀한 석재로 꾸며진 실내, 부드러운 꽃향기와 청량한 숲의 냄새가 함께 어우러지는 곳이었다.

그 공간은 오직 한 사람을 위해 존재했다.

사해상가의 주인 노백이 바로 그 공간의 주인공이었다.

황금성의 윗부분에 위치한 이곳은 그의 집무실이나 잠을 자는 거처는 아니었다.

이곳은 오직 그만의 놀이터 같은 곳이었다. 노백은 자신이 가진 재력이 궁금할 때면 이 공간으로 와서 황금성 주변의 바다와 멀리 보이는 송강 하구를 바라봤다.

그러면 그는 자신이 이룬 모든 것을 온몸으로 느끼는 기분이 들었다. 물론 그런 공간이 또 한 군데 있기는 했다.

황금성 깊숙한 지하에 있는 비밀 석실, 세상에서 가장 진귀하다는 유물이나 보석들을 모아둔 곳, 하지만 그 지하 석실과 이 공간의 느낌은 전혀 달랐다.

지하 석실은 귀한 유물들이 보관되어 있을 뿐, 머물러 즐기는 공간은 아니었다.

그래서 노백이 즐겨 찾는 곳은 지하 석실보다는 이 신비한 빛을 만들어내는 공간이었다.

세상의 그 어떤 장소보다 화려한 이곳을 노백은 극락전이라고 불렀다.

그의 말대로 이곳을 방문하는 사람은 이곳이 인간 세상이 아닌 극락의 한 곳이라고 생각할 수도 있었다.

노백은 오늘 그곳에서 그가 이룬 사해상가의 세상을 바라보고 있었다.

"흠……."

노백이 옥으로 만든 잔에 든 미주를 한 모금 입에 머물며 나직하게 침음을 냈다.

그러면서 고개를 주억거려 뭉친 목 근육을 풀었다.

"최근 들어 너무 신경을 많이 썼나 보군. 두통이 있는 것을 보니… 하긴 평생 이런 일을 겪은 적은 없으니까. 후후… 이왕사후가 파나류에서 패망한 것보다 더 큰 충격이야."

노백의 고개를 저으며 손에 든 잔을 다시 입에 가져갔다. 그리고 이번에는 술잔에 든 술을 모두 마셔 버렸다.

탁!

술잔을 비운 노백이 잔을 식탁 위에 내려놓고 자리에서 일어났다.

창 쪽으로 다가간 노백이 고개를 내밀어 송강 하구의 그가 만든 세상을 바라봤다.

"어떤 일이 있어도 내게서 이 화려한 세상을 빼앗아갈 수는 없다. 그럴 수 있는 사람은 이 세상에 존재하지 않아. 천록회… 그놈들이 아무리 발악을 해도 결국 내 먹잇감에 지나지 않는다. 이제부터 차근차근 놈들을 사냥하겠어. 후우… 그 전에 먼저 몸을 풀어야겠군. 있느냐?"

노백이 뒤도 돌아보지 않고 소리쳤다.

"옛, 가주!"

"안마를 좀 받아야겠다. 초향을 불러라!"

"극락전으로 부를까요?"

보이지 않는 곳에서 물음이 들렸다.

"그래, 이곳으로 불러. 오늘은 이곳에서 자야겠다."

"예, 가주!"

보이지 않는 존재가 대답을 한 후 더 이상 아무 목소리도 들리지 않았다.

그러자 노백이 이번에는 술병을 병째로 손에 들고 술을 한 모금 마셨다.

"왠지 서늘하군. 아무래도 안마가 끝난 후 초향에게 잠자리 시중까지 들라 해야겠어. 젊은 아이의 온기가 그립군."

노백이 한 손으로 써늘해진 팔을 문지르며 중얼거렸다.

덜컹!

극락전의 문이 열렸다. 미세한 발소리가 들렸다.

노백은 여전히 술병을 손에 들고 창가에 서 있었다.

"왔느냐? 침상에서 안마를 받을 테니 그쪽에 준비하거라."

노백이 뒤도 돌아보지 않고 말했다.

"알겠습니다, 가주님!"

노백의 말에 젊은 여인의 대답이 되돌아왔다.

그리고 발자국 소리가 침상 쪽으로 이어졌다.

한동안 침상 쪽에서 안마를 준비하느라 사부작거리는 소리가 들렸고, 그동안 노백은 조금 더 황금성과 송강 하구의 밤바다를 즐겼다.

그리고 더 이상 침상 쪽에서 소리가 들리지 않자 노백이 물었다.

"준비가 끝났느냐?"

"……."

이상하게도 아무런 대답이 들리지 않는다.

그건 정말 이상한 일이었다. 미치지 않고서야 감히 사해상가에서 노백의 물음에 대답하지 않을 사람은 없다.

특히 안마를 하기 위해 온 초향의 경우 노백이 아끼는 안마사여서 노백과 이런저런 이야기를 나눌 정도로 가까운 여인이었다.

그런 여인이 침묵을 지킨다는 것은 확실히 이상한 일이었다.

노백이 한순간 싸늘한 기운을 느끼고 천천히 고개를 돌렸다. 그리고 한순간 술병을 들고 있던 손을 내려뜨렸다.

그의 손에 들려 있던 술병이 손을 벗어나 떨어지려다가 그 주둥이가 겨우 손가락에 걸려 떨어지는 것을 면했다.

"누구냐?"

노백이 움직이지 않은 채 물었다.

그러자 여인 초향이 말없이 앉아 있는 침상 옆에서 흰 천으로 얼굴을 가린 불청객이 천천히 노백을 향해 걸어왔다.

팟!

한순간 노백에게 다가오던 불청객이 사라졌다. 그리고 다음 순간 노백 바로 앞에서 한 줄기 빛이 번쩍였다.

삭!

노백이 벼락처럼 나타난 빛이 자신의 손목을 자르는 듯한 느낌을 받고 재빨리 팔을 들어 올리며 옆으로 움직였다.

스슥!

노백의 움직임 역시 놀라웠다.

기습을 당한 사람답지 않게 유연한 빠름을 자랑하는 노백이었다.

그렇게 노백이 움직이는 순간 그의 손에 들려 있던 술병의 목이 섬광에 깨끗하게 베어지면서 술을 담고 있는 몸통 부분이 바닥으로 떨어져 내렸다.

그런데 바닥에 떨어져 산산조각이 날 것 같던 술병이 한순간 번쩍이는 검날 위에 새처럼 내려앉았다.

검의 주인이 술병을 검에 올린 채 들어 올려 손으로 집어 들며 말했다.

"설마 내가 가주를 벨 능력이 없어서 술병의 목을 베었다고 생각하지 않기를 바라겠소."

불청객이 검신 위에 올라앉은 술병을 노백 쪽으로 내밀며 말했다.

침묵… 짧지만 아주 길게 느껴지는 침묵이 흘렀다.

"날 베지 않을 거라면… 날 만나러 온 목적이 무엇이냐?"

한참 동안 무한을 바라보다가 무한이 건넨 술병을 집어 들면서 노백이 물었다.

"몇 가지 물어볼 말이 있어서……."

무한이 대답했다.

"…단지 몇 가지 묻기 위해 죽음을 자처했다는 것은 믿기 어렵군."

노백이 고개를 저으며 말했다. 무한에게 다른 속셈이 있다고 확신하는 모습이다.

"큰 오해를 하는구려. 난 전혀 목숨의 위협을 느끼지 못하는데… 오히려 황금성을 구경할 수 있어서 즐거웠소."

스릉!

무한이 아예 검을 검집에 넣고 애초에 노백이 서 있던 창가에 기대서며 말했다.

그의 행동은 정말 어떤 위험도 느끼지 않는 사람처럼 자연스러웠다.

"좋구려. 극락전이라더니 정말 다른 세상에 온 것 같구려."

무한이 진심으로 감탄한 듯 말했다.

그런 무한을 바라보던 노백이 살짝 볼을 씰룩이더니 갑자기 입으로 피리 소리를 만들어냈다.

삐릿!

작은 피리 소리가 극락전을 타고 사방으로 퍼져갔다.

그러자 검은 무복을 입은 두 명의 사내가 혼령처럼 극락전에 모습을 드러냈다.

"……?"

그런데 홀연히 나타난 두 사람을 보고 놀란 것은 무한이 아니라 그들을 부른 노백이었다.

"왜 너희들뿐이냐?"

노백이 물었다.

그러자 두 무사가 자신들도 영문을 모르겠다는 듯 서로를 바라봤다.

"문밖에 있던 자들은 들어오지 못할 거요."

무한이 무사들 대신 대답했다.

"설마… 혼자 온 것이 아니었구나!"

노백이 굳어진 표정으로 소리쳤다.

한 사람이라면 놀라도 여러 명의 살수가 왔다면 무척 위험한 상황이라고 생각했던 것이다.

당장 자신을 지켜주던 절정의 무사 십여 명 중 지금 극락전에 나타난 무사는 두 명밖에 없었다.

"아니, 나 혼자 왔소. 한 가지 충고를 하겠소. 당신은 이 황금 성과 당신의 호위 무사들이 당신을 완벽하게 지켜줄 거라 생각하겠지만, 어떤 사람들에게는 당신의 보호막은 바람을 막으려 허공에 쳐놓은 그물에 지나지 않소. 수많은 바람이 술술 통과하는… 내가 당신 앞에 있는 것이 바로 그 증거요."

"대체 무슨 수작을 부린 것이냐?"

정상적인 방법으로는 절대 극락전을 지키는 자신의 호위 무사들을 제압할 수 없을 거라 확신한 노백이 무한에게 소리쳐 물었다.

"수작이란 없소. 단지 그들이 충분히 강하지 못했을 뿐."

"그들은 천금의 금자로 사 온 뛰어난 무사들이다. 결코 한 사람의 힘으로 제압할 수 없는… 네놈은 분명 사악할 수법을 쓴 것이 분명해. 도대체 정체가 무엇이냐?"

노백이 다시 물었다.

그러자 무한이 잠시 노백을 바라보다 허리춤의 검집에 들어간 검을 다시 잡았다.

"세상에는 꼭 자신의 눈으로 봐야 믿는 사람이 있지. 특히 상인들의 경우 자신의 눈으로 물건을 확인하는 습성이 있다는 것을 알고 있소. 그래서 보여주겠소. 당신을 지키는 자들이 얼마나 허약한지."

말을 마치는 순간 무한이 그 자리에서 사라졌다.

팟!

"흡!"

노백을 지키는 무사들은 고된 수련을 통해 자신만의 완성된 무공을 지닌 고수들이었다. 노백의 말처럼 그들 한 명 한 명이 천금의 가치를 지니고 있었다.

그럼에도 불구하고 두 사람의 입에서 초보자와 같은 다급한 음성이 흘러나왔다. 단언컨대 그들은 이런 빠름을 경험한 적이 없었다.

창가에 서 있던 무한이 한순간에 거리를 무시하고 그들 앞에 나타났기 때문이었다.

뒤를 이어 무한의 검이 호위 무사 한 명의 한쪽 다리를 베어
냈다.

삭!

날카로운 파열음과 함께 허벅지를 베인 호위 무사가 무릎을
꿇었다.

쿵!

"윽!"

단단한 청석 바닥에 무릎을 꿇은 무사의 입에서 신음 소리가
터져 나왔다.

"놈!"

그 순간 놀라 뒤로 물러났던 다른 호위 무사가 고함 소리와
함께 무한의 등에 검을 찔러 넣었다.

순간 무한이 슬쩍 몸을 비틀며 왼손을 앞으로 뻗어냈다. 그러
자 그의 손가락 끝이 저릿하더니 가는 빛줄기가 자신을 찔러오
는 적을 향해 무서운 속도로 뻗어나갔다.

팟!

"억!"

무한의 손가락에서 뻗어나간 빛줄기가 검을 든 상대의 어깨를
관통하면서 호위 무사의 입에서 격한 신음 소리가 터져 나왔다.

쩔렁!

그리고 뒤를 이어 어깨의 힘줄이 다쳤는지 호위 무사가 그대
로 바닥에 검을 떨어뜨렸다.

그 순간 무한이 다시 잔영을 남기며 사람들의 시야에서 사라

졌다.

투둑!

무한이 거의 동시에 큰 부상을 입은 두 무사의 혈맥을 제압해 그들의 움직임을 막아버렸다.

"크흐……."

혈맥을 제압당한 두 무사의 입에서 불편한 신음 소리가 흘러나왔다.

그런 두 무사를 보며 무한이 말했다.

"지혈을 해주겠소. 얼마간 휴식을 취하면 상처는 나을 것이오. 무공도 다시 사용할 수 있소. 물론 당신들이 황금성에 남을지는 알 수 없지만."

노백 같은 인물이 자신을 지키는 데 실패한 호위 무사들을 그대로 놓아둘 리 없었다.

아마도 호위 무사들은 몸이 회복되기도 전에 황금성을 떠나야 할 수도 있었다.

무한이 품속에서 가지고 다니던 가루약을 꺼내 두 무사의 상처에 뿌렸다.

"음……."

"으음……."

두 사람이 거의 동시에 신음을 토했다.

"통증이 강한 약재기는 해도 효과는 좋소. 피가 멈추고 통증도 곧 사라질 것이오."

간단하게 두 사람을 치료한 무한이 몸을 돌려 다시 노백 앞으로 걸어갔다.

"후우……."

노백이 깊게 한숨을 내쉬었다.

그는 자신이 일생일대의 위기에 처했다는 사실을 분명하게 실감하고 있었다. 그는 자신의 눈앞에서 자신의 사람들이 이렇게 쓰러지는 일을 경험한 적이 없었다.

그리고 더 중요한 것은 이젠 그의 부름에 달려올 사람이 아무도 없다는 사실이었다.

일이 이렇게 되고 보니 극락전을 경계하는 방법에 대한 후회가 밀려왔다.

그는 극락전을 외부로부터 철저하게 분리시키기 위해 황금성의 다른 곳과 달리 많은 호위 무사를 두는 대신 천금을 들여 불러들인 소수의 호위 무사들에게 경비를 맡겼다.

그런데 자신이 믿었던 천금의 무사들이 쓰러지자 정작 그 누구도 부를 수 없는 지경에 빠진 것이다.

물론 지금이라도 창밖으로 소리를 치면 금세 황금성의 수백 무사들이 달려올 테지만 경악할 만한 능력을 지닌 이 불청객이 그렇게 하도록 내버려 둘 리 없었다.

털썩!

노백이 마치 모든 것을 포기한 것처럼 의자에 엉덩이를 붙이고 앉았다.

그리고는 목이 잘린 술병을 들어 술잔에 술을 따른 후 단번에

들이켰다.

"앉으시오."

술을 입에 털어넣은 노백이 무한에게 맞은편에 앉기를 권했
다.

순간 무한은 이제야말로 진정한 싸움이 시작되었다는 것을
깨달았다.

노백은 자포자기한 것이 아니라 자신이 가장 자신 있는 방법,
사람을 다루는 능력으로 무한을 상대하려 하고 있는 것이다.

'이각? 그 안에 이곳을 떠나야 한다. 이자와의 대화에 휘말려
들면 자칫 이곳을 떠날 기회를 잃을 수도 있어.'

무한이 노백이 권하는 대로 그의 맞은편에 자리를 잡고 앉으
며 생각했다.

노백과 같은 자는 상대와 대화를 하는 와중에도 수많은 변수
를 만들어낼 수 있었다. 그것이 뛰어난 상인들만이 가지고 있는
특별한 능력이었다.

"그래, 묻고 싶은 게 무엇이오?"

노백이 여전히 체념한 듯한 표정으로 물었다.

그러자 무한이 물끄러미 노백을 바라보다 불쑥 물었다.

"대체 당신이 궁극적으로 원하는 것이 무엇이오?"

"…무슨 말인지 잘 모르겠는데?"

노백이 정말 무한이 묻는 말의 의미를 이해하지 못하겠다는
듯 되물었다.

그러자 무한이 다시 물었다.

"이렇게 거대하고 화려한 성을 가지고 있으면서, 천하에서 가장 부유한 단 한 명의 사람이면서, 더 원하는 것이 있을까 싶어서 말이오. 그래서 알고 싶은 것이오. 가주의 인생에서 정말 원하는 것이 무엇인지……."

"…참 엉뚱한 질문이구만. 설마 이렇게 들어와서 내 목을 치는 것이 아니라 내 인생의 꿈을 듣고 싶다니."

"엉뚱한 질문이 아니오. 그걸 들어야 그대가 지금까지 한 일들이 설명될 수 있을 것 같아서 말이오."

"내가 한 일? 어떤……?"

"그거야 당신이 더 잘 알 것이고."

무한이 노백의 대화술에 말려들지 않으려고 가능한 짧게 대답했다.

그러자 노백이 잠시 생각에 잠겼다가 입을 열었다.

"글쎄, 내가 평생 해온 일이라는 것이 송강 하구를 세상에서 가장 번성한 시장으로 만든 것이 전부인 것 같은데. 내가 한 모든 일들은 그걸 위해 한 것이고……."

노백이 평범한 대답을 내놨다.

그러자 무한이 다시 물었다.

"셋째 아들을 오족의 사위로 보낸 것 역시 말이오?"

"…오족은 무산열도 북동부에 거대한 시장을 만들 저력이 있는 곳이니까."

"그들은 상인이라기보다 강한 전사들을 키워내는 무력 세력이오. 스스로 왕국을 자처하기 시작했고……."

"상권은 언제나 권력과 공생하니까."

"이왕사후와의 관계처럼 말이오?"

"뭐… 그렇다고 할 수 있지."

노백이 고개를 끄떡였다.

사실 무한은 그가 철사자 무곤의 유물에 그토록 집착한 이유를 묻고 싶었다.

그러나 그 질문을 하는 순간 무한 자신이 철사자와 연관이 있는 사람이라는 단서를 주는 것이기 때문에 차마 그 질문을 하지 못하고 있었다.

그래서 그는 다른 질문들을 통해 그 이유를 짐작해 보려 하고 있었다.

하지만 노백은 심리전에 있어서는 거의 완벽한 사람이라서 좀체 틈을 보이지 않고, 평범한 대답들로 무한의 시간을 허비하게 만들고 있었다.

그래서 무한도 노백이 예상치 못하는 질문을 던져 그의 심기를 흔들었다.

"십이신무종과의 관계는 어떻소? 이왕사후와는 좀 다를 텐데?"

제10장

감춰진 제국의 흔적

"위험한 질문을 하는군."

십이신무종에 대한 이야기가 나오는 순간 노백의 표정과 눈빛이 변했다.

자포자기함을 가장해 흐트러진 모습을 보이던 노백이 한순간 잘 벼려진 검처럼 날카로운 안광을 선보인 것이다. 그의 눈빛이 상인이 아니라 전사의 눈처럼 번쩍였다.

그런데 무한은 그런 노백의 변화를 보고서야 내심 안도의 한숨을 내쉬었다.

노백이 생각보다 강한 무공을 가진 자일 수 있다는 것은 이미 예상한 일이었다.

그런데 노백은 무한을 만난 후 한순간도 자신의 무공을 드러내지 않았다. 그건 마치 감춰진 칼처럼 위험한 것이었다.

상대의 무공 수준을 알지 못하는 상태에서는 어떤 일이 벌어질지 아무도 예상할 수 없기 때문이었다.

만약 노백의 무공이 무한에게 쉽게 패하지 않을 정도라면, 노백은 무한이 생각한 이각의 시간 이상 무한을 극락전에 붙들어둘 수도 있었다.

그런데 노백이 자신의 진면목을 드러내는 순간, 무한은 본능적으로 그의 능력을 가늠할 수 있었다.

'강하지만 날 잡아둘 정도는 아니고… 베자면 못 벨 것도 없다.'

노백은 예상처럼 강한 무공을 가지고 있었지만, 그렇다고 그가 천록항에서 상대했던 신무종의 고수들을 훨씬 능가할 것 같지는 않았다.

그렇다면 무한은 어떤 경우라도 황금성을 벗어날 자신이 있었다. 그리고 그런 자신감이 그에게 여유를 주었다.

"신무종과의 관계를 묻는 질문이 위험하다는 것은 역시 그들이 사해상가와 특별한 관계를 맺고 있다는 것을 인정한다는 뜻이겠구려."

무한의 덤덤한 물음에 노백이 눈빛이 살짝 흔들렸다.

"알 수 없군. 그대가 어떤 사람인지… 종잡을 수가 없어."

노백이 한 손으로 목덜미를 쓰다듬으며 말했다.

"나도 그렇소. 솔직히 가주가 어떤 사람인지 모르겠소. 알려진 대로 육주 제일의 상인이란 것이 전부인 건지… 아니면 이왕 사후와 같은, 자신만의 영지를 가진 군림자가 되고 싶은 건지. 그것도 아니면… 철사자 무곤이나 독안룡 탑살 같은 영웅이 되고 싶은 건지. 또 그것도 아니면 십이신무종의……."

무한이 말을 끝까지 하지 않고 노백을 바라봤다.

"뒷말을 하지 않는 것은 신무종까지 들어가기에는 그대도 두려움이 있다는 뜻이겠지?"

노백이 한순간 대화의 승기를 잡았다는 표정으로 물었다.

그런데 무한의 반응이 다시 노백을 당황하게 만들었다.

"그럴 리가 있겠소. 두려운 것은 내가 아니라 십이신무종이겠지. 정말 그들이 당신을 꼭두각시로 부리고 있는 것이라면, 그 사실이 세상에 알려지는 순간 그들은 세상 위에 군림하는 고고한 존재에서 난잡한 권력 싸움을 벌이는 진흙탕 속의 존재들이 되는 것인데. 그리고 일단 그들이 평범한 인간이 되는 순간… 그들은 오히려 세상을 두려워해야 할 거요. 그들의 무공이 아무리 뛰어나다 해도."

무한이 싸늘하게 말했다.

무한의 말대로 십이신무종의 힘은 속된 세상의 권력 다툼에 관여하지 않는다는 전통에서 나오는 것이었다.

그 전통이 그들을 고귀하게 만들고, 그 고귀함은 세상 사람들로 하여금 감히 그들을 비난하거나 공격할 수 없는 존재로 인식하게 만들었다.

만약 그 고귀함이 가식이라는 것이 드러나는 순간, 그들 역시 이왕사후나 혹은 다른 야심가들처럼 누군가에게 공격당할 수 있는 존재로 변하게 되는 것이다.

"…정말 무서운 말을 쉽게 하는군. 설혹 그대의 추측이 사실이라 해도 그들이 그 이야기가 세상에 퍼져 나가도록 놓아둘 것 같은가? 십이신무종의 힘이라면 그대의 입을 막는 것 정도는 아무것도 아니지. 또한 잠깐 그런 소문이 세상에 돈다 해도 그 소문을 잠재울 저력도 있고."

노백이 무한을 협박했다.

"물론 그럴지도 모르오. 하지만……."

"……."

또 무슨 이야기로 자신을 놀라게 만들려고 하느냐는 듯 노백이 말없이 무한을 바라봤다.

그러자 무한이 말을 이었다.

"세상 모두가 그들을 두려워해도 난 그렇지가 않소. 그래서 여전히 두려워해야 하는 것은 그들이오."

"오만하구나! 그대의 무공이 대단한 것은 알겠지만. 감히 십이신무종이 두렵지 않다니……."

"후후, 오만하다고 생각할 수도 있겠지. 아무튼 그건 내 사정이고. 그래서 사해상가와 십이신무종의 관계는?"

무한이 물었다.

그러자 노백이 말을 하지 않고 침묵을 지켰다.

"내가 당신을 죽일 수 있다는 것을 인정하오?"

무한이 다시 물었다.

"쉽지는 않겠지만… 그럴 능력은 있어 보이는군."

노백 역시 도도한 사람이기는 하지만 그렇다고 명확한 사실을 부정할 인물은 아니었다. 냉정한 판단 역시 상인에게는 필수적인 자질이기 때문이었다.

"거래를 합시다."

갑자기 무한이 시원하게 말했다.

"거래……?"

"십이신무종과 그대의 관계를 말해주면 그대의 목숨을 살려주겠소. 물론! 당신과 나의 만남도 비밀로 하고……."

무한의 말에 노백이 다시 침묵에 들어갔다. 대신 그는 무한의 정체를 알아내겠다는 듯 날카로운 눈으로 무한을 응시했다.

"거래에 대한 답을 지금 당장 해주어야겠소."

턱!

무한이 자신의 검을 탁자 위에 올리며 말했다. 그 단호함이 노백의 시선을 흔들리게 했다. 거래에 응하지 않으면 정말 무한이 자신을 벨 것이라는 두려움을 느낀 것이다.

"대체 왜 신무종을……."

신무종을 적으로 돌리려는 이유를 알 수 없다는 듯 노백이 중얼거렸다.

"뭐 대단한 것은 아니고 단순한 호기심이라고 해둡시다."

무한이 대답했다.

"그 단순한 호기심을 충족시키기 위해 내 목숨을 가지고 흥정을 한다는 것인가?"

"…그렇다고 가주의 목숨이 중요하지 않다는 것은 아니니 오해 마시고. 이제 답을 주시오."

무한이 다시 한번 노백을 다그쳤다.

그러자 노백이 깊게 한숨을 쉬며 입을 열었다.

"후우… 가끔은 냉정한 계산이 아니라 본능에 따라 중요한 결정을 내려야 할 때도 있지. 나에게는 오늘이 그런 것 같군. 당신이 누구인지 뭘 하려는 사람인지도 모르지만, 당신의 질문에 대답을 해야 할 것 같은 느낌이 드니… 좋아, 오늘은 내 본능에 따라 거래를 하겠다."

노백이 결단을 내렸다.

무한이 침묵으로 무한의 다음 말을 기다렸다. 그에게서 그와 신무종의 관계가 흘러나올 때까지.

"천록의 왕국의 탄생과 멸망, 혹라의 등장과 그의 죽음, 그리고 이왕사후의 군림… 이 모든 일이 십이신무종의 의도하에 일어난 일이라면 믿겠나?"

노백의 말에 무한이 심장을 망치로 맞은 것처럼 큰 충격을 받았다.

그러나 무한은 결코 그 감정을 눈에 드러내지 않았다.

그는 여전히 차가운 눈으로 노백을 응시하고 있을 뿐이다.

"놀라지 않는다는 것은… 짐작하고 있었다는 뜻이오?"

"당신 말대로 예감이라는 것이 있으니까. 육주의 역사에서 육주가 멸망할 수 있는 위기가 여러 번 있었는데 그때조차도 그들은 움직이지 않았소. 그건 곧 그 일들이 자신들에게는 영향을 미치지 않는다는 것을 확신하고 있다는 것. 그게 뭘 의미하겠소."

"후후… 현명한 식견까지 가지고 있군."

노백이 무한의 말에 고개를 끄떡이며 말했다.

"그래서 당신의 역할은?"

"그야 뭐… 그들의 일을 약간 돕는 것, 그리고 그들에게 재정적인 지원을 하는 것 정도……"

노백이 어깨를 으쓱하며 말했다. 사실 말을 듣고 보니 그리 큰 비밀일 것도 없는 일이다. 십이신무종이 육주의 일을 세상 뒤에서 움직이고 있다는 사실만 제외하면.

"다른 것은 다 이해가 가는데 흑라의 등장과 죽음에도 십이신무종이 관여했다는 말은 이해가 가지 않는구려. 특히 등장에 관여했다는 것은……."

"음… 그 이야기는 좀 복잡한데. 사실 나도 정확한 내막을 모르는 일이어서. 솔직히 그들이 어떻게 흑라의 탄생에 관여했는지는 나도 모르겠소. 그런데… 이런 이야기를 모두 하려면 아주 많은 시간이 필요할 텐데……."

노백이 그 이야기들을 모두 들을 시간이 있느냐는 듯 물었다.

"시간이 없는 것 같긴 하구려."

무한이 자리에서 일어났다. 그의 귀에 멀리서 움직이고 있는 황금성 전사들의 소리가 들리기 시작한 것이다.

황금성 전사들도 극락전에 무슨 일이 일어났다는 것을 이제는 눈치챈 것 같았다.

"귀도 밝군."

무한의 반응에 노백이 다시 놀란 듯 말했다.

그러자 무한이 노백에게 말했다.

"십이영웅을 마정에 보낸 것 역시 신무종의 뜻이오?"

"맞아. 사실 그 일에는 내가 좀 깊이 관여했지. 이왕사후를 동원해서 십이영웅을 움직이는 것이 내 일이었지."

노백이 그 순간만큼은 자신이 얼마나 영향력 있는 사람인지

과시하고 싶은 마음이 들었는지 순순히 십이영웅의 원정에 자신이 관여한 것을 자랑스럽게 말했다.

"그래서 그 일을 기념하려고 사자림에서 철사자의 유물들을 사들인 모양이구려?"

무한이 지나가는 말처럼 물었다. 그리 대단찮은 질문이라는 듯 대답도 기대하지 않는 표정이다. 대신 그는 창가로 이동해 극락전 밖의 사정을 살폈다.

멀리서 전사들이 달려오는 모습이 보인다.

"아, 그건 개인적인 문제였지. 철사자 무곤, 그는 참 도도했어. 만날 때마다 날 황금 벌레 보듯 했지. 사실 난 그에게 엄청난 제안을 했었지. 나와 손을 잡고 천록의 왕국의 뒤를 이을 왕조를 열자고! 그런데 그는 그런 위대한 계획을 거절하더라고. 그러면서 내게 경고했지. 상인으로서의 본분을 지키라고! 그때 그 멸시의 시선을 잊을 수가 없었지. 그래서 그의 비석과 유물 몇 개를 가져왔지. 그의 죽음을 기념하기 위해. 물론 그래도 그에게 받은 그 모멸의 기분이 사라지는 것은 아니지만."

노백이 다시 생각해도 언짢은지 얼굴을 찌푸렸다.

"그래서 그를 십이영웅과 죽음의 사지로 보낸 것이구려."

무한이 여전히 무심하게 물었다.

그러자 노백이 얼른 고개를 저었다.

"아니, 이미 말했지만 십이영웅을 흑라에게 보내는 결정은 내가 아니라 신무종이 한 거야. 난 그 일을 실행에 옮긴 것뿐이고. 물론 이왕사후에게 한 가지 경고는 했지."

"……?"

"후후, 십이영웅이 흑라를 죽이고 돌아오면 육주의 모든 권력은 십이영웅, 특히 철사자 무곤에게 돌아갈 것이라고. 그게 그들이 살아 돌아오지 못하게 된 이유가 되었는지는 모르겠지만. 어쨌든 돌아온 것은 이왕사후뿐이었지."

노백이 자신의 혀가 만들어낸 일에 대해 지금도 만족감을 느끼는 표정으로 말했다.

"단지 당신의 작은 복수심? 아니면 그 일조차도 신무종의 의도였소?"

무한이 어처구니없다는 표정으로 물었다.

"십이영웅이 돌아오지 못한 것은 신무종의 뜻, 철사자의 유물을 모은 것은 상처 입은 내 자존심에 대한 작은 보상. 그 정도면 대답이 되었나?"

노백이 두 손을 들어 올리며 만족하냐는 듯 물었다.

그러자 무한이 잠시 노백을 바라보다 입을 열었다.

"한 가지 경고를 하고 가겠소. 천록회의 일에 어떤 방식으로든 무력을 쓰지 마시오! 살수를 동원하든 다른 세력을 동원하면 그땐 다시 날 보게 될 것이오."

순간 노백의 얼굴이 얼음처럼 굳었다.

"설마 천록회 사람인가?"

그 어느 때보다도 놀란 노백이다. 노백에게 지금 최대의 적은 천록회였다. 그런데 그들에게 이런 고수가 있다면 그로서는 엄청난 적을 둔 것이 된다.

"아주 연관이 없는 것은 아니오. 그렇다고 천록회 사람은 아니고. 만약 그랬다면 오늘 여기서 당신을 죽였겠지."

"음……."

노백이 무한의 말에 나직한 침음성을 흘렸다.

"상인으로서의 경쟁은 나도 재미있게 구경하겠소. 그리고 기대하리다. 상인으로서의 당신의 능력을……."

"오늘 아니면 다시 날 죽일 기회가 있을 거라 생각하나?"

노백이 반발했다.

그러자 무한이 눈가에 미소를 띠며 말했다.

"언제, 어디서든지… 난 당신을 죽일 수 있소. 오늘 내가 당신이 가장 안전하다고 생각하는 이 극락전에 와 있는 것이 그걸 증명하는 것 아니오? 뭐, 시험해 보고 싶으면 하든지! 그럼! 다음에 봅시다."

무한이 훌쩍 몸을 날려 창문 밖으로 사라졌다.

노백이 재빨리 창가로 달려갔다. 그러나 무한의 모습은 어디서도 찾을 수 없었다.

그 순간 극락전 문밖이 소란해지더니 사람의 목소리가 들렸다.

"가주님, 무슨 일이 있으십니까?"

"들어와라."

노백이 차갑게 말했다.

그러자 문이 열리면서 황금성의 무사들이 달려 들어왔다. 안으로 들어선 그들이 쓰러진 호위 무사들을 보고 놀란 듯 걸음을 멈췄다.

"침입자가 있다. 아직 만화도를 빠져나가지 못했을 것이다. 찾아라! 죽여도 좋다!"

"옛, 가주!"

노백의 살기 가득한 명에 황금성 무사들이 급하게 움직이기 시작했다.

명을 내린 노백이 창가에서 무한의 흔적을 찾으려 했다. 그러나 역시 어디에도 무한의 흔적은 보이지 않았다.

"어렵겠군. 오늘 잡지 못하면 정말 그자의 말처럼 난 꼼짝없이 그자의 손아귀에 목을 내주고 있는 꼴이 되는데……."

노백이 당혹스러운 음성으로 중얼거렸다.

*   *   *

무한은 화려한 황금성의 건물과 건물 사이를 빠르게 이동했다.

가끔은 마치 성에 사는 사람처럼 얼굴의 면사를 벗고 외부의 침입으로 소란스럽게 움직이는 사람들 사이에 섞여 걷기 도 했다.

사람이 없는 곳에서는 철저히 그늘이 진 곳을 따라 움직였다. 일단 그가 어둠에 속으로 들어가면 추격자들이 그를 찾는 것은 거의 불가능했다.

그렇게 황금성 외곽으로 나온 무한이 처음 도착했던 오물 처리장 근처까지 이동했다.

그나마 그쪽 길이 한 번 이동해 본 길이라 익숙하기 때문이었다.

탁!

무한이 가볍게 석교 서쪽 끝 난간 아래로 몸을 날렸다. 그리고 그대로 바다에 빠져드는가 싶은 순간 빙글 몸을 회전하면서

한 손을 다리 아랫부분에 걸어 몸을 떠올렸다.

제비를 돌며 허공으로 떠오른 무한이 석교 아래에 가볍게 매달렸다.

'이젠 밤이 좀 더 깊기를 기다려야겠군.'

자정이 가까워지고 있었다.

홍청거리던 만화도 주변 바다의 유람선들도 절반 이상 사라지고 없었다.

하지만 그래도 여전히 황금성에서 흘러나오는 빛과 깊은 밤까지 밤의 정취를 즐기려는 유람선이 흘려내는 빛이 바다를 밝게 비추고 있었다.

이런 시간에 배를 타고 도주하면 적의 눈에 띄는 것을 피할 수 없었다.

더군다나 황금성 내에서 그를 찾으려는 무사들이 눈에 불을 켜고 사방을 살피고 있었다.

그래서 밤이 좀 더 깊어지기를 기다리는 편이 좋다고 판단한 무한이 처음 몸을 숨겼던 다리 밑으로 돌아온 것이다.

바다가 어두워지고, 황금성 전사들도 그가 이미 만화도를 빠져나갔다고 생각해 찾기를 포기할 때쯤이 배를 훔쳐 타고 이동할 수 있는 좋은 시기였다.

그때는 혹시라도 황금성 무사들에게 들켜 추격을 받는다 해도 어두운 밤바다에서 충분히 추격자들을 따돌릴 자신이 있었다.

아니, 굳이 따돌릴 필요도 없었다. 서너 척의 추격선이야 한순간에 바다에 수장시킬 수 있었다.

'노백, 그자에게 제대로 경고하기 위해선 그게 나을 수도 있겠지.'

무한이 지루한 기다림을 시작하며 속으로 생각했다.

철썩철썩!

밤이 깊어지자 파도의 높이도 조금씩 높아졌다. 밀물이 들어와 자칫하다가는 석교 아래 매달려 있는 무한의 등이 물에 닿을 수도 있었다.

그래도 만화도 인근 바다는 워낙 잔잔해서 사람들이 배를 타고 이동하는 데는 전혀 문제가 없었다.

'나가볼까!'

무한이 바다를 살피며 생각했다.

오색의 화려한 빛들을 반사하던 바다가 이제는 별빛만을 반사하고 있었다.

물론 그럼에도 불구하고 황금성에서 밤새 밝혀두는 불빛과 멀리 송강 하구 시전을 밝히는 불빛이 여전히 얼마간 바다까지 닿아 있기는 했다.

그러나 그래도 유람객들을 태운 배들로 북적이던 초저녁과는 비교할 수 없을 만큼 어두워진 바다였다.

자정이 훌쩍 넘은 시각, 무한이 움직일 시간이었다.

툭!

무한이 석교에 붙이고 있던 발을 뗐다. 그러고는 팔 힘을 이용해 몸을 두어 번 흔든 뒤 허공으로 거꾸로 날아올라 재빨리 석교 위에 올라섰다.

석교 위로 올라선 무한은 잠시도 지체하지 않고 석교에서 이어진 해안가 길을 달리기 시작했다.

파팟!

무한이 바닥을 차는 소리가 규칙적으로 들려왔다. 그럴 때마다 무한의 몸이 이삼 장씩 앞으로 나아갔다. 아마도 다른 사람의 눈에는 그저 한 줄기 검은 바람이 지나가는 것처럼 느껴질 속도였다.

그렇게 해안가 길을 달린 무한이 어느 순간 직각으로 몸을 꺾었다. 그리고 이번에는 바다를 향해 달리기 시작했다.

무한이 달리는 곳 끝에는 수십 개의 접안대가 늘어선 만화도 포구 중 작은 배를 묶어두는 곳이었다.

무한은 조금의 망설임도 없이 몸을 날려 접안대 위로 올라갔다.

그리고 다시 접안대를 달려 바다와 가장 가까운 곳에 묶여 있는 소선(小船) 위로 날아 올라섰다.

팟!

배 위에 올라선 무한이 번개처럼 검을 휘둘러 배를 접안대 기둥에 묶어놓은 굵은 밧줄을 끊었다.

그러고는 배에 걸쳐 있던 노를 들어 힘껏 배를 밀어내기 시작했다.

그즈음 접안대를 지키던 사해상가의 무사들이 무한을 발견했다.

"어이! 거기 누구야?"

접안대를 지키던 사해상가의 무사들이 배를 밀어내고 있는 무한을 보며 소리쳤다.

가뜩이나 외부인의 침입으로 신경이 날카로운 무사들이었다. 그래서 이 한밤중에 배를 끌어내는 사람을 곱게 볼 리 없었다.

그럼에도 불구하고 그들은 설마 배를 끌어내는 사람이 지난밤 가주의 처소에 침입했던 불청객이라고는 전혀 생각하지 않았다.

이유는 무한이 사람들의 시선에 크게 신경 쓰지 않고 태연하게 배를 밀어내고 있기 때문이었다.

무한은 경비 무사들을 향해 손을 흔들고는 다시 배를 바다로 밀어내기 시작했다.

마치 그가 사해상가의 사람인 것 같은 행동이다.

"이봐, 이름을 밝히고 배를 가져가야지! 어디 소속이냐?"

무사들이 접안대 위를 급히 걸어오며 다시 소리쳤다.

그러자 무한은 그들의 물음에 대답하는 대신 노에 힘을 주어 강하게 젓기 시작했다.

그러자 그가 탄 작은 배가 속도를 올리기 시작했다.

"이봐, 소속을 밝히라고!"

무한의 행동에 화가 난 경비 무사들이 접안대 끝으로 달려와 소리쳤다.

그러나 무한은 더 이상 그들에게 시선을 주지 않았다. 물론 그들의 외침에 대답도 하지 않았다.

그러자 경비 무사들이 당황한 표정으로 서로를 바라보다가 화들짝 놀란 표정으로 소리쳤다.

"설마?"

"그자일까?"

경비 무사들이 서로에게 질문을 던졌다. 그리고 다음 순간 그들이 놀란 새 떼처럼 소리치기 시작했다.

"놈이 나타났다!"

무한은 등 뒤의 소란은 아랑곳하지 않았다. 대신 그는 모든 힘을 다해 노를 저었다.

내공을 한껏 끌어올린 그의 노질은 작은 돛단배를 바다 위로 떠오르듯 밀어내며 질주했다.

촤아악!

무한이 탄 배가 시원하게 파도를 가르며 경쾌한 소리를 만들어냈다.

그즈음 황금성의 포구에서도 세 척의 배가 서둘러 추격을 시작했다.

그렇게 쫓기는 배와 쫓는 배가 평온한 만화도 앞바다에 제법 큰 소란을 일으켰다.

그런데 갑자기 예상치 못한 일이 벌어졌다. 도주하던 무한이 사해상가의 배가 포구에서 어느 정도 벗어나자 갑자기 방향을 돌린 것이다.

*　　　　　*　　　　　*

"저게 뭐 하는 겁니까?"

이맥이 당황한 표정으로 소리쳤다.

이공 일행은 배 안의 모든 불을 끄고 무한을 기다리고 있었다. 그리고 무한이 황금성을 벗어나 시원하게 탈출하는 것도 지켜보고 있었다.

무한과 추격하는 배들 사이의 거리가 제법 멀어서 따라잡힐 일은 없다는 생각에 한편으로는 마음을 놓고 있기도 했다.

그런데 어렵지 않게 추격을 따돌릴 것 같던 무한이 갑자기 배의 방향을 틀어 추격하는 자들을 향해 돌진하기 시작한 것이다.

이공 일행이 당황할 수밖에 없는 상황이었다.

"추격자들을 아예 수장시키려는 생각인가 보군."

용노가 걱정스러운 표정으로 중얼거렸다.

"굳이 왜 그러실까요?"

소의가 무한의 행동을 이해할 수 없다는 듯 물었다.

"좀 더 강한 경고를 하려는 거겠지. 추격 따위는 하지 말라는. 하지만 그래도 좀 지나치시구나."

이공도 무한의 생각에 동의할 수 없다는 듯 고개를 저었다.

"어떻게 하죠? 가서 도와야 하나요?"

소의가 다시 물었다.

"그럴 필요 없다. 술사께서 배를 돌리신 것은 추격하는 배 세 척을 충분히 감당하실 수 있기 때문이다. 우린 조금 옆으로 비껴서 전진하자. 혹시라도 추격자들이 더 있으면 그때는 우리가 나서야 할지도 모르니까."

이공이 침착하게 말했다.

"알겠습니다."

소의가 대답을 하고는 이맥에게 눈짓을 했다.

그러자 이맥도 얼른 노가 있는 쪽으로 움직여 배를 몰기 시작했다.

*   *   *

"저놈이 미쳤나?"

무한을 추격하던 사해상가 무사들이 당황해 소리쳤다.

최대한 속도를 내 추격을 하고 있었지만, 거리와 속도로 봐서 따라잡을 가능성이 거의 없는 상황이었기에 더더욱 무한의 행동을 이해할 수 없는 사해상가의 무사들이었다.

"젠장 이대로 있다가는 충돌하겠어!"

가장 앞쪽에서 추격을 하던 배의 무사가 소리쳤다.

그러자 두 번째 배에 타고 있던 자가 냉정하게 말했다.

"놈이 가까이 오면 일단 길을 열어 놈을 안으로 들이자. 그 후에 삼면으로 포위해 공격하면 놈을 잡는 것은 어렵지 않을 거야."

"무공이 센 놈이라던데?"

다른 무사가 걱정스러운 표정으로 말했다.

"상관없어. 여긴 땅이 아니라 물 위야. 무공이 아무리 센들 물 위를 뛰어다니며 싸울 수는 없다. 배의 간격을 넓게 하고 원거리에서 적당히 포위망를 지키다 보면 곧 다른 사람들이 올 거야."

사내가 황금성의 포구 쪽을 보며 말했다. 그의 말대로 황금성 포구에서는 다른 추격대가 준비되고 있는 듯 소란스러웠다.

"좋아. 그럼 그렇게 해보자. 놈에게 만용의 대가가 얼마나 처참한지 보여주자고."

결정을 한 사해상가의 무사들이 배 세 척을 역삼각 형태로 정렬했다.

무한의 배를 세 척 안으로 끌어들여 포위할 생각인 것이다.

무한은 적선들이 삼각 형태로 늘어서는 것을 보고 가볍게 미소를 지었다. 적들의 생각을 쉽게 읽을 수 있었기 때문이었다.

하지만 무한은 그들의 생각처럼 무모한 사람이 아니었다.

좌아악!

갑자기 무한이 배의 노를 틀어 좌측으로 배를 몰기 시작했다.

그러자 그의 배가 역삼각 형태를 이루고 있는 사해상가 추격선들을 정면으로 뚫고 들어가는 대신 남쪽에 위치한 배 우측으로 미끄러지듯 밀려 나가기 시작했다.

"저놈이!"

자신들의 생각과 달리 무한의 배가 비껴 나가자 사해상가의 무사들이 당황한 듯 소리쳤다.

그러면서도 본능적으로 무한이 움직이는 방향으로 배들을 돌리기 시작했다.

하지만 미리 방향을 틀어버린 무한의 배에 비해 제자리에 서 있던 사해상가의 배들은 움직임은 느릴 수밖에 없었다.

무산은 순식간에 세 척의 적선을 지나쳐 그들의 후미에 이르렀다.

그때 무한이 다시 한번 배를 급격하게 꺾었다.

콰아아!

무한이 탄 배가 뒤집어질 듯이 옆으로 밀리더니 아슬아슬하게 수면 위에 멈춰 섰다.

그리고 그 순간 무한이 힘껏 배를 차고 허공으로 떠올랐다.

사냥감을 덮치는 독수리처럼 허공으로 날아오른 무한이 방향을 트느라 정신이 없는 적선을 향해 날아갔다.

그의 손에는 차갑게 빛나는 검과 작고 검은 방패가 들려 있었다.

좌악!

무한의 검이 마치 파도가 일어나는 것 같은 물보라를 일으켰다.

그러자 그의 검기에 밀려 일어난 물보라가 그대로 세 척의 사해상가 배 중 한 척을 덮쳤다.

"엇!"

"정신차렷!"

무한이 일으킨 물보라를 뒤집어 쓴 사해상가 무사들이 한순간에 시야가 막혀 당황한 채 소리쳤다.

그 순간 무한이 상대의 배 위로 날아오르면서 검을 수직으로 내리그었다.

쩌적!

잔뜩 진기를 머금은 검이 그대로 작은 배의 측면을 잘라 버렸다.

그러자 배가 거의 반으로 갈라지면서 물이 밀려 들어오기 시작했다.

탓!

무한이 그렇게 한 척의 배를 회복 불가능한 상태로 만들어놓고 다시 허공으로 날아올랐다.

"놈!"

물속으로 가라앉은 동료들의 배를 바라보며 다른 두 척의 배에서 사해상가의 무사들이 무한을 향해 욕설을 내뱉었다. 그리고 그중 한 명이 무한을 향해 들고 있던 검을 던졌다.

콰아아!

제법 무공이 강한 자였는지 그가 던진 검이 무한을 향해 날카로운 파공음을 일으키며 닥쳐들었다.

순간 무한이 들고 있던 검을 가볍게 움직였다.

지잉!

무한의 검에 닿은 상대의 검이 날카로운 마찰음을 일으키며 무한의 검신을 중심으로 한 바퀴 회전했다. 그리고 그 틈을 이용해 무한이 그 검을 낚아챘다.

검을 잡아낸 무한이 지체하지 않고 검을 날린 자를 향해 검을 되던졌다.

퍽!

"악!"

무한이 던진 검은 정확하게 상대의 어깨에 꽂혔다.

그리고 뒤를 이어 무한이 배 위에 내려섰다.

"놈! 죽어라!"

배 위에서 어깨에 검을 맞은 무사의 동료 무사 둘이 노를 집어 던지고 무한을 베어왔다.

순간 무한이 검을 휘둘러 오른쪽 무사의 검을 막아내더니, 갑자기 방향을 틀어 왼쪽에서 공격하는 자를 방패로 밀어붙였다.

쿵!

"억!"

무한의 방패에 검이 막힌 무사의 입에서 비명이 터져 나왔다. 그리고는 허공으로 붕 떠오르더니 그대로 배 밖으로 튕겨 나갔다.

그렇게 상대를 밀어버린 무한이 다시 한번 검을 휘둘렀다.

쩌적!

무한의 검이 여지없이 배의 한 부분을 부숴 버렸다. 그러자 그 배에도 안으로 바닷물이 밀려 들어오기 시작했다.

그렇게 두 척의 배를 부순 무한이 다시 몸을 날렸다.

쐐애액!

두 척의 배를 격파한 무한이 마지막 남은 사해상가의 배를 향해 날아갔다.

"물러나! 거리를 벌려!"

하나 남은 배 위에서 세 명의 무사가 서로를 향해 소리치며 노를 저었다.

그러나 그들의 외침은 허공에 떠오른 무한이 한마디 음성을 내뱉는 순간 아무 소용이 없게 되었다.

"이절(二切))!"

쿠릉!

무한의 입에서 한마디 외침이 흘러나오는 순간, 그의 검에서 마치 벼락이 떨어지는 것같이 강렬한 검기가 뻗어와 사해상가의 무사들이 타고 있던 마지막 배를 때렸다.

콰지직!

무한의 검기가 그대로 배의 오른쪽 옆구리를 갈라 버렸다.

"젠장! 배를 버려!"

무한의 무공이 자신들이 상대할 수 있는 수준이 아니라는 것을 깨달은 사해상가의 무사들이 배를 버리고 바닷속으로 몸을 던졌다.

무한 역시 배를 버리는 적들을 더 이상 공격하지 않았다.

굳이 그들을 죽일 이유가 없기 때문이었다.

탁!

무한이 침몰하는 배 위에 내려서는 듯싶더니 가볍게 뱃머리를
차고 다시 허공으로 날아올랐다.

그러고는 자신이 침몰시킨 배들을 차례로 밟고 날아가 애초
에 그가 타고 온 배 위에 올라섰다.

배로 돌아온 무한이 여유 있게 노를 집어 들며 말했다.

"가서 사해상가주에게 전하라. 한 번 더 기회를 주는 것이라
고. 다시 날 추격하면 온 자는 물론, 보낸 자의 목숨까지 취할
것이라고! 그의 목숨을 지키는 유일한 방법은 오직 내가 한 말대
로 따르는 것뿐이라고!"

무한이 바닷속에서 허우적거리는 사해상가의 무사들에게 노
백에게 전할 말을 남기고 유유히 노를 젓기 시작했다.

"…원래 저런 분이셨던가요?"

한순간에 추격자들을 침몰시킨 무한을 보며 이맥이 중얼거렸다.

물론 빛의 술사로서 무한의 무공이 대단한 것은 알고 있었지
만, 오늘 그가 세 척의 배를 침몰시키는 광경은 그동안 알던 무
한의 모습이 아니었다.

"…내면에 저런 사자의 심장이 있었던 모양이구나. 역시 그 아
버지에 그 아들인 건가!"

이공이 탄복한 표정으로 말했다.

그 옛날 육주 제일의 영웅이었던 철사자 무곤은 강렬한 무위

로써 그를 따르는 전사들이나 적에게 절대적인 두려움을 안겨준 인물이었다.

그런데 무한에게서 그런 철사자 무곤의 모습이 언뜻 엿보인 것이다.

"그것보다… 마지막에 쓴 그 검식은 대체 뭔지 모르겠군."

용노가 무한이 마지막 배를 침몰시킨 벼락 치는 듯한 검법의 정체를 궁금해했다.

"기세로 봐서는 절대 우리 천년밀교의 무공은 아닌 것 같습니다."

이공이 말했다.

"나도 그렇게 봤네. 그런데… 참 무섭구먼, 그 검법. 독안룡의 검법일까?"

"글쎄요. 첫 번째 배를 공격할 때 쓴 물보라를 일으킨 검법은 확실히 독안룡의 검법 같습니다만, 마지막 검법은……."

이공이 고개를 저었다.

"혹시 얼마 전에 찾았다는 철사자의 검법일까?"

"위력이나 검의 움직임으로 봐서는 그럴 것 같긴 한데. 사실 그것도 말이 안 되지요. 찾은 지 얼마나 되었다고 벌써 저런 위력을……."

이공이 다시 고개를 저었다.

"그것참… 그럼 무슨 검법일까? 하여간 뜬금없이 사람을 놀래 키는 재주가 있으시다니까."

"오면 물어보죠."

"그러세."

용노가 고개를 끄떡였다.

그사이에 무한이 탄 배가 유유히 일행이 타고 있는 배 옆으로 다가왔다.

"쫓는 사람이 더 없나요?"

무한이 배 위의 이공 등을 보며 물었다.

이공 등이 타고 있는 유람선의 높이가 높아서 더 먼 곳까지 살필 수 있기 때문이었다.

"없는 것 같습니다. 올라오시지요."

이공이 소리쳤다.

그러자 무한이 고개를 끄떡이고는 훌쩍 날아올랐다.

턱!

무한이 한 손으로 이공 등이 탄 배의 난간을 잡더니 순식간에 배로 들어왔다.

"수고하셨습니다."

이공과 용노가 무한의 몸에 혹시 상처라도 없는지 살피면서 말했다.

다행히 그들의 눈에 무한은 아무런 부상도 당하지 않은 듯 보였다.

"걱정 마세요. 다친 곳 없으니까."

자신의 몸을 살펴보는 이공과 용노를 보며 무한이 미소를 지어 보였다.

"위험하진 않았습니까?"

"생각보다는… 재미있었어요."

"흐흐흐, 그런 용담호혈에 들어갔던 일을 재미있다고 말씀하시다니. 술사님도 점점 오만해지는 것 아닙니까?"

용노가 긴장했던 마음이 풀리는지 농담 삼아 말했다.

"오만해지는 것이 아니라 정말 그곳은 재미있는 곳이더라고요. 전 태어나서 그렇게 화려한 곳은 보지 못했습니다."

무한이 진심으로 황금성의 화려함에 감탄한 듯 말했다.

"그는 만나보셨습니까?"

이공이 물었다.

"예."

무한이 고개를 끄떡였다.

"어떻던가요, 그는?"

"글쎄요… 전형적인 상인이라고 해야 하나. 물론 상인 이상의 야심을 가지고 있는 것은 분명해 보였지만, 결국 상인은 상인이더군요."

"경고는 하셨습니까?"

"하긴 했는데 그가 과연 그 경고를 들을지는 모르겠군요. 떠나자마자 추격한 것도 그렇고… 하지만 추격자들의 배를 모두 침몰시켰으니 생각이 달라질지도 모르죠."

무한이 고개를 돌려 침몰한 사해상가의 작은 배들을 보며 말했다.

"그자가 술사님의 경고를 듣지 않으면 다음번에는 제가 가지요."

용노가 말했다.

"다음번에는 이번처럼 쉽지 않을 텐데요?"

"걱정 마십시오. 그리고 가면 반드시 그자의 목을 베어 오겠습니다."

용노가 단호하게 말했다.

"후후후, 빛의 술사를 따르는 분이 그렇게 생명을 가볍게 여기

셔서야……."

"아니, 그런 분이 세 척의 배를 한 번에 침몰시키셨습니까? 저희들은 정말 깜짝 놀랐습니다. 술사님 내면에 그런 과격함이 있다는 걸 알고 말입니다."

용노가 오히려 무한의 행동이 빛의 술사에 더 어울리지 않는다는 듯 말했다.

"그래도 죽은 사람은 없으니까요. 황금성 안에서는 약간 다친 사람들이 있지만……."

무한이 어깨를 으쓱했다.

그러자 뒤에서 신나게 노를 젓고 있던 이맥이 소리쳐 물었다.

"그런데 술사님, 우리 모두 술사님의 마지막 검법이 뭔지 궁금해하고 있었습니다. 그게 독안룡님의 십이파랑검은 아니지요?"

이맥의 물음에 용노와 이공도 무한을 바라봤다. 그들 역시 무한의 마지막 검법이 궁금했기 때문이었다.

"그건 우리 가문의 검법입니다."

"설마 이번에 마 대인에게서 얻으신 검법이란 말입니까?"

이공이 놀란 표정으로 되물었다.

"예."

"아니, 그걸 얻은 지 며칠이나 지났다고 그런 위력을……?"

"어릴 때 제 몸속에 심어놓은 무종 말고도 아버님이 남겨주신 유산이 더 있다는 것을 이번에 알게 되었어요. 제가 어릴 때 아버님이 심심풀이로 기이한 서법(書法)을 가르쳐 주셨는데 그게……."

"아, 그게 바로 가문의 검식이었군요?"

이공이 감탄한 듯 소리쳤다.

"그렇더군요."

"과연 철사자님이시군요. 그런 방식으로 검법을 전수하시다니……."

용노도 놀란 표정으로 중얼거렸다.

그런 그들을 보며 무한이 화제를 돌리며 말했다.

"그런데 지금 그게 중요한 게 아닙니다."

"…무슨 일이 있습니까?"

용노가 급히 물었다.

그러자 무한이 얼굴을 굳히며 대답했다.

"십이신무종… 그들은 이미 오래전부터 세상의 일을 어둠 속에서 주도하고 있었더군요. 빛의 술사가 존재했다면 감히 생각조차 할 수 없는 일들을!"

『사자의 아들: 칸의 여행』 10권에 계속…